plaisir
d'amour

FSC
www.fsc.org
MIX
Papier aus ver-
antwortungsvollen
Quellen
Paper from
responsible sources
FSC® C105338

Stacey Lynn

Long for Me

VERSUCHUNG

Ins Deutsche übertragen
von Joy Fraser

Stacey Lynn
Luminous Club Teil 3
Long for Me: Versuchung

Aus dem Amerikanischen ins Deutsche übertragen von Joy Fraser

© 2017 by Stacey Lynn unter dem Originaltitel „Long for Me (Luminous Book 3)"
© 2021 der deutschsprachigen Ausgabe und Übersetzung by Plaisir d'Amour Verlag, D-64678 Lindenfels
www.plaisirdamour.de
info@plaisirdamourbooks.com
© Covergestaltung: Sabrina Dahlenburg (www.art-for-your-book.de)
© Coverfoto: Shutterstock.com
ISBN Print: 978-3-86495-501-3
ISBN eBook: 978-3-86495-502-0

Dieses Werk wurde im Auftrag von Harlequin Books S.A. vermittelt durch die Literarische Agentur Thomas Schlück GmbH, 30161 Hannover.

Kapitel 1

Ich streckte mich, um die Verspannungen zu lockern. Sechs Uhr abends an Silvester war das Büro wie ausgestorben. Ich saß immer noch am Schreibtisch, mit einem Berg Akten vor mir, denn mein Boss, Bennett Ashby, hatte beschlossen, die gesamte Abteilung umzustrukturieren.

Da ich die Arbeit von zwei Wochen in einer schaffen musste, konnte ich noch nicht an Feierabend denken. Ich musste noch die Tabellen und die Budgetplanung fertig machen, aus denen Bennetts Änderungen hervorgingen, welche er mir erst vor zwei Stunden auf den Schreibtisch gepfeffert hatte.

Ich hatte vor, ein gutes Stück davon zu schaffen, bevor ich den Computer herunterfuhr, damit ich nicht morgen ganz früh wieder hier erscheinen musste. Und auf diese Weise konnte mir Bennett nicht vorwerfen, aus Bequemlichkeit einfach nach Hause gegangen zu sein. Sicherlich spielte es für ihn keine Rolle, dass morgen ein Feiertag war und ich eigentlich gar nicht kommen müsste. Was Bennett befahl, musste auch getan werden. Was Sinn ergab, denn immerhin war er der Boss und Präsident von Ashby Enterprises, die nach seinem Vater benannt war, der die Firma gegründet hatte.

Bennett und ich waren wie Öl und Wasser. Egal wie hart ich arbeitete, wie effizient ich seine Termine organisierte und sein Leben, er war mit nichts je zufrieden.

An den besten Tagen behandelte er mich cholerisch und unhöflich, doch mir am Ende des Arbeitstages und vor einem Feiertag noch so viel Arbeit zu geben, war sogar für ihn die absolute Krönung. Außer, als er mich einmal an Weihnachten ins Büro gerufen hatte.

Langsam glaubte ich, Bennett Ashby kannte das Wort Feiertag nicht. Erstaunlich, wo er doch eigentlich hochintelligent war. Ich meine, wer wollte schon am Neujahrstag arbeiten?

Niemand. Schon gar nicht ich. Auch wenn ich keine umwerfenden Pläne hatte. Doch seit dem Thanksgiving-Wochenende hatte ich endlich mal einen Tag Erholung vom Stress geplant. Ich wollte Silvester allein in meinem stillen Haus verbringen, mit der Fernbedienung in der Hand, Chipstüten und Snacks auf dem Couchtisch wie ein Büfett vor mir ausgebreitet, und absolut nichts tun, außer schlafen und meine verpassten Lieblingsserien anschauen. Das mochten manche langweilig finden, aber da die meisten Wochen aus zehn oder zwölf täglichen Arbeitsstunden bestanden, und das sechsmal die Woche, klang es absolut himmlisch, einen Tag lang nichts zu tun.

Und jetzt verdarb mir Bennett alles.

Mit einem Stöhnen band ich mir die Haare zum Pferdeschwanz und machte mich wieder an die Arbeit. Wenn ich bis acht weitermachen würde, bräuchte ich morgen erst gegen Mittag wieder hier zu sein. Zumindest könnte ich dann ausschlafen.

Mein Handy vibrierte über den Schreibtisch und auf dem Display erschien Mirandas Foto. Ich griff danach und wusste bereits, was sie mir sagen wollte. Seit Wochen versuchte sie, mich zu überreden, Silvester mit ihr und ihrem Mann Shawn zu verbringen.

> Miranda: *Du kannst es dir immer noch überlegen. Im* Luminous *ist heute Tag der offenen Tür. Wir würden so gern ins neue Jahr mit dir feiern!*

Seit einem Jahr redete Miranda an mir herum, mit ins *Luminous* zu gehen. Doch auf keinen Fall würde ich einen Fuß in einen kinky Sexclub setzen. Sie mochte ja eine fantastische Ehe führen, doch ich fand keinen Gefallen an Spanking und Peitschen. Allerdings schreckten mich diese Vorstellungen weniger ab, als ständig herumkommandiert zu werden. Niemals wollte ich jemandes Fußabtreter sein. Eine Frau gesehen zu haben, die von einem narzisstischen Arschloch zerstört wurde, reichte mir völlig, herzlichen Dank auch.

„Sie sind noch da?"

Ich drehte das Handy aufs Display. Bennett stand in der Tür und lehnte sich mit der Schulter an den Rahmen. Er war attraktiver, als ein Mensch das Recht dazu haben sollte.

„Ja, Mr. Ashby, ich bin noch da."

Mit dichten, gerunzelten Augenbrauen sah er auf seine Uhr. „Es ist Silvester. Haben Sie nichts vor?"

„Brauchen Sie etwas, Mr. Ashby, oder schauen Sie nur rein, um mich zu unterbrechen?" Ich lächelte süßlich, um den Biss aus meinem Tonfall zu nehmen. Es war nicht so, dass ich meinen Job nicht mochte oder Bennett nicht respektierte. Das tat ich. Ich hatte hart dafür gearbeitet, seine Assistentin zu werden. Nur hatte ich nicht damit gerechnet, dass wenn ich in die Chefetage aufstieg, sich mein Boss als so ein gut aussehender Arsch entpuppen würde. Er stritt sich ständig mit mir. Manchmal hatte ich den Verdacht, er reizte mich absichtlich, so wie jetzt.

„Hat schon mal jemand versucht, Ihnen Manieren beizubringen, Rebecca?"

„Yep. Hat nichts genutzt."

„Dann sollten wir das vielleicht in Ihre Mitarbeiterziele fürs nächste Jahr aufnehmen." Er stieß sich von der Tür ab. „Sie können gehen, sobald Sie fertig sind."

Wie überaus großzügig von ihm. Ich durfte gehen, wenn ich mit der Arbeit fertig war.

Bräuchte ich diesen Job nicht so dringend, hätte ich ihn bereits zwei Stunden nach meiner Beförderung gekündigt. Ich war ein bisschen still geworden, als ich in Bennetts Tür gestanden hatte und ihn das erste Mal persönlich traf. Seit sechs Jahren in seiner Firma, hatte ich ihn lediglich im Vorbeigehen gesehen oder in Mitarbeitermeetings. Nur ein paar Meter von ihm entfernt zu stehen, stand auf einem ganz anderen Blatt und war allein schon ein umwerfendes Erlebnis. Ich war durch die Personalabteilung befördert worden, nachdem die vorherige Assistentin in Tränen aufgelöst gekündigt hatte. Das hätte mir eine Warnung sein sollen. Aber ich war stark, konnte mit allem fertig werden. Doch ich war nicht darauf gefasst gewesen, wie unglaublich gut aussehend Bennett aus der Nähe war.

Oder wie unhöflich. Das war eine Gabe, die er besaß. Nachdem ich mich ihm als seine neue Assistentin vorgestellt hatte, hatte er mich von oben bis unten angesehen, eine Augenbraue gehoben und gesagt: „Und weiter?“

Jetzt betrachtete er sein Handy, drückte ein paarmal darauf herum, machte sich auf den Weg in sein Büro, blieb jedoch noch einmal stehen und sah mich an. Er lächelte so seltsam, dass mir ganz komisch wurde. Warm und kribbelig. Es war das seltsamste Gefühl, das ich je hatte, und es gefiel mir nicht. Ganz und gar nicht. Wenn Bennett lächelte, vergaß ich, dass er mein Boss war. Sein Lächeln machte alberne, dumme Mädchensachen mit mir, wie meine Finger in seinen rabenschwarzen Haaren vergraben zu wollen. Oder meine Wange an den kurzen Stoppeln an seinem Kinn zu reiben, die immer da zu sein schienen. Ich wollte an seiner vollen Unterlippe knabbern und meine Beine um seine Taille schlingen.

Kurz gesagt, sein Lächeln verwandelte mich in jemanden, der nur noch von animalischen Instinkten gesteuert wurde.

Noch ein Grund, diesen Mann zu verabscheuen. Er

war sexyer als jeder Mann, den ich je gesehen hatte. Doch nicht nur könnte ich ihn nie haben, weil er mein Boss war, sondern ich wusste auch, dass er jemanden wie mich niemals attraktiv oder gut genug finden würde.

Nicht, dass ich ihn überhaupt haben wollte.

„Einen guten Rutsch, Rebecca."

Er verschwand in seinem Büro und schloss die Tür hinter sich. Ein paar Minuten später kam er zurück, das Jackett über dem Arm, sah mich an, als er vorbeiging, ohne ein weiteres Wort zu sagen.

Egal.

Ich machte mich wieder an die Arbeit. Vielleicht würde ich länger bleiben als bis acht. Meine momentane Pechsträhne mit Dates hatte einen schlechten Geschmack bei mir hinterlassen und auf keinen Fall würde ich ins *Luminous* gehen.

Das konnte ich nicht. Ich bewunderte Miranda und Shawns Ehe, ihre Hingabe füreinander, aber in diesen Club würde ich nie gehen, auch wenn Miranda versprochen hatte, dass ich an einem Tag der offenen Tür keine allzu extremen Sachen zu sehen bekommen würde. Es sei keine völlige Nacktheit gestattet und die Spielräume seien geschlossen. Es sei nur ein Abend, an dem ich einen kleinen Eindruck von ihrem Lebensstil bekommen und Zeit mit Freunden verbringen würde.

Ich liebte Miranda. Ich kannte sie seit drei Jahren, seit ich neben sie gezogen war. Ich liebte auch Shawn, selbst wenn er verrückten, abgefahrenen Sex mit Miranda hatte. Er war ein netter Kerl. Wenn es schneite, ging er jedes Mal raus und räumte mit der Schneefräse nicht nur seine eigene Einfahrt, sondern meine gleich mit.

Es brachte mich durcheinander, darüber nachzudenken. Ich wuchs in einer Familie auf, in der der Mann keine Scheu hatte, wann und wo immer er wollte seine Frau anzufassen. Shawn tat das mit Miranda, aber nie hatte sie dabei Angst, wie meine Mutter. Auch hatte sie sich nicht in eine verbitterte, gebrochene und betrunkene Hexe verwandelt.

Das Ganze ergab für mich keinen Sinn, aber egal. Jedem das Seine, doch es war einfach nichts für mich.

Ich arbeitete weitere zwei Stunden, bis ich an einen guten Punkt gelangt war, an dem ich unterbrechen konnte. Es ging um das Angebot für einen Altenwohnheim-Komplex, den Ashby Enterprises auf einem Grundstück eine halbe Stunde südlich von Grand Rapids für die Stadt bauen wollte.

Das Bürogebäude lag nun verlassen da. Sämtliche Büros waren geschlossen und ich lief durch das Haus und freute mich gar nicht auf das neue Jahr.

Unterwegs hielt ich an und kaufte zwei Flaschen billigen Rotwein. Als ich zu Hause aus dem Auto stieg, vibrierte das Handy in meiner Hand. Ich musste grinsen. Noch eine Nachricht von Miranda. Sie ließ nicht locker.

> Miranda: *Habe dich nach Hause kommen sehen. Mach schon! Komm mit! Wir gehen auch sofort wieder, wenn du dich unwohl fühlst (falls das überhaupt passiert). Shawn und ich wollen nicht, dass du heute ganz allein bist. Bitte!*

Während ich noch las, schrieb sie schon wieder.

> Miranda: *Bitte, bitte! Shawn sagt, er macht dir auch sein berühmtes Lammkotelett, wenn du mitkommst.*

Verdammt. Sie kannte meine Schwächen, und Shawns Kochkünste rangierten ganz oben. Besonders sein köstliches megazartes Lammkotelett.

Ich antwortete nicht, steckte das Handy ein und ging ins Haus. Vor drei Jahren, als ich endlich eine Anzahlung auf ein eigenes Haus zusammen hatte, war ich begeistert. Nichts war aufregender gewesen, als meine Unterschrift auf Hunderte Papiere zu setzen und dann einen Haustürschlüssel überreicht zu bekommen. Ich hatte es geschafft, ich war erfolgreich geworden. Endlich war ich der schäbigen Wohngegend entkommen, dem schäbigen Apartment und meiner schäbigen Kindheit.

Doch als ich durch den kleinen Eingangsbereich in die Küche ging, die Lampen einschaltete, fühlte ich mich gar nicht so erfolgreich. Ich war einsam. Zwei Flaschen Wein waren meine einzige Gesellschaft in der eigentlich aufregendsten Nacht des Jahres. Eine Nacht, in der die Leute gute Vorsätze beschlossen und die Vergangenheit vergaßen. Eine Nacht, in der es nichts weiter gab als Zuversicht und die Vorsätze, die man zu erreichen hoffte. Silvester war die einzige Nacht im Jahr, in der sich die Leute vornahmen, sich zu ändern, sich zu bessern, netter, gesünder, selbstloser und hilfsbereiter zu werden.

Und ich? Ich trottete immer noch durchs Leben, ohne je etwas zu ändern, denn egal wie sehr ich mich auch bemühte, nie würde ich in der Lage sein, dem Monster, mit dem ich aufgewachsen war, und der Angst, die es mir so früh im Leben eingepflanzt hatte, zu entkommen. Selbst nachdem es verschwunden war, und dabei noch unser Bankkonto geplündert hatte, blieb die Angst bei mir.

Allerdings gab es nur einen Weg, Angst zu bekämpfen. Und das war, sich ihr zu stellen.

Bevor ich es mir anders überlegen oder wieder in die Realität zurückkehren konnte, schrieb ich schnell Miranda.

Ich: *Was soll ich anziehen?*

Miranda: *Hurra!!! Etwas, worin du dich wohlfühlst. Im* Luminous *geht alles, weißt du doch.*

Alles ging dort. Das war schwer zu ignorieren, trotz meiner Vorbehalte, als ich damals bei Miranda zu Hause auf der Suche nach der Toilette aus Versehen in ihren Spielraum stolperte. Davor hatte ich nichts über ihr Sexleben gewusst. Bei dem Entsetzen auf meinem Gesicht hatte Miranda nur gelächelt. Dann hatte sie mir alles erklärt, die ganzen Utensilien, das x-förmige Kreuz, das mir eine solche Angst einjagte, dass ich am liebsten geflohen wäre und Miranda für immer verdrängt hätte.

Das war vor zwei Jahren gewesen und seitdem stellte ich ihr ständig Fragen. Hunderte. Aber war ich bereit, mir alles persönlich anzusehen? Auch wenn Miranda versprochen hatte, dass es relativ zahm zugehen würde?

Doch jetzt konnte ich nicht mehr absagen.

In der Küchenschublade suchte ich nach dem Korkenzieher. Ich öffnete die Flasche und goss mir ein gutes Glas voll ein, nahm es mit ins Schlafzimmer und überlegte, was ich anziehen könnte.

Was zum Geier zog man in einem Sexclub an?

***

Miranda legte ihre Hand auf meinen Arm und zog mich an sich. „Du siehst super aus. Tolles Kleid. Ist das neu?"

Wir gingen auf dem Bürgersteig auf das *Luminous* zu. Shawn lief hinter uns und gab uns die Illusion von Privatsphäre. Schnee war vorhergesagt worden und unser Atem erzeugte Nebel in der Luft, doch ich fror nicht, obwohl meine Arme und Beine fast nackt waren. Nervosität brachte mein Blut zum Kochen.

„Nein." Ich glättete das kurze silberne Kleid, das sich an meine Hüften und Schenkel schmiegte. „Das habe ich schon lange, hatte nur nie eine Gelegenheit, es zu tragen." Es war nicht mein typischer Stil. Es war ein Spontankauf gewesen, und ich hatte das silberne Pailettenkleid nur erstanden, weil es heruntergesetzt war. Damals hatte ich gedacht, falls ich je zu einer Halloweenparty gehen würde, könnte ich mit ein paar Fransen ein sexy Zwanzigerjahre-Kostüm daraus machen.

Das Kleid war kürzer, als ich es in Erinnerung hatte. Beim Bücken konnte man meinen Schritt sehen. Die hohen Absätze, unfassbar hoch selbst für mich, wackelten unter meinen bebenden Beinen.

Nun trug ich das Kleid in einem Sexclub. Guter Gott! Wie geriet ich nur immer wieder in solche Situationen?

„Sieht jedenfalls klasse aus." Sie schob mir meine karamellfarben gesträhnten Haare über die Schulter. Dann reichte sie mir einen Streifen Verzehrbons und ein weißes Armband. Solche hatten wir im College in Bars getragen, um zu zeigen, dass wir schon volljährig waren.

„Was ist das?"

„Getränkebons und ein Besucherarmband."

„Getränkebons?"

„Normalerweise gibt es im *Luminous* ein Zwei-Drinks-Limit und die Barkeeper achten strikt darauf. Wir wollen, dass die Gäste nüchtern bleiben und in der Lage, mit allem, was geschieht, einverstanden zu sein. Aber heute sind nur bestimmte Doms und Subs zum Demonstrieren da und nicht alle Mitglieder dürfen spielen, sodass die Regeln etwas gelockert sind."

Nur drei Drinks? Gut, dass ich zu Hause schon etwas getrunken hatte. Ich hatte den flüssigen Mut schon dafür gebraucht, mich in das obszöne Kleid zu schlängeln. Zwei Drinks wären vielleicht noch besser gewesen.

„Dein Armband ist weiß, weil du ein Gast bist“, erklärte Miranda.

Gott segne sie. Sie wurde nie müde, mir meine Fragen oder Zweifel zu beantworten, war immer geduldig, wusste genau, was sie mir erzählen konnte und was nicht. Ich nahm an, immer wenn ich aussah, als ob ich mich gleich übergeben wollte, war dies ein guter Hinweis, dass sie zu weit gegangen war. Es gab Dinge, die ich nicht hören musste. Zum Beispiel, wie groß Shawns Schwanz war. Einen Monat lang hatte ich ihn nicht mehr ansehen können, ohne zu erröten.

„Meins ist pink, was jedem zeigt, dass ich eine Sub bin. Und Shawns ist schwarz für einen Dom. Master Dylan wollte, dass die Besucher leicht erkennen können, wem sie Fragen stellen können, und da die Drink-Regel gelockert wurde, könnte man sonst nicht allein durch Hinsehen feststellen, wer ein Dom ist.“

Sie hatte mir die wichtigsten Regeln früher schon erklärt. Sie waren archaisch und abstoßend. Eine Sub durfte nicht sprechen, es sei denn, ihr Dom hatte es ihr erlaubt. Sie musste stets zu Boden blicken. Das alles hatte in mir den Wunsch erweckt, Melissa aus dieser schrecklichen Missbrauchssituation zu erretten. Aber da gab es ein Problem. Shawn missbrauchte sie nicht. Nicht so, wie sich mein Dad verhalten hatte. Shawn tat überhaupt nichts Exzessives, außer Miranda mit Liebe zu überschütten. Er brachte ihr Geschenke mit, führte sie in Spas und zur Massage. Er machte ihr ständig Komplimente und äußerte seine Dankbarkeit über ihre hausfraulichen Tätigkeiten. Ich hatte noch nie gehört, dass eine Frau so oft gelobt wurde. Und sie hatte noch nie etwas Negatives über ihn gesagt, erwiderte seine Vernarrtheit und Fürsorge genauso stark. Und wenn sie das tat, während sie nackt auf den Boden starrte und er dabei auf der Couch ein Footballspiel ansah, hatte ich dann das Recht, darüber zu urteilen oder das Schlimmste anzunehmen?

Diesen Kern ihrer Beziehung hatte ich nie so recht verstanden. Deshalb war ich jetzt hier. Um es zu ergründen. Es besser zu verstehen. Herauszufinden, ob es wirklich so schrecklich war, wie ich es mir vorstellte.

Außerdem, wer war schon gern an Silvester allein?

Neues Jahr, neue Ziele. Ganz oben auf meiner Liste der guten Vorsätze stand, vorgefasste Meinungen über Dinge, die ich nicht verstand, loszulassen und mich von den Fesseln meiner Vergangenheit zu befreien.

„Rebecca", sagte Shawn und trat zu uns nach vorn. Er legte meine Hand auf seinen Arm.

Der Mann hatte eine magnetische Ausstrahlung, das musste man ihm lassen. Mehr als einmal war ich bei seinem sexy Lächeln dahingeschmolzen und wenn seine grünen Augen leuchteten, wenn Miranda etwas gesagt hatte, das ihm gefiel.

„Gib mir bitte die Ehre, dich hineinzugleiten. Wenn du Fragen hast, dann stell sie uns. Wenn du dich umsehen willst, sag uns bitte, wohin du gehst. Mein Handy ist immer an, und ich sehe sofort nach, wenn du mir eine Nachricht schickst. Alles verstanden?"

Oh Himmel noch mal. Je näher wir kamen, desto heißer wurde mir. Und jetzt schwitzte ich auch noch. Na toll. „Shawn, ich kotze gleich auf den Gehsteig und du machst es nur noch schlimmer."

Er grinste, völlig unbeeindruckt. „Es ist meine Aufgabe, auf euch Mädels aufzupassen. Heute Abend bin ich genauso für dich da wie für Miranda."

Und nachher würde er sie verhauen, bis sie schrie. Bah! Das würde ich nie verstehen. Doch ich würde mich bemühen. Musste ich einfach.

Wenn ich nur wüsste, wieso ich es so dringend verstehen musste.

Kapitel 2

Rebecca

Möglicherweise war ich völlig grundlos *leicht* vorverurteilend und verängstigt gewesen. Seit dreißig Minuten hing ich an Shawn und Miranda und wir schlenderten durch den Club. Mit jedem Moment wurden meine schlimmsten Befürchtungen mehr durch die strahlende Schönheit dieses Etablissements verdrängt.

Okay, ja, ich hatte Gefängniszellen und Folterkammern erwartet. Trotz ihrer wiederholten Versicherung, dass ich nichts Schreckliches sehen würde, erwartete ich doch, dass Schmerzensschreie meine Ohren malträtieren würden. Doch dem war nicht so. Stattdessen war ich überwältigt von der Schönheit und dem Lachen, Menschen in sexy Kleidung, die sich unterhielten, tanzten, tranken … tja.

Das *Luminous* wirkte mehr wie eine gehobene Martini-Bar als wie ein Sündenpfuhl für Triebtäter, die hier freie Fahrt hatten, Menschen zu quälen. Graue Wände glitzerten unter funkelnden Lichtern und Kronleuchtern. Mahagoni-Tische füllten den Raum. Dahinter befand sich ein mit einem Seil abgetrennter Bereich, wo wir noch nicht waren, den ich noch nicht näher erforschen wollte.

Niemand verharrte hier in Angst. Niemand hatte diesen zerstörten Blick in den Augen, von einem Leben in Unterwerfung und ohne Hoffnung auf ein Entkommen.

Wahrscheinlich sollte mir Shawn eher eine ganze Kuh grillen anstatt ein paar Lammkoteletts.

„Es ist sehr schön hier", sagte ich zu Miranda. Shawn hatte uns an die Bar geführt und stationierte uns am hinteren Ende, weit entfernt von der Menge im Demonstrationsbereich. Das tat er, damit ich mich wohler fühlte, und ich war ihm dankbar für seine Rücksichtnahme.

Miranda grinste mich wissend an und trank einen Schluck Wein. Meine Getränkebons steckten noch in meiner Handtasche und ich nippte an einem Glas Wasser. Zwar hatte ich den flüssigen Mut zu Hause gebraucht, um mich vorzubereiten, aber hier hatte ich nicht mehr das Bedürfnis, trinken zu müssen. Ich wollte alles genau mitbekommen. Irgendwie zog mich das verführerische *Luminous* an und ich war neugierig.

Auf alles.

Es war nicht so verstörend, wie ich erwartet hatte, aber heute war auch kein üblicher Abend. Ich würde eine andere Meinung haben, wenn ich eine Frau sehen würde, die an einer Leine herumgeführt wurde oder vor einem Mann kniete, nur weil er es ihr befahl.

„Hallo, Shawn und Miranda.“

„Dylan, guten Rutsch“, sagte Shawn und streckte die Hand aus.

Die Männer schüttelten sich die Hände und Dylan gab Miranda einen Kuss auf die Wange.

Er war groß, hatte einen rasierten Kopf und schokoladenbraune Haut. Dunkelbraune Augen, die alle Antworten dieser Welt zu wissen schienen. Von wegen, man konnte die Doms ohne Armband nicht erkennen. Alles an diesem Mann schrie Dominanz und Macht und nach Auf-die-Knie-Fallen, weil er viel zu beeindruckend war, um in seiner Gegenwart zu stehen. Sogar meine Knie bebten leicht. Ich hielt mich an der Bar fest.

Er wandte sich an Shawn. „Ich glaube, ich habe ein Problem, bei dem du und Miranda mir helfen könnt. Das Paar, das die Demonstration um elf machen sollte, ist ausgefallen. Und Jensens Sub hat eine Erkältung.“

„Wie geht es ihr?“, fragte Miranda.

„Sie wird wieder. Jensen hat mir versichert, dass es nur eine simple Erkältung vom zu vielen Arbeiten ist."

„Oh, sorry, Dylan", begann Shawn. Er nickte zu mir, und ich drückte den Rücken durch, als Dylan mich ansah.

Der Mann war einfach zum Anbeißen. Muskulös, breite Schultern und Arme, die einen Volkswagen anheben könnten, da war ich ganz sicher. Der Club gehörte ihm. Miranda hatte mir von ihm erzählt, aber ich hatte nicht gedacht, dass er wirklich so verführerisch sein könnte.

„Leider haben wir heute einen Gast dabei und möchten sie lieber nicht allein lassen", fuhr Shawn fort.

Dylans Blick glitt prüfend über mich, und ich musste mich zusammenreißen, um nicht kleiner zu werden, aber Himmel noch mal, am liebsten wäre ich geschrumpft. Wie hatte der liebe Gott nur die Männer zu so einer tollen Spezies gemacht?

„Verstehe."

Er sah weg und entließ mich ohne persönliche Vorstellung, was mir seltsamerweise einen Stich versetzte. Dumm. Wollte ich wirklich, dass der Besitzer eines Sexclubs Notiz von mir nahm?

Nein. Auf keinen Fall.

Zwar hatte ich mich von Miranda überreden lassen, weil ich nicht allein sein wollte, doch ich wollte nicht so egoistisch sein und den beiden ihren Spaß verderben. Außerdem, nun ja … ein Teil von mir wollte die zwei in Aktion sehen. Ich nippte an meinem Mineralwasser. Ja, ein Glas Wein war definitiv genug. Mir war schon ganz schwindelig im Kopf und ich war albern. Natürlich wollte ich die beiden nicht sehen. Ich wollte gar nichts hier.

Und warum bist du dann noch nicht nach Hause gegangen?

„Schon gut", sagte ich, bevor Dylan wegging, um sich jemand anderen zu suchen.

„Rebecca …"

Ich winkte Miranda ab. „Es ist wirklich in Ordnung.“ Ich versuchte zu lächeln, doch es fühlte sich gekünstelt an, also zuckte ich mit den Schultern. „Ihr mögt das doch, und es ist lieb von euch, bei mir bleiben zu wollen, aber ich warte einfach hier und trinke etwas.“ Ich hob mein Wasserglas an.

„Ganz sicher?“, fragte Shawn. „Wir müssen das nicht machen. Und wir haben dir versprochen, bei dir zu bleiben.“

„Aber ich bin okay.“ Ich zitterte bereits, doch das war nicht aus Angst. Aufregung vielleicht? „Ich glaube, ich werde mich ein bisschen umsehen gehen.“ Einen Schritt in einen Sexclub gesetzt, und schon war ich auf dem Weg in die Irrenanstalt.

„Es macht uns wirklich nichts aus“, sagte Miranda und sah kurz zu Shawn. „Ich möchte, dass du dich heute amüsierst, und wenn du dabei lieber bei uns bist, ist das vollkommen okay. Wir können jederzeit spielen.“

Diese bildliche Vorstellung hätte ich nicht gebraucht. „Aber ich will keine Last für euch sein. Es ist auch euer Silvester. Außerdem …“, ich lachte nervös, „wird mich hier ja wohl keiner beißen, oder?“

Shawn grinste. „Nur, wenn du lieb darum bittest.“

„Wie reizend. Vielen Dank dafür.“

Er zuckte ohne Scham mit den Schultern und legte die Arme um Miranda. Immerzu fasste er sie an. Zart, was nicht nur seine Liebe zu ihr demonstrierte, sondern auch seine Leidenschaft. Ich wollte das auch haben. Jemanden, der mich ansah, so wie er immer auf seine Frau fokussiert war. Nur eben ohne Ketten und Flogger.

Ich trank mein Wasser aus und trat zurück. „Alles gut, glaubt mir. Ich gehe mir ansehen, was es da vorne alles gibt.“

„Ich habe wie gesagt mein Handy immer bei mir“, erinnerte mich Shawn.

„Aber ich werde dir bestimmt nicht schreiben, während du deine Frau verführst.“

„Doch, jederzeit, Rebecca. Vergiss nicht, was ich gesagt habe. Es ist mein Job, heute auf dich aufzupassen, und das bedeutet, bei allem, wobei du dich nicht wohlfühlst. Eine Berührung, ein schräger Blick, wenn jemand eine blöde Bemerkung macht. Ruf mich sofort an.“

Dieser Mann. Er war ein seltenes Exemplar.

„Dafür habe ich dich lieb.“ Ich drückte ihm einen Kuss auf die Wange und umarmte Miranda. „Geht und amüsiert euch und macht euch keine Sorgen um mich. Ich bin zwar mitgekommen, um nicht allein zu sein, aber ich will auch kein fünftes Rad am Wagen werden.“

„Wenn du dir ganz sicher bist.“ Miranda kaute auf ihrer Unterlippe und wirkte immer noch unsicher.

Zwar mochte ich schlechte Eltern gehabt haben, aber auf jeden Fall hatte ich mir gute Freunde gesucht.

„Ich bin ganz sicher.“ Ich winkte erneut ab. „Geht schon. Ich laufe etwas herum und habe mein Handy dabei. Ich verspreche, es zu benutzen, wenn es sein muss.“

Ich trat in die Menge, bevor sie es mir ausreden konnten. Das wäre nicht schwer gewesen. Nach fünf Schritten von der Bar fort wurde ich von den Leuten verschluckt, die herumstanden und lachten, und sofort wäre ich am liebsten wieder an die Bar gegangen und hätte mich dort verkrochen.

Männer wie Frauen strahlten Macht aus, als ich mich durch die Menge schlich. Es war fast körperlich spürbar, und wenn ich auf Handgelenke sah, bekam ich die Bestätigung meiner Vermutung, dass es sich entweder um einen Dom oder eine Sub handelte. Die Regeln mochten gelockert worden sein, doch die Leute und ihre Neigungen änderten sich nicht. Mehr als eine Frau, an der ich vorbeikam, hatte ihre Hände gefaltet und sah zu Boden, während der Mann neben ihr sprach. Subs waren viel leichter zu erkennen. Ganz einfach daran, wie sie sich gegenüber der Person neben sich verhielten.

Dennoch wirkte keiner verängstigt oder nervös. Niemand verzog kurz das Gesicht, wenn er von einer Hand an Rücken oder Schulter berührt wurde. Stattdessen schmiegten sie sich hinein, als ob sie die sanfte Berührung von jemandem, der sie dominierte, beruhigte.

Wie seltsam.

Ehe mir bewusst wurde, wie weit ich gegangen war, blieb ich abrupt an einem roten Seil vor mir stehen.

Oh Scheiße. Ich war bis zu den Vorführungen gegangen und blickte zurück zur Bar. Ich konnte zurückgehen. Könnte mich an der Bar verstecken und den Jahreswechsel allein verbringen. Oder ich könnte aus mir herausgehen. Neues Jahr, neues Leben, neue Regeln, neue Ziele. Mich von der Vergangenheit befreien. Mich gegen Vorurteile auflehnen. Lernen, statt beurteilen. Und in diesem Fall zuschauen, bevor ich es als böse verurteilte.

Ich hob den Blick von dem Seil und sah das Paar auf der Bühne an.

Alles in mir wurde zu Eis.

Mein Boss, Bennett Arschloch Ashby, stand auf der Bühne.

Vor ihm war eine Frau in schwarzer Reizwäsche an dieselbe Art Kreuz gebunden, wie Miranda es in ihrem Haus hatte. Er stand mit dem Rücken mir, doch das spielte keine Rolle, denn stundenlang hatte ich das Muskelspiel seines Rückens bereits betrachtet, wenn er mein Büro verließ. Und heute stellte er mehr zur Schau. Die Ärmel hatte er bis über die Ellbogen aufgerollt, ich sah die Venen an seinen Armen, und in der Hand hielt er etwas wie eine Reitgerte. Es dauerte einen Moment, bis mein Gehirn alle Puzzleteile zusammensetzte.

Mein Boss. Im BDSM-Club. Schlug eine Frau vor

Publikum. Dominant.

Weil er es genoss?

Der Klang der Stimmen um mich herum wurde zu einem Summen und dann stumm.

Heilige Scheiße! Mein Boss schlug eine Frau mit einer Peitsche. Er holte aus und ließ das Ding schnalzen. Der Schlag auf den am besten gepolsterten Teil ihres Körpers beförderte sie vorwärts. Ihr Gesicht war gerötet, die Lippen waren leicht geöffnet. Ihre Augen verschleiert, als stünde sie unter Drogen.

Das ergab alles keinen Sinn.

Ich wollte mich umdrehen, wegrennen, schreien und brüllen. Wollte Bennett die Peitsche aus der Hand nehmen, doch ich konnte mich nicht bewegen. Ich war zu sehr von der Vorführung fasziniert. Von dem Anblick, wie mein Boss eine Frau schlug, die mehr Lust und mehr Emotionen zeigte, von einem Mann den Hintern versohlt zu bekommen, als ich je im Leben gesehen hatte.

Alle abgekühlten Stellen an mir zündeten, erhitzten sich und ich erstarrte. Ich krallte die Hände um das Band vor mir, die Finger in den samtigen Stoff, und der Mensch neben mir stieß mir an die Schulter, als er sich seine Position eroberte. Ich stand einfach nur da. Sah zu. Hasste es. Aber verdammt, ich konnte nicht aufhören, Bennett zuzusehen.

Er war immer ruppig zu mir. Kommandierend. Jetzt wusste ich, warum. Aber er war nicht freundlich wie Shawn. Ich konnte mir nicht vorstellen, dass Bennett je die Einfahrt seines Nachbarn vom Schnee befreien würde, es sei denn, es würde etwas für ihn dabei herausspringen. Shawn lachte, machte Witze, neckte gern und war amüsant. Er hatte nichts mit dem Bennett zu tun, den ich aus dem Büro kannte.

Und diese Seite von ihm war mir auch nicht bewusst gewesen. Heiliger Jesus! Diese Arme. Gäbe es Porno-

Kapitel 3

In den letzten zwei Monaten hatte ich mich an das Prickeln gewöhnt, das mich überfiel, wenn Rebecca Morales in meiner Nähe war. Ich hatte es sogar absichtlich ausprobiert. Mein Schwanz hatte eine direkte Verbindung zu dem süßen Duft meiner sexy, aber verklemmten und viel zu ernsten Assistentin. Jeden verdammten Tag salutierte er vor ihr, wenn wir im obersten Stock von Ashby Enterprises aus dem Aufzug traten.

Wieder einmal hatte mein Schwanz sie schon vor mir erspürt. Denn Rebecca im *Luminous* war genauso verrückt wie die Vorstellung, dass sie sich willig über meinen Schreibtisch beugen würde, damit ich ihr ein Spanking verpassen könnte. Woran ich fast immer denken musste, wenn sie ihren Hintern aus meinem Büro schwang.

Ich schüttelte das seltsame Gefühl ab, pausierte meine Vorführung mit Kaila kurz, um mich zu sammeln. Während solcher Darbietungen wurde mein Schwanz nie hart. Das Ganze war zu technisch, zu geplant, und an einem Abend wie diesem auch noch gezähmt, um die neuen Gäste nicht zu schockieren. Normalerweise benutzte ich nicht gern irgendwelche Utensilien. Die heutigen Regeln erforderten es, doch wenn ich mit einer Sub nach meinen Vorlieben spielte, benutzte ich am liebsten meine Hände für das Spanking.

„Immer noch alles okay, Kaila?" Ich schindete Zeit. Rebecca Morales war im verdammten *Luminous,* und ihr weißes Armband strahlte wie ein Neonleuchtfeuer. Verflucht, was hatte sie hier zu suchen? Das hier war mein Rückzugsort, einer, an dem ich ihr entfliehen konnte.

„Ja, Sir." Ich strich ihr mit den Fingern durchs Haar. „Können wir weitermachen?"

„Unsere Zeit ist gleich vorbei."

„Schade, Sir." Sie zwinkerte und ihre grünen Augen wurden klarer. „Ich hatte gehofft, wir können das hier später zu Ende bringen. Auf vernünftige Weise."

Tja, nein. Ich war schon einmal mit Kaila zusammen gewesen und brauchte keine Wiederholung. Ich war wählerisch, wen ich mit ins Bett nahm, und besonders, mit wem ich spielte. Kailas Neigungen waren krasser als meine Interessen. Sie brauchte jemanden, der präzise mit einer Peitsche umgehen konnte. Dieser Mann war nicht ich. Ich genoss Schmerzen zu verursachen nicht so sehr wie andere Doms. Ich brauchte die Kontrolle, sehnte mich verdammt danach, aber für mich musste das auf andere Art geschehen. Diese Demonstration machte ich nur, um Dylan einen Gefallen zu tun.

„Noch fünfzehn, und dann sind wir fertig. Ich kann dir bei der Nachsorge behilflich sein, es sei denn, du hast jemand anderen dafür." Diese Session war so zahm, dass sie es wahrscheinlich gar nicht brauchte, doch es lag dennoch in meiner Verantwortung, mich um sie zu kümmern.

Ich musste so schnell wie möglich vom Vorführungsbereich verschwinden, Rebecca suchen und herausfinden, was zur Hölle sie hier machte.

Enttäuschung flackerte in Kailas Augen auf, ehe sie zu Boden blickte. „Danke, Sir, ich finde schon jemanden."

Ich trat zurück, ließ die Gerte schnalzen und sah Rebecca erneut an. Sie hatte sich nicht vom Fleck gerührt. Nein, sie hatte die Lippen geöffnet, und auch bei dem gedämpften Licht sah ich, dass ein Hauch Rosa auf ihren Wangen lag. Sie hatte die Hände um das rote Band vor ihr geklammert, als brauchte sie es, um nicht umzufallen. Ich verschlang jeden Zentimeter von ihr mit meinem Blick.

Sie war schön. Wunderschön. Keines der üblichen Worte wurde ihr gerecht. Ihr Haar glänzte und glitzerte, die vollen Lippen glänzten ebenfalls immer, doch es waren ihre mandelförmigen Augen, die mich anzogen, die mir ihr Leid und ihre Genervtheit über mich zeigten. Sie konnte nichts in ihrem Blick verbergen, und ja, ich ärgerte sie oft, machte sie wütend. Sie war so wunderschön, wenn sie die Lippen spitzte und mich finster ansah.

Sie besaß einen Körper wie zum Ficken gemacht. Ihre Brüste waren eine gute Handvoll, und mehr als ein Mal hatte ich von ihren Nippeln geträumt. Waren sie rosa? Pink? Oder viel dunkler?

Scheiße.

Ich war hart und musste die Session noch beenden.

„Fünfzehn", sagte Kaila hinter mir.

Ich sah noch einmal zu Rebecca und schnickte die Gerte an meinen Oberschenkel. Sie senkte den Blick und heiliger Fick! Sie beleckte sich die Lippen.

Gefiel es ihr etwa? Wollte sie das? Sie war immer so ernst und beherrscht. Ich hatte geglaubt, sie wäre viel zu verklemmt für so etwas wie das hier. Doch das würde ich noch herausfinden. Sobald ich hier fertig war.

Konzentriere dich, du Idiot.

Himmel noch mal. Rebecca brachte meinen Verstand durcheinander.

„Mitzählen, Sub." Ich hob die Hand und ließ die Gerte wieder schnalzen und war nicht mehr zufrieden mit den Spuren, die ich auf Kailas Hintern hinterließ. Sie zählte perfekt mit. Ich passte genau auf, beobachtete jeden Schlag und wie Kaila sich an den Fesseln festklammerte. Ich drängte Rebecca aus meinen Gedanken und konzentrierte mich auf die Session. Eine Gerte verursachte nur wenig Schmerz, doch darauf kam es nicht an. Als Dom war es meine Aufgabe, die Kontrolle zu haben, mich um die Sub zu kümmern, egal welcher

Art die Session war. Mein Augenmerk lag auf ihrer Lust, ihrem Genuss der Unterwerfung. Mein eigener Genuss bestand darin, dass mir jemand die Kontrolle überließ, mir den Körper – und eines Tages Herz und Seele – anvertraute, denn das erregte mich.

„Acht, Sir. Kann ich noch einen haben, Sir?"

„Danke für deine guten Manieren, Kaila."

Ich schlug sie erneut mit der Gerte und erhöhte das Tempo. Sie hätte dies stundenlang aushalten können. Unsere geplanten zwanzig Minuten bedeuteten für sie kaum ein Aufwärmen, doch sie war schon seit Jahren eine Sub und ihre Manieren waren tadellos.

Schnell beendete ich die Session, warf die Gerte auf den Tisch und befreite Kaila von den Fesseln. Ich wandte mich den Zuschauern zu und blinzelte irritiert. Biss die Zähne zusammen. Rebecca war verschwunden.

Ich massierte Kailas Handgelenke und Schultern, regte die Durchblutung an. „Alles okay?" Es gehörte zum Ablauf, diese Fragen zu stellen. „Brauchst du Wasser?"

„Nein danke, Sir." Sie hob den Kopf und sah mich an. „Aber eine Decke wäre nett."

Ich griff nach der weichen rosa Decke, mit der sie auf die Showbühne gekommen war, und legte sie um ihre Schultern. „Hast du wirklich jemanden, der dir hilft? Ich kann auch bei dir bleiben."

Kaila verdrehte die Augen. „Ach bitte. Ich merke doch, dass du etwas anderes vorhast. Ich komme zurecht, Sir."

„Such dir jemanden."

Sie deutete auf zwei Leute. Zwei Doms, die ich nicht kannte, aber hier schon gesehen hatte. Einer von ihnen strahlte eine stärkere Intensität aus, als ich es je erlebt hatte, und seine Neigung zu Elektro-Spielen flößte mir einen Heidenrespekt ein. Er wäre perfekt für Kaila.

„Keine Sorge, ich habe da schon jemanden im Visier."

Ich blieb bei ihr, als sie den Dom ansprach. Er sah

mich an, erbat meine Erlaubnis, die ich ihm gern sofort nickend gab.

Als die beiden gegangen waren, räumte ich das Andreaskreuz auf, desinfizierte es und richtete die Utensilien für die nächste Demonstration her.

Vieles an BDSM verlief systematisch. Es gab Regeln und Richtlinien. Alles, um sicherzustellen, dass das Geschehen zwischen zwei Parteien immer sicher, vernünftig und einvernehmlich war. Mein Interesse daran hatte nicht wie bei anderen Doms damit begonnen, dass ich eine Neigung in mir entdeckte, Frauen zu fesseln und ihren Hintern zu verhauen, um meine Markierungen auf ihr zu hinterlassen. So urzeitlich waren meine Sehnsüchte gar nicht.

Mir ging es ums Befehlen. Ich brauchte die Kontrolle. Ich war damit aufgewachsen, dass jede Minute meines Lebens geplant und durchkalkuliert war. Irgendwann als Teenager, als ich aufgehört hatte, gegen die unfassbaren Erwartungen meiner Eltern anzukämpfen, und mich ihnen ergab, war ich wirklich erwachsen geworden.

Für mich war eine Frau, die mir die Kontrolle über sich selbst gab und sich dabei frei fühlte, egal ob an meiner Seite oder zu meinen Füßen, schöner, als ich es je beschreiben könnte.

Zu wissen, dass eine winzig kleine Chance bestand, dass Rebecca Morales daran interessiert sein könnte, gab mir ein neues Ziel.

Eine neue Mission.

Ich schob die Hände in die Hosentaschen und verließ den Bühnenbereich.

Frohes neues Jahr. Oh ja.

***

Rebecca war in der Menge leicht zu finden. Mein Schwanz, ein Wärme suchender Torpedo für ihre prächtigen Hüften und vollen Lippen, zuckte interessiert, als ich ihr karamellfarbenes Haar sah, das ihr glatt den Rücken hinunterfiel. Sie stand an der Bar und unterhielt sich mit einem Paar, das ich seit Jahren kannte.

Ich kam nicht so oft ins *Luminous* wie andere Doms. Shawn und Miranda Lawson waren seit zehn Jahren verheiratet und gehörten zu den ersten Mitgliedern, als Dylan den Club eröffnet hatte. Sie waren nicht zu übersehen, da sie mehrmals im Monat herkamen und kein Problem damit hatten, Demonstrationen für Zuschauer vorzuführen. Ich hatte das auch schon oft getan, mich aber nie länger mit den beiden unterhalten. Ich war kein Voyeur, doch es war schwer, nicht fasziniert zuzusehen, wenn Shawn Miranda mit dem Flogger verwöhnte, sodass kein Zweifel bestand, dass er komplett, hundertzehnprozentig seiner Frau ergeben war. Sie hatten eine stumme Verständigung entwickelt, durch Blicke, Gesten und Augenzwinkern, was die Sehnsucht in mir hervorrief, ebenfalls mit jemandem so tief auf geistiger Ebene verbunden sein zu wollen. Mit jemandem, der mich bis auf die Knochen kannte.

Gemessen an dem lockeren Umgang mit dem Paar nahm ich an, Rebecca war mit ihnen hier. Dutzende Fragen kamen mir in den Sinn. Warum war sie hier? Woher kannte sie das Paar? War sie an dem Lebensstil interessiert? Würde sie mir erlauben, ihr alles darüber beizubringen?

Sobald ich mir diese Frage gestellt hatte, kam mir die Antwort. Ja! Ich würde kein Nein akzeptieren.

Als Rebecca das erste Mal in mein Büro gekommen war, wurde mein Schwanz so hart, drückte sich gegen den Reißverschluss meiner Anzughose, dass ich die Zähne zusammenbiss, um nicht laut zu stöhnen. Ich hatte mich wie ein Arsch benommen, aber auf keinen Fall hätte ich aufstehen und sie angemessen begrüßen können. Ein offensichtlicher Ständer bei der Begrüßung der neuen Assistentin hätte eine potenzielle Klage wegen sexueller Belästigung bedeutet. Seitdem war es einfacher, ein Arschloch zu sein und Abstand zu halten.

Wenn sie sauer war und mich mit Blicken tötete, wenn ich wieder ging, war das angenehmer als der schmerzende Ständer, wenn sie mich anlächelte.

Es war schwer genug, zu ertragen, dass sie jetzt andere Leute anlächelte. Sollte sie mir je dieses unschuldige Lächeln schenken, wäre ich für immer verloren. Vergessen wäre die Vorstellung von ihr zu meinen Füßen. Dann wäre ich derjenige, der auf die Knie fallen würde, um sie anzubeten.

Ich ließ mir Zeit, auf die kleine Gruppe zuzugehen, genoss Rebeccas Anblick und wie sie ohne die konservative Bürokleidung und noch seriöseren Manieren war. Ihr Kleid funkelte bei jeder Bewegung, das Licht wurde von den Pailletten reflektiert. Beim Näherkommen fiel mein Blick tiefer. Das Kleid war sehr kurz. So verdammt kurz, dass ich, wenn sie einen Fuß auf die untere Strebe des Barhockers stellen würde, sehen könnte, welche Farbe ihre Unterwäsche hatte. Meine Vermutung, und davon gab es viele, war schwarz.

Vielleicht trug sie auch gar nichts drunter. Verdammt … das war ein heißer Gedanke. War die verklemmte, brave Rebecca Morales unter dem Minirock nackt? Ich hatte mir immer rosa oder weiße Tangas vorgestellt, etwas Simples, das zu ihrer Professionalität passte. Doch vielleicht hatte die anständige Miss Morales ja eine ungezügelte Seite, die ich noch nicht entdeckt hatte. Allein dieses Kleid verriet mir schon, dass dem so sein musste.

Die Vorstellung von ihrer nackten Pussy, nass vom Zuschauen, wie ich die Gerte geschwungen hatte … war ein wirklich hübsches Bild.

„Hallo, Rebecca", grüßte ich sie und sah ihr in die Augen. Der Ausschnitt ihres Kleides zeigte nur einen

Hauch ihres köstlichen Dekolletés. Meine Assistentin anzusabbern, war jedoch keine gute Idee, egal ob innerhalb oder außerhalb des Büros. „Wie ich sehe, haben Sie sich doch noch von der Arbeit lösen können.“

„Mr. Ashby.“

Oh, dieses spöttische Lächeln. Es war bezaubernder, als sie dachte. Ich trank ihren Ärger wie ein Alkoholiker Schnaps.

„Shawn und Miranda Lawson, Bennett Ashby.“

Sie nickte ihren Freunden zu und ich musste grinsen. Ihr Erröten und der flatternde Puls an ihrer Kehle verrieten mir alles, was ich wissen musste. Genau wie das bebende Glas in ihrer Hand. Meine Anwesenheit hatte eine Wirkung auf sie, und das lag nicht allein an ihrer täglichen Wut auf mich.

„Wir kennen uns“, sagte ich und reichte Shawn die Hand. Die Höflichkeit verlangte es, doch mich nur kurz von Rebecca abzuwenden, war mir schon zu viel. „Schön, euch beide zu sehen. Frohes neues Jahr.“

„Dir auch, Bennett.“ Shawn schüttelte mir fest die Hand und nahm den Blick nicht von mir. Ich war etwas größer und schwerer als er, doch dafür respektierte ich den Mann. Er ließ sich von nichts und niemandem einschüchtern. „Woher kennt ihr euch?“

„Rebecca arbeitet für mich.“

„Er ist mein Boss.“

Wir hatten gleichzeitig gesprochen. Das heißt, ich sprach und Rebecca murmelte. Dass ihr meine Anwesenheit nicht gefiel, war offensichtlich. Das merkte man an ihren angespannten Schultern und daran, dass sie mich nicht direkt ansah.

Egal. Bald würde sie mich ansehen.

In Mirandas Augen blitzte etwas auf und Shawn ließ meine Hand los. „Verstehe. Ich wusste gar nicht, dass du Rebeccas Boss bist, Bennett.“

„Ich habe euch doch erzählt, dass ich bei Ashby

Enterprises als Assistentin arbeite.“

Shawn grinste. „Stimmt. Ich nehme an, ich habe einfach nicht die Verbindung gezogen.“

„Und du hast ihnen großartige, außergewöhnliche Dinge über deinen Boss erzählt?“, fragte ich. In diesem Umfeld duzte man sich.

Sie hatte sich leicht zurückgezogen, als Shawn geredet hatte. Ich wollte sie näher. Wollte, dass sie diese glühweinroten Lippen frustriert zum Schmollmund verzog. Alles, nur nicht lächeln.

Sie sah mich an und grinste. „So etwas in der Art.“

Aha! Ich kannte Rebecca. Zumindest gut genug, um eine Reaktion aus ihr herauszuholen. Doch ehrlich gesagt wusste ich gar nichts über sie. Nicht, dass ich es nicht versucht hätte. Zwar war ich der Präsident von Ashby Enterprises, nachdem ich ein Leben lang auf die Übernahme der Firma vorbereitet worden und seit mein Vater in Rente gegangen war, doch die Personalabteilung hatte bestimmte Regeln. Aus Privatgründen durfte ich nicht an Informationen über das Personal heran, egal wie oft ich versuchte, mich in der Abteilung einzuschleimen. Und da ich gern der Boss dieser Firma war und meine Angestellten respektierte, wollte ich nicht den dominanten Herrscher heraushängen lassen, um meinen Willen durchzusetzen. Die Dominanz reservierte ich lieber fürs Schlafzimmer.

„Ich würde gern mit dir reden“, sagte ich zu Rebecca. „Allein.“

Sie umfasste ihr Glas fester und sah mich nicht direkt an. „Ich bin mit meinen Freunden hier und habe keine Zeit.“

„Äh, eigentlich“, sagte Miranda und sah zwischen Rebecca und mir hin und her, „müssen wir jetzt unsere Vorführung beginnen.“ Sie verzog das Gesicht.

Rebecca verdrehte die Augen. „Ach so, stimmt ja. Geht und amüsiert euch, seid kinky und so weiter.“ Sie drehte sich abrupt zu mir um. „Sag mal, Bennett, wenn du dabei bist, jemandem vor Zuschauern auf der Bühne die Seele aus dem Leib zu peitschen, gibt es da einen Spruch, den man sagt? Wie das mit dem Hals- und Beinbruch? Mögen Doms so etwas hören wie *Gut peitsch* oder *Mach sie fertig* oder *Gib's ihr richtig gut?*"

„Das ist unser Stichwort, wir gehen." Miranda kicherte und drückte Rebeccas Arm. „Sei lieb und benimm dich."

„Ja", warf ich ein. „Lass uns nett sein."

Wütende Hitze rötete ihre Wangen und sie richtete sich auf den hohen Absätzen auf. Ja, das gefiel ihr. Oder sie machte sich bereit, nach mir zu treten, und ich hatte ihre Absätze gesehen. Sie waren ganz schön spitz. Stilettos am Schienbein fühlten sich beschissen an. Vorsichtshalber trat ich einen Schritt zur Seite.

„Rebecca", sagte Shawn, der schon den Arm um seine Frau gelegt hatte, um zu gehen. „Denk an mein Versprechen." Sein Blick glitt zu mir und wieder zu ihr. „Verstanden?"

Sie verdrehte die Augen. Was auch immer sie für einen Code vereinbart hatten, sie winkte locker ab. „Geh und peitsche deine Frau um den Verstand."

„Du bist eine Verrückte", sagte er. „Wir sind bald wieder da."

Sie gingen, und ich setzte mich auf Shawns Platz an der Bar, direkt vor ihr, sodass sie mich nicht ignorieren konnte, ohne es ganz offensichtlich zu tun. Ich bezweifelte, dass sie das machen würde. Sie war zu stur.

„Also, du wolltest mit mir reden?"

Ich hob einen meiner Getränkebons hoch und wartete, bis die Barkeeperin mir meinen Drink gebracht hatte, bevor ich antwortete. Jetzt, wo wir allein waren, hatte ich zu viele Fragen im Kopf. Außerdem machte es mir Spaß, sie ungeduldig zu machen.

Marissa, die Barkeeperin, nahm mir den Bon aus der

Hand und füllte eine Handvoll Eis in einen Shaker.

„Kommst du oft hierher?", murmelte Rebecca neben mir.

„Oft genug, dass Marissa weiß, dass ich selten trinke, aber wenn, dann Wodka Tonic."

Sie presste die Lippen zusammen und sah in eine andere Richtung. Die Röte auf ihren Wangen war verschwunden. Als Marissa mir den Drink hinstellte, gab ich ihr ein großzügiges Trinkgeld. „Danke, Marissa."

„Gern, Sir."

Effizient wandte sie sich dem nächsten Glas zu, und ich lächelte hinter meinem Drink, als ich Rebecca einen Schmollmund ziehen sah.

„Ich bin erstaunt, dich hier zu sehen", sagte ich.

„Ich war auch noch nie hier."

„Du kommst mir nicht wie eine Frau vor, die sich hierfür interessiert."

„Echt nicht? Was für eine Art bin ich denn?" Sie schüttelte den Kopf. „Vergiss es. Mir ist egal, für was für eine Art Frau du mich hältst."

Ich wäre nicht in der Lage gewesen, den Umsatz meines Vaters in vier Jahren zu verdreifachen, wenn mir solch kleine Lücken entgehen würden, wie sie mir soeben eine gelassen hatte. „Nicht? Du willst nicht wissen, was ich über dich denke? Und was, wenn ich es dir trotzdem erzähle?"

Sie öffnete den Mund, wahrscheinlich, um etwas zu erwidern, also sprach ich weiter, ohne ihr die Gelegenheit dazu zu geben. Ich beugte mich vor, senkte die Stimme und sprach fast direkt an ihrer Haut. Himmel, dieser Duft. Süß und cremig, Vanille und noch etwas anderes. Berauschend. „Du möchtest gar nicht wissen, wie oft ich schon mit dem Gedanken gespielt habe, dich über meinen Schreibtisch zu legen und dir den Hintern zu versohlen."

Kapitel 4

Rebecca

Guter Gott, was er alles zu mir sagte. Wie er mich ansah, als wäre er der Löwe und ich die verwundete Beute. Er würde mich fressen und im Ganzen verschlingen. Dies war eine Seite von Bennett, die ich noch nicht gesehen hatte, und ich war nicht sicher, ob ich noch mehr davon sehen wollte.

Ich wusste bereits jetzt, dass ich am Montag nicht im Büro erscheinen und einfach vergessen könnte, welche Empfindungen seine Worte in mir ausgelöst hatten. Ich fühlte mich fiebrig, heiß, und es kribbelte überall. Doch es konnte unmöglich Begierde sein, die den Druck zwischen meinen Beinen verursachte. Unmöglich. Nicht bei dem Bild, das er mir gerade in den Kopf gesetzt hatte.

„Du brauchst gar nicht zu antworten", sagte er flüsternd. Sein warmer Atem floss über meine Wange und über meinen Hals. Dennoch wich ich ihm nicht aus. „Ich sehe die Röte auf deinen Wangen. Dir mag nicht gefallen, dass ich daran gedacht habe, aber gib zu, dass du neugierig bist. Deshalb bist du an einem Abend wie diesem hier."

Und da irrte er sich. Gewaltig. Ich war nicht neugierig. Kein bisschen.

„Ich bin nur hier, weil mich meine Freunde, die meine Nachbarn sind, eingeladen haben."

„Aber du hast zugesehen, wie ich Kaila mit der Gerte den Hintern verhauen habe, denn tief in dir bist du von all dem fasziniert."

Er irrte sich. Er musste es einfach. Ich war nicht fasziniert. Ich hatte Miranda nur all diese Fragen gestellt, um sicherzugehen, dass sie in ihrer Beziehung in Sicherheit war. Und weil das, was ich in ihrem Haus gesehen hatte, mir Angst gemacht hatte. Und dieses blöde Gefühl hasste ich. Ich hatte die meiste Zeit meiner Jugend in Angst gelebt.

Wissen war Macht.

„Stopp", sagte ich atemlos. Er hatte mir den Atem mit seiner rauen Stimme und seiner Nähe geraubt. Im Büro war Bennett ein diktatorischer Arsch, aber hier, viel zu nah an mir, war er überwältigend. Vereinnahmend.

„Ich nehme an, du hast mit Miranda über BDSM gesprochen."

„Ja." Ich sah ihn an, unsicher, worauf er hinauswollte. Er belohnte mich mit einem Flattern in seinem Blick, das ein erhitztes Pulsieren in meine Mitte jagte. Verfluchter Mist. Er durfte einfach nicht recht haben.

„Dann weißt du auch, dass Stopp kein akzeptables Safeword ist. Wenn du willst, dass ich dich in Ruhe lasse, brauchst du es nur zu sagen. Aber falls du etwas Schöneres und Lustvolleres erfahren magst, als du je erlebt hast, dann bitte ich dich um deine Hand und einen Abend, um dir zu zeigen, was dieser Lebensstil alles zu bieten hat."

Meine Hände bebten so stark, dass ich das Wasserglas abstellen musste. Ich klammerte mich an die Bar. Alles, was er sagte, warf mich aus den Schuhen. Ich war nur noch ein zitterndes Etwas, aber das war nicht alles. Ich hätte es leugnen können, so oft ich wollte, doch das wäre gelogen. Bennett war einer der erotischsten Männer, die ich je gesehen hatte. Er war ermutigend dreist. Schroff und kommandierend. Jedoch strahlte er eine Selbstsicherheit aus wie der teuerste Wein sein feines Aroma. Wenn einer sein Versprechen einlösen würde, dann er. Ich ging nicht mit vielen Männern ins Bett. Dazu war ich zu wählerisch. Ich suchte mir sanfte Männer, freundliche mit Manieren und Kavaliersgehabe, doch am Ende eines solchen Dates hatte mir ein simpler Kuss auf die Wange nichts gebracht. Ich hatte nicht das Bedürfnis, diese Männer wiederzusehen. Und mit denen, die ich mit ins Bett genommen hatte, war der Sex nur oberflächlich gewesen. Mit wenig Vorspiel zum Aufwärmen und einem gelegentlichen Orgasmus.

Ich dachte mir, ich müsste irgendwie gestört sein. Doch als mein Körper derartig auf Bennetts Worte ansprach, dachte ich, dass dem vielleicht gar nicht so war.

Er stand immer noch dicht bei mir, hatte sich aber leicht zurückgezogen. Leger nippte er an seinem Drink, als kontrollierte er die Welt um sich, hatte alle Geduld und Zeit des Universums, um auf meine Antwort zu warten.

„Wie genau würde das aussehen?" War das raue Geräusch meine Stimme?

Als ob er spürte, dass ich mich weit außerhalb meiner Komfortzone befand bei diesem Gespräch, bei diesem ganzen Abend, hatte er den Anstand, nicht triumphierend zu grinsen. Er stellte das Glas ab, beugte sich vor und verschränkte auf der Bar die Finger ineinander.

„Wir gehen irgendwo hin. Reden. Besprechen, was du gern erleben würdest, und sehen dann weiter. Aber wenn du ein bisschen etwas über BDSM weißt, dann bestimmt auch, dass nichts ohne dein absolutes Einverständnis geschieht und dass du die Macht hast, es jederzeit zu beenden."

Bei ihm klang das so einfach, doch das Herz schlug mir in der Brust wie eine Trommel.

„Falls es dich etwas entspannt, kann ich dir sagen, dass das, was du heute gesehen hast, nicht ist, was ich bevorzuge."

Er hatte eine Gerte an einer halb nackten Frau benutzt. Von Miranda wusste ich, dass eine Gerte kaum wehtat, schon gar nicht echte Schmerzen verursachte. Bevorzugte er also weniger oder mehr? Ich traute mich nicht, ihn zu fragen.

„Ich glaube, das hilft mir nicht wirklich weiter."

„Vielleicht kann ich deine Ängste beruhigen, die ich in deinen Augen sehe, wenn ich dir sage, dass ich gar keine Hilfsmittel benutze. Wenn ich eine Frau zum Orgasmus bringe, sie sich unter mir windet, weiß ich gern, dass es nur meine Hände sind, die ihr den Lustschmerz verschaffen, meine Worte und mein Körper, der sie verrückt macht, wieder und immer wieder."

Er legte eine Hand auf meine Schulter. Ein Schauer überlief mich von der Hitze seiner Handfläche. Was er beschrieb, klang fantastisch. Nicht annähernd so beängstigend wie das Kreuz oder die Flogger in Mirandas Schrank im Gästezimmer. Er beschrieb Dinge, die ich gern erleben wollte. Roher, atemberaubender Sex mit multiplen Orgasmen.

Ich öffnete den Mund, um Ja zu sagen, doch da fiel mir ein Hindernis ein, das ich nicht einfach überspringen konnte. „Aber du bist mein Boss, Bennett."

„Was wir in unserer Freizeit tun, bleibt privat. Nur ein Abend, um mehr bitte ich dich nicht. Und wenn du mir danach sagst, dass du nie wieder etwas wie Unterwerfung erleben willst, dann werde ich es respektieren."

„Ohne Druck?"

„Ah, Rebecca." Ich spürte sein Lächeln dicht an meiner Wange. „Hast du vergessen, was ich gesagt habe? Du hast die ganze Macht hier, auch wenn du vor mir kniest. Verwechsele Unterwerfung nie mit Schwäche. Du bist zwar diejenige, die tut, was man dir sagt, aber du hast immer die Macht."

Genau dieser Widerspruch wollte noch nie in meinen Kopf gehen. Vielleicht gab es nur einen Weg, es zu lernen.

„Ein Abend also", krächzte ich. Ich verzog das Gesicht wegen der Mundtrockenheit und griff nach meinem Wasser. „Wann?"

Sein Grinsen wurde verrucht. Aufregung strömte bis in meine Zehen und Finger.

Er streckte seine Hand aus und winkte mit den Fingern. „Heute natürlich.“

Mit bebenden Fingern hob ich die Hand. Etwas Unbekanntes floss durch meine Adern.

Plötzlich wurde ein Arm um meine Schultern geschlungen und zerrte mich nach hinten.

„Du bist ja immer noch da“, sagte Miranda und umarmte mich fest. „Wie versteht ihr beide euch?“

„Perfekt“, sagte Bennett. Er hob eine Braue und warnte mich so, zu widersprechen.

„Und wie geht es dir?“, fragte ich Miranda. Gott sei Dank war sie wieder da. Ihre Umarmung beruhigte mich. Ich brauchte das mehr als je zuvor. Jetzt, wo sie da war und Shawn sich neben Bennett gestellt hatte, brachte mich das Begreifen, wozu ich mich einverstanden erklärt hatte, aus dem Gleichgewicht.

Miranda zwinkerte und ließ mich los. „Gut aufgewärmt.“ Sie lehnte sich an Shawn, wie sie es immer tat.

„Na wunderbar“, murmelte ich und setzte das Wasserglas an die Lippen.

Fast hätte ich meine Hand in Bennetts gelegt und ihm erlaubt, mich wie einen Fußabtreter zu benutzen, nur um sein Vergnügen zu bekommen. Darum ging es hier doch, oder?

Männer benutzten Frauen zu ihrer Befriedigung.

Doch die Dinge, die er gesagt hatte … hatten ein Bild von etwas unglaublich Herrlichem gemalt.

Dieselbe Geduld von vorhin schimmerte in seinen dunkelbraunen Augen, als ob er meine plötzliche Angst verstehen würde.

„Entschuldigt mich“, sagte Bennett und stellte sein Glas ab. „Rebecca und ich wollten gerade gehen.“

Oder vielleicht auch nicht?

Mist.

„Wirklich?", fragte Shawn. Er blickte zwischen uns hin und her und hielt Miranda fester. „Rebecca ist mit uns hier."

„Und mit deiner Erlaubnis würde ich sie gern nach Hause bringen."

Es klang, als würde er tatsächlich Shawns Erlaubnis brauchen. Fast wäre ich rückwärts getreten, riss mich jedoch zusammen. Bennett war kein Mann, der von irgendjemandem eine Erlaubnis einholen musste.

„Verstehe", sagte Shawn. „Bist du damit einverstanden, Rebecca?"

Er neigte den Kopf zur Seite und neben ihm kicherte Miranda. Sie legte eine Hand auf den Mund, um ihre Erheiterung zu verbergen, doch man sah es in ihren schönen Augen.

„Äh, nun ja …"

Bennett beugte sich dicht an mein Ohr. Sein würziger Duft nebelte mich ein. Seine pure Präsenz blockierte mein rationales Denken, um das ich mich so bemühte.

„Unterwirf dich mir, Rebecca. Nur einen Abend. Ich werde dich wie eine Königin behandeln und dir mehr Lust bescheren, als du dir vorstellen kannst. Gib mir heute Abend, um es dir zu zeigen."

„Und wenn ich Ja sage? Was dann?"

„Dann wirst du meinen Namen schreien, mehrmals diese Nacht, bis in den Morgen."

Es war verrucht. Unrealistisch. Und so verdammt verlockend.

„Und im Büro werden wir es nie mehr erwähnen?"

„Wenn es das ist, was dir Sorgen macht, dann kann ich es dir versprechen. Im Büro werde ich nicht erwähnen, was zwischen uns war, es sei denn, du fängst zuerst davon an."

Und das würde nie passieren.

Was hatte ich zu verlieren?

Eine Nacht, um zu checken, was daran so toll sein

sollte. Eine Nacht, um zu lernen, was Unterwerfung wirklich bedeutete. Eine Nacht, in der Bennett Ashby meinen Körper benutzen würde.

„Okay.“

Erneut hielt er mir seine Hand hin und ich legte meine hinein. Diesmal wurde sein Grinsen siegessicher und verdammt schön, blendete mich mit seinen weißen Zähnen und dem sündigen Schwung seiner Lippen.

Er wandte sich an Shawn. „Vielleicht ist dir wohler, wenn ich euch mit Rebecca folge. Sie erwähnte, dass ihr Nachbarn seid.“

„Klingt gut“, sagte Miranda.

„Rebecca?“, fragte Shawn.

Ich grinste ihn an. Sein Beschützerinstinkt, bloß weil ich mit seiner Frau befreundet war, brachte mein Hirn ganz durcheinander. „Das ist okay.“

„Sagte die Frau mit dem Enthusiasmus einer, die zur Schlachtbank geführt wird“, sagte Bennett leise, noch immer grinsend.

Huch, anscheinend versteckte sich hinter all seiner üblen Laune und der Arroganz doch ein Sinn für Humor.

„Dann musst du mir wohl das Gegenteil beweisen.“

„Das, Miss Morales, wird mir ein absolutes Vergnügen sein.“

Schluck.

***

Wir saßen in Bennetts schwarzem Audi. Vor uns immer die Rücklichter von Shawns BMW.

Bisher hatte sich Bennett wie ein Gentleman benommen. Nach meiner Zustimmung hatte er mich mit allen kavaliermäßigen Qualitäten, nach denen ich mich immer sehnte, aus dem Club geführt. Mit einer Hand auf meinem unteren Rücken leitete er mich sanft, doch bestimmt. Draußen zog er seinen schwarzen Mantel aus und legte ihn mir um die Schultern, um mich zu wärmen. Wir waren hinter Shawn und Miranda gelaufen, und als wir in Bennetts Auto waren, wartete er, bis Shawn neben uns fuhr, bevor er ihm auf die Straße folgte.

Als ich meine Hand in seine gelegt hatte, hatte sich etwas zwischen uns verändert. Es raubte mir die Selbstsicherheit und die Sprache, als wäre ich plötzlich verstummt und wartete nur noch auf seine Kommandos.

Bennett dagegen war so arrogant und selbstsicher wie immer gelaufen, die Schultern nach hinten, der Rücken gerade, das Kinn hoch, doch er hatte seine Schritte verlangsamt, damit ich noch mitkam.

Seit er mich auf den Beifahrersitz geführt und die Tür erst geschlossen hatte, als ich angeschnallt war, waren im Wagen nur die Geräusche der Reifen auf der Straße zu hören, die über Risse und Löcher holperten.

Natürlich war ich ein nervliches Wrack.

„Ist dir klar, dass deine Gedanken schneller und lauter rasen als eine Achterbahn?“, fragte er, ohne den Blick von der Straße zu nehmen.

„Ich weiß nicht, was ich jetzt sagen soll.“

„Hast du Fragen? Ich nehme an, du hast welche.“

Spontan fiel mir nur eine ein. Denn bei unseren bisherigen Gesprächen hatte er kein einziges Mal diesen warmen, weichen Blick in den Augen gehabt, den er bei der Frau namens Kaila gehabt hatte. „Was bedeutet dir die Frau von heute Abend? Mit der du auf der Bühne warst?“

Er sah mich kurz an und dann wieder auf die Straße. „Von allen möglichen Fragen ist diese die überraschendste.“

„Findest du?“

Er nickte. „Kaila ist eine Sub, ungebunden und ehrlich gesagt viel krasser drauf als ich. Aber sie schauspielert wunderbar vor Publikum.“

„Du hast gesagt, dass du normalerweise keine … äh … dass du deine Hände bevorzugst." Es wurde langsam heiß im Auto. Schnell blickte ich auf die Temperaturanzeige, doch nichts hatte sich geändert, es musste also mein vor Scham brodelndes Blut sein.

Na toll. Jeder Mann wollte eine verschwitzte, plappernde, panische Frau. Geliebte. Scheiße. Was hatte ich mir da nur eingebrockt?

„Ja. So ist das beim BDSM, genau wie in jeder Vanilla-Beziehung. Man könnte hundert Pärchen aufstellen und hundert verschiedene Beispiele finden. Es ist auch wirklich nicht viel anders als eine Vanilla-Beziehung, Rebecca. Wir alle haben unsere Neigungen, unsere eigene Art, Dominanz und Unterwerfung auszudrücken, und jeder Partner in jeder Beziehung muss den passenden finden, und zusammen müssen sie herausfinden, was für sie am besten funktioniert."

„Bei dir klingt das so vernünftig."

„Ein guter Dom sorgt für vernünftige und klare Erwartungen. Am wichtigsten ist mir aber jetzt, dass du weißt, dass ich im Gegensatz zu Shawn, von dessen Talenten du sicherlich gehört hast, keine Frauen über eine Bank lege oder ans Kreuz binde, denn das brauche ich nicht. Ich genieße die Kontrolle und die Unterwerfung einer Frau. Ob auf den Knien oder stehend. Mir deine kostbarsten Stellen und Sehnsüchte anzuvertrauen, ist das Geschenk, das du mir gibst."

Ein köstlicher Schauer wirbelte durch mich hindurch. Die Skyline von Grand Rapids flog am Fenster vorbei. „Was du da beschreibst, klingt … machbar."

In Wahrheit klang es wunderschön. Er verehrte eine Frau, die sich ihm hingab, ihm vertraute. War das nicht der Kern von dem, was ich wollte? Einen Mann, der mich wertschätzte und verehrte?

„Ich bin kein Sadist. Ich bin ein Dom und vor allem ein Mann. Ich bin kein Monster, Rebecca."

Doch darin lag der Konflikt. „Dennoch kannst du nicht kommen, wenn du keine Frau herumkommandieren kannst.“

„Und ob du gehorchst, ist immer deine Entscheidung. Dafür gibt es Safewords. Hast du davon schon mal etwas gehört?“

„Mirandas ist *Buffalo*.“

Ich spürte seinen Blick auf mir und sah ihn an. Seine Augen funkelten.

„Buffalo?“

„Anscheinend hatte sie einmal eine schlimme Begegnung mit einem Büffel in South Dakota und hat jetzt Angst vor ihnen.“

Seine Schultern zuckten bei seinem leisen Lachen. „Verständlich. Aber zurück zu unserem Thema und heute Nacht. Kennst du die Befehle *Gelb* und *Rot*?“

Miranda hatte mir alles erklärt. Zusammen mit der Geschichte von trampelnden Büffeln, über die ich so hatte lachen müssen, dass ich fast unter mich gemacht hätte. „Gelb steht für Pause und Rot für Stopp.“

„Benutze sie. Und wenn wir bei dir zu Hause sind, wird nichts passieren, wenn du zögerst. Heute geht es ums Lernen, Entdecken, die Befriedigung deiner Neugier, die du nicht zugeben willst.“ Er legte eine Hand auf meinen Schenkel, kurz über dem Knie. Da das Kleid so kurz war, spürte ich jeden Zentimeter seiner Hand auf der prickelnden Haut. „Wenn du Fragen hast, stell sie mir. Bei Angst, sag *Gelb*.“

Wieder klang das so vernünftig. So widersprüchlich.

„Was hast du mit mir vor?“

Seine Hand auf meinem Bein drückte zu, bewegte sich höher unter mein Kleid, bis seine Finger fast an meinem Schritt angekommen waren.

„Sämtliche versauten Dinge, die du schon immer wolltest, und einige, auf die du nie gekommen wärst.“

Kapitel 5

Bennett

Hätte mir vor einer Woche jemand gesagt, dass ich eines Tages die sexy, reservierte Rebecca Morales nackt und bereit für all meine sexuellen Launen vor mir haben würde, hätte ich um den teuersten Whiskey, den es auf der Welt gibt, dagegen gewettet.

Gott sei Dank war dem nicht so.

Alles, was bisher zwischen Rebecca und mir passiert war, seit ich sie an dem roten Band hatte stehen sehen, war derartig außerhalb der normalen Realität, dass mir immer noch ganz schwindelig war. Doch diese Gelegenheit ließ ich nicht an mir vorbeiziehen. Seit Monaten, lange bevor sie meine Assistentin wurde, berauschte sie mich mit ihren die Hüften umschmiegenden Röcken, die ihren knackigen Hintern betonten, und Blusen, die verführerisch auf den Kurven ihrer Brüste lagen. Schon bald würde ich alles an ihr in meinen heißen, wartenden Händen halten.

Ich konnte es nicht erwarten, anzufangen.

Als wir ihr Haus betraten, zitterten ihre Hände so stark, dass ich ihr fast den Schlüssel abgenommen hätte. Doch ich tat es nicht. Trotz ihrer Nervosität galt das, was ich ihr gesagt hatte. Ohne ihr Einverständnis würde nichts laufen, und sie musste mich freiwillig in ihr Haus lassen.

Wie Rotkäppchen und der Wolf.

Mann, was hatte ich für große Zähne.

Ich folgte ihr ins Haus, und als sie die Tür schloss, nahm ich ihr meinen Mantel von den Schultern. Bei der Berührung meiner Finger spannte sie sich an, so wie vorher im Auto schon.

Mein Ziel war, dass sie mich am Ende der Nacht freiwillig anfassen würde, anstatt zu erstarren, wenn ich ihr nah kam. „Alles okay? Brauchst du einen Drink oder so?“

„Sollte ich das nicht dich fragen? Ganz die kleine Frau, die dem großen mächtigen Mann dient?“

Meine Hand zuckte bei ihrem frechen Mundwerk. Das verstärkte mein Verlangen, sie übers Knie zu legen und ihr Gehorsam beizubringen. Ich kreuzte die Arme vor der Brust und wartete, bis sie sich auf eine Antwort wartend umdrehte.

„Respektlosigkeit meiner Sub bringt ihr eine sofortige Disziplinierung ein, Rebecca. Ich habe klargestellt, dass ich alle Fragen beantworten werde, dass nichts ohne dein Einverständnis passiert, aber du hast dieser Nacht zugestimmt. Diese Frechheit wird dir ein Spanking einbringen. Aber vielleicht wolltest du das ja auch erreichen?“

Ein Schauer durchlief sie. Genauso sichtbar wie ihre vor Verlangen geweiteten Pupillen. Ja, sie wollte es. Doch vielleicht wollte sie auch, dass ich ihr die Wahl nahm.

„Es tut mir leid, Bennett. Du hast recht. Das war unhöflich, aber du musst mir verzeihen, dass ich etwas überwältigt bin.“

„Sir oder Mr. Ashby.“

Sie runzelte die Stirn. „Wie bitte?“

„Wenn du mit einem Dom spielst, nennst du ihn beim angemessenen Namen. Und nein, nicht weil du nur eine kleine Frau bist, sondern weil es beide besser in ihre Rollen bringt. Und was den Drink angeht … ich spüre deine nervöse Ausstrahlung. Als dein Dom ist es meine Aufgabe, dafür zu sorgen, dass du dich wohlfühlst. Manchmal werde ich dich vielleicht bitten, mir einen Drink zu machen, wenn ich möchte, dass du mich bedienst. Was du nicht zu verstehen scheinst, ist, dass das

Dienen für beide Seiten gilt. Ich bringe dich in die richtige Geisteshaltung und kümmere mich um dich, damit du mir vertraust, was hoffentlich dazu führt, dass du dich gern freiwillig unterwirfst."

Sie verschränkte die Finger ineinander und sah zu Boden. Dann stieg sie aus den Schuhen und schubste sie Richtung Garderobenschrank. „Schon wieder klingst du so vernünftig."

„Es muss ja auch nicht kompliziert sein." Ich grinste sie anzüglich an. „Es sei denn, du reizt die Grenzen aus, um die Konsequenzen herauszufinden."

„Tun Subs das?"

„Manche genießen das, aber in unserer Welt nennt man sie Gören." Sie machte ein entsetztes Gesicht und ich hob schnell die Hand. „Bevor du mir jetzt mit Feminismus kommst … das ist nur unsere Bezeichnung für eine Sub, die *top from the bottom* spielt, also den Dom dominieren will und versucht, ohne den nötigen Respekt ihren Willen zu bekommen. Wenn du etwas von mir willst, dann bitte darum. Wenn es mir Freude macht, es dir zu geben, dann tue ich es. Und die Worte Göre, Schlampe oder Hure haben nur eine negative Bedeutung, wenn man ihnen diese gibt. In meiner Welt haben sie das nicht."

Sie blähte die Wangen auf und atmete aus. „Ich glaube, jetzt brauche ich den Drink."

Ich ging an dem kleinen Wohnzimmer vorbei in die Küche und ließ sie im Flur stehen, gab ihr Zeit, alle Infos zu verinnerlichen, bis sie einen Sinn darin erkannte. Unterwerfung lernte man nicht in einer Nacht, und außer Rebeccas Tendenz, den Blick zu senken, und ihr Verlangen, zu lernen und zu verstehen, bezweifelte ich, dass sie es wirklich wollte. Eine Nacht lang spielen vielleicht, doch nicht auf lange Sicht.

Was verfickt noch mal verdammt schade war.

Wenn ich sie erst einmal in den Fingern hatte, kam ich

hoffentlich über dieses wahnsinnige Verlangen hinweg, sie über meinen Schreibtisch zu beugen. Heute Nacht konnte ich all die verruchten Dinge mit ihr tun, von denen ich fantasierte, und anschließend die Sache hinter mir lassen.

Und hoffentlich würde ich mich dann wieder auf die Arbeit konzentrieren können, denn die letzten zwei Monate waren die Hölle gewesen. Weshalb ich sie das Angebot heute noch mal hatte überarbeiten lassen, um mich abzulenken.

Ihr Haus sah aus wie eine kleine Ranch mit zwei Schlafzimmern. Es stand in einer ruhigen, älteren Wohngegend im Süden von Grand Rapids. Große Eichen und Ahornbäume säumten die Straße. Im Frühling würden die Blätter wie ein Dach über die schmale Straße ragen.

Sie hatte das Haus hübsch gestaltet und renoviert. Es sah nach einer Frau aus, bei der alles einen festen Platz hatte.

Ich hatte es einer Innenarchitektin überlassen, meine Eigentumswohnung einzurichten, und als sie kaum aus der Tür war, hatte ich den ganzen sinnlosen Deko-Kram in den Müll geworfen. Gerümpel störte mich gewaltig. Mir gefiel, dass Rebecca ihr Zuhause zwar gemütlich und warm gestaltet hatte, alles in Grau- und Blautönen gehalten, doch es war nicht übermäßig angefüllt mit gefakten alten Büchern, Kerzenständern und nutzlosen Deko-Bastbällen in Schalen, die kein Mensch brauchte und die nur das Staubwischen schwieriger machten. Nicht, dass ich je Staub wischte. Jeden Donnerstag kam meine Haushälterin Gloria und erledigte das für mich, genau wie meine Lebensmitteleinkäufe.

Im Esszimmer gab ich Rebecca ihr Wasserglas.

Mit immer noch bebenden Händen nahm sie es mir ab. „Danke.“

Ich setzte mich auf einen grauen Wildledersessel und

lehnte mich an, ließ die Arme auf den Lehnen ruhen. Um ihr die Angst zu nehmen, konnte ich nur schnell anfangen. „Wenn du bereit bist, knie dich vor mich hin."

Was die Kommandos anging, war dies eines der leichten. Sie zögerte, weitete die Augen, bevor sie dorthin sah, wo ich es wollte. Auf meine Füße, nicht in meine Augen.

Als sie sich nicht bewegte und auch nicht ihr Wasser trank, spreizte ich meine Beine breiter. „Du kannst dich vor meine Füße knien oder zwischen meine Beine, Rebecca, aber so oder so solltest du jetzt anfangen. Du kannst es dir aussuchen."

Zwischen meinen Beinen wäre allerdings wunderbar. Das würde ihr den direkten Blick auf meinen harten Schritt geben. Wäre ich ein Arschloch, würde ich die Lage meines Schwanzes justieren und ihr zeigen, wie sehr mich der Anblick ihrer wohlgeformten Beine anmachte. Bei dem kurzen Kleid hatte ich einen tollen Blick darauf.

Als sie sich immer noch nicht bewegte, sprach ich weiter. „Oder du kannst *Rot* sagen und ich gehe. Vergiss nicht, dass die Entscheidung zur Unterwerfung bei dir liegt."

„Aber während ich mich unterwerfe, heißt es, entweder auf deine Art oder gar nicht."

„Genau." Ich tippte mit den Fingern auf die Armlehne, um meine wachsende Ungeduld zu zeigen. Sie verstand genug, um zu wissen, dass Zeitschinden sinnlos war. „Und wenn du nicht gehorchen willst, kann ich dich dafür übers Knie legen. Das ist jetzt deine letzte Chance, eine Entscheidung zu treffen."

Das machte ihr Feuer unter dem Hintern. Sie hüpfte zur Seite, ging auf die Knie und stellte das Glas auf den Beistelltisch.

„Gut so, Ben... Mr. Ashby?"

Sie hatte es nicht vergessen. Sie senkte sich auf die Fersen hinab, als wüsste sie genau, was ich wollte. Das Kleid rutschte weit auf ihre Schenkel hoch. Wenn ich mich jetzt vorbeugte, würde ich endlich wissen, welche Farbe ihr Höschen hatte. Ihre Hände lagen mit den Handflächen nach oben auf ihren Knien.

Ich grinste. „Du hast ganz schön oft mit Miranda über das hier gesprochen, oder?"

Sie nickte.

„Du bist schön. Fürs Protokoll möchte ich aber sagen, dass meine Subs immer nackt vor mir knien, mit den Knien weiter auseinander, sodass ich ihre Pussy sehen kann, wann ich will." Sie zuckte zusammen. Ich legte eine Hand auf ihren Kopf, ohne Druck auszuüben. „Bevor du etwas sagst …" Ich senkte die Stimme. „Du hast mich erfreut. Rebecca. Dir zuliebe werde ich heute langsam vorgehen. Werde dir nur meine Vorlieben zeigen. Aber du machst das schon sehr gut. Danke, dass du kein Safeword benutzt hast."

Sie zitterte, Gänsehaut erschien auf ihren Armen. Ich widerstand dem Drang, ihre Kopfhaut fester zu packen. Für jemanden, der so zögerlich war, war sie unglaublich erregt.

„Sag mir, Rebecca …" Ich massierte ihren Kopf, um sie zu beruhigen. Und sie zu berühren. Verdammt, ich wollte ihren Hintern anfassen. „Wenn du so vor mir kniest, wie fühlt es sich an?"

„Nicht so unangenehm, wie ich gedacht habe, Mr. Ashby, aber trotzdem seltsam."

„Und wenn ich dir verrate, dass ich von dir auf den Knien, wo du mir dienen willst, hart wie Stein werde? Was fühlst du dabei?"

„Oh Gott", flüsterte sie. „Ich weiß nicht."

„Doch, du weißt es. Sag es mir. Bist du nass? Denkst du darüber nach, wie geil mich das macht?"

Ihre Stimme war heiser, rau und atemlos. „Ja. Ja, ich

bin nass, Sir."

Sir.

Heilige Scheiße.

Noch nie hatte dieses Wort so eine Wirkung auf mich gehabt. Es rammte sich direkt in meine Brust. Ich krallte die Finger fester in ihre Haare, als ob ich dem widerstehen wollte.

Himmel. Diese Frau.

„Braves Mädchen. Danke für deine Offenheit. Bist du bereit, weiterzumachen?"

„Darf ich fragen …"

„Wir tun, was ich sage. Das wird als Nächstes passieren."

Sie atmete zittrig und durch ihre leicht geöffneten Lippen tief aus. Ich wollte diese Lippen um meinen Schwanz sehen, meinen Schaft in ihre Kehle schieben und tief in sie spritzen. Sie machte mich fertiger als jede Frau zuvor, und dabei hatten wir noch nicht einmal irgendwas getan.

Worauf hatte ich mich mit ihr nur eingelassen?

„Ich bin bereit, Sir."

Ja. Musik in meinen Ohren.

„Sieh mich an und sag mir, was du heute Abend machen willst."

Sie zögerte. Ich hob ihren Kopf an, ließ meine Hand an ihren Hals gleiten. Ich wollte sie anfassen, wollte, dass sie mich jeden Augenblick in dieser Nacht spürte. Ständig würde ich sie mit den Händen oder meinem Körper irgendwie berühren, bis ich wieder gehen würde. Was hoffentlich die nächsten paar Stunden noch nicht geschehen würde.

Hitze versengte mir den Brustkorb, als sie die hellbraunen Augen hob und mich ansah. Als hätte mir jemand ein Brandeisen angesetzt. Ich musste mich beherrschen, nicht zurückzuzucken und ihr nicht zu zeigen, wie sehr mich ihre Unschuld berührte. Oder die

Röte auf ihren Wangen. Oder das Funkeln in ihren Augen.

Sie hatte Angst, war aber auch neugierig. Auf mehr als nur Unterwerfung. Sie wollte etwas Bestimmtes.

„Was möchtest du, Sub?"

Nichts wusch ihr die zarte Röte so schnell aus dem Gesicht wie die Erinnerung an ihre Stellung in der Hierarchie. Darin würde ich später schwelgen. Wenn sie meinen Namen schreien würde, wenn ich sie mit den Fingern immer wieder zum Kommen brachte.

„Sag es mir, Rebecca. Du hattest genug Zeit, darüber nachzudenken. Was soll ich heute mit dir machen?"

„Mir fällt es schwer, zu glauben, dass ich wirklich die Wahl habe."

Ich hätte sie necken können, die Stimmung aufhellen, damit sie sich richtig wohlfühlte, doch das tat ich nicht. Es machte mehr Spaß, sie in Ungewissheit zu lassen.

„Wenn du mir nicht sagst, was du willst, entscheide ich für dich."

Ihr Mundwinkel zuckte und sie sah zu Boden. „Dachte ich mir", murmelte sie. Sie hob wieder den Kopf und verursachte mir dieses Brennen in der Brust. Vielleicht brauchte ich einen Arzt. Einen Herzspezialisten. „Ich hätte gern ein Spanking, Sir."

Das hatte ich nicht erwartet. Ihre Hände zusammenhalten, während ich sie fickte, ja. Sie mit dem Mund verschlingen, ja. Doch sie wollte gleich richtig rangehen.

Wunderbar. Denn ich konnte es kaum erwarten.

„Sehr gut." Ich zeigte keine Gefühlsregung, doch konnte nicht wegsehen, wie sie gegen ein Grinsen ankämpfte. Sollte sie glauben, sie hätte gewonnen, würde sie bald eines Besseren belehrt werden. „Steh auf und zieh dich aus. Und dann zeig mir dein Schlafzimmer."

Kapitel 6

Rebecca

Ich war davon ausgegangen, dass meine Wahl ihn aus der Fassung bringen würde.

Dumm von mir.

Ich kannte Bennett zwar erst seit ein paar Monaten näher, aber ich hätte mir denken können, dass ich bei ihm nicht die Oberhand gewinnen würde. Er war geschäftlich so erfolgreich, weil er gut vorausschauen konnte. Warum sollte es hierbei anders sein?

„Sir?"

Sein Griff in meinem Nacken wurde fester. Zwar ängstigte es mich nicht, doch erhöhte es dennoch meinen Puls. Immer wenn er mich anfasste, rollten Wellen der Lust über mich. So wie in der Bar, als er mir so nah war, dass es seltsame Dinge mit mir anstellte. Unbekannte Empfindungen. Er brachte mich ganz schön durcheinander.

„Du hast mich verstanden, Rebecca. Mir ist klar, dass das alles neu für dich ist und dass du nervös bist, aber wenn du weiter alles, was ich sage, infrage stellst, wirst du kein Safeword brauchen, denn dann werde ich gehen. Gehorchen oder Gelb oder Rot sagen. Das sind deine Optionen. An mir zu zweifeln, ohne respektvoll um eine Erklärung zu bitten, oder zu pausieren, ist ungezogen und ich werde dich nicht noch einmal ermahnen. Wenn du jetzt das Spanking willst, kannst du es haben. Aber erst musst du aufstehen, dich ausziehen und mich in dein Schlafzimmer führen."

Dieser Mann. Die Arroganz, die er im Büro wie einen gut geschnittenen Anzug mit sich herumtrug, kam deutlich zum Vorschein. Aber verdammt noch mal, während ich ihn im Büro am liebsten mit meinem Kugelschreiber erstechen würde, war ich hier, zu Hause, vor seinen Knien kein bisschen wütend. Gemessen an dem Pulsieren in meinem Schritt.

Verdammt, verdammt. Ich wollte das hier, auch wenn es verstörend und unangenehm war. Er erklärte mir alles und ließ mir Zeit. Außerdem erinnerte er mich daran, dass ich Optionen hatte.

Doch ich gab nie so leicht auf.

„Du hast recht, Sir", sagte ich, stützte mich mit den Händen auf dem Boden ab und erhob mich mit bebenden Knien. „Danke für die Erinnerung."

„Schön", murmelte er.

Ich legte die Hände an den Saum meines Kleides. Bennetts Blick folgte meinen Bewegungen. Er war mir so nah. Seine Knie streiften meine, als ich mich etwas von ihm entfernte.

„Nein", sagte er, immer noch leise. Seine Stimme war rau und entschlossen. „Stell dich beim Ausziehen zwischen meine Beine."

Oh Scheiße.

Ich erstarrte. Er hob eine Braue. Verflucht. Ich wollte nicht, dass er mich verließ. Er hatte dieses verrückte, schwindelerregende Chaos in mir ausgelöst, und jetzt war ich nicht nur neugierig, wie es enden würde, sondern ich wollte es auch unbedingt erleben. Nur ein Mal. Eine Nacht. Spanking und eine wilde Nacht lang ficken.

Das konnte ich total leicht tun.

Ich machte einen Schritt nach vorn und stellte mich zwischen seine Beine. Er legte die Hände an meine Hüften.

„Danke, Rebecca. Das hast du sehr gut gemacht."

Mit den Daumen streichelte er meine Hüften. Herrliche Empfindungen wirbelten in meinem Unterbauch umher. Oh Gott. Allein seine Daumen auf dem Kleid machten mich schon nass.

Ich konnte mich an keinen Mann erinnern, der je solche Gefühle in mir ausgelöst hätte. Nicht mal mein handlicher Vibrator machte mich so heiß. Und das Ding konnte Wunder vollbringen.

„Dein Dom hat dir ein Kompliment gemacht, Sub. Was sagst du dazu?"

Sub.

Ich hätte angewidert sein sollen. Noch letzte Woche wäre es so gewesen. Doch als Bennett es jetzt sagte, mit dem tiefen Blick in meine Augen, zündete ein ganz anderes Gefühl in mir. Etwas wie Wohlgefühl und Zufriedenheit. Sehr seltsam.

„Vielen Dank, Sir."

„Sehr schön. Und jetzt zieh dich aus. Du kannst dir gar nicht vorstellen, wie oft ich an deinen Körper gedacht habe, wie oft ich es mir selbst besorgt habe. Zu dem inneren Bild von deinem Hintern und deinen Brüsten, das in meinem Hirn eingebrannt ist. Wie oft ich an deinen Nippeln saugen wollte und mich gefragt habe, ob deine Unterwäsche genauso konservativ ist wie deine Kleidung."

„Musst du immer so krass sein?"

„Beleidigt es dich, zu hören, dass ein Mann dich sexy findet?"

Wieder erhob er eine Braue. Forderte mich heraus.

So gesehen, nein. Das empfand ich ganz und gar nicht so. „Nein." Bevor ich es mir anders überlegen oder ihn wütend machen konnte, ergriff ich das Kleid. Es klebte an mir und war dehnbar. Und hatte keinen Reißverschluss. So schnell ich konnte, zog ich es mir über den Kopf, und meine Haare fielen mir wieder auf den Rücken.

Heilige Scheiße. Noch nie hatte mich ein Mann so intensiv angesehen. So auf mich konzentriert, dass ich sah, wie ihn Lust und Verlangen so stark überkamen, dass er die Zähne zusammenbiss, um nicht aufzustöhnen. Ob das stimmte, spielte keine Rolle, sondern dass es so aussah, was er mir vermittelte. Dieser Blick, der angespannte Kiefer und das tiefe Knurren in seiner Kehle jagten ein anderes Gefühl durch mich hindurch.

Selbstsicherheit.

Bevor es wieder vergehen konnte, zog ich den trägerlosen BH aus und ließ ihn auf den Boden fallen.

„Halt."

Als ich das Kleid ausgezogen hatte, hatte er die Hände von mir genommen, doch jetzt waren sie wieder da. Seine Daumen lagen an meinem schwarzen Tanga. Sein Blick zwischen meinen Beinen.

„Bennett? Ich meine, Sir?" Er hatte sich nicht bewegt. Doch sein heißer Blick stellte unanständige Dinge mit meinen Nippeln an. Sie richteten sich auf und kribbelten. Schmerzhaft. Hart. Himmel, am liebsten hätte ich hineingekniffen, um den Schmerz zu erleichtern, den er verursachte. „Dein Blick macht mich ganz nass."

Er nickte und schob die Daumen unter die Ränder des Höschens.

„Danke für deine Ehrlichkeit." Er zog an dem Satin-Tanga, beugte sich vor und legte die Lippen direkt unter meinen Bauchnabel. „Ich ziehe dir jetzt das Höschen aus. Gott, ich kann dich riechen. Weißt du, wie köstlich zu riechst, wenn du erregt bist? Ich würde den Duft gern in eine Flasche füllen und daran riechen, wenn ich hart bin, und ich würde allein davon kommen."

Seine Worte waren obszön. Und wunderbar. Ging es zwischen Doms und Subs darum? Jemanden so anzumachen, dass er zu einer Pfütze dahinschmolz?

Bis jetzt war er zwar kommandierend, doch respektvoll gewesen. Und jedes Mal, nachdem er mir etwas befahl, sprach er ein Kompliment aus. So bildhaft, dass ich wahrscheinlich schon von seinen Worten kommen könnte.

Der Satinstoff rutschte meine Schenkel hinab, und meine Pussy zog sich zusammen, als die kühle Luft mich traf.

„Ich möchte dich küssen“, wisperte er. „Darf ich? Hier?“

Ich verstand nicht, warum er erst fragte. Doch bevor ich antworten konnte, strich er mit dem Daumen über meine angeschwollene Klit. „Ja“, keuchte ich. Meine Knie zitterten. „Bitte.“

Er berührte mich mit seinen Lippen. „Ich hatte nicht erwartet, dass du rasiert bist. Aber verdammt noch mal, du bist so sexy, Sub. So verflucht sexy.“ Wieder berührte er mich mit den Lippen, ohne Zungeneinsatz, nibbelte nur sanft an meiner Klit und darüber.

„Bitte“, wisperte ich und schnappte nach Luft, als er mich weiter reizte. „Ich könnte jetzt kommen.“

„Ich weiß. Und das wirst du auch.“ Er drückte mich mit den Händen nach hinten und stand auf. „Sobald dein Spanking vorbei ist, es sei denn, du kommst dabei.“

„Oh Gott.“ Ich geriet ins Schwanken. „Ich weiß nicht …“

„Du schaffst das. Bisher bist du perfekt und ein Spanking wird dich ins Nirwana befördern. Vertrau mir, Rebecca.“

Mit einer Hand an meiner Taille glitt seine andere meinen Arm hoch zur Schulter und legte sich an meinen Hals. Seine Daumen bewegten sich beide, zärtlich, streichelten mich unter dem Kinn und auf meinem Bauch.

„Bist du bereit?“

„Ja“, krächzte ich und räusperte mich. „Ja, Sir.“

„Gut. Dann zeig mir dein Schlafzimmer.“

Dort wollte ich eigentlich nicht hingehen. In mein Zimmer, mein Bett, meinen privaten Bereich. Das wäre zu intim. Und diese Sache hier entwickelte sich zu mehr als nur einer Spielsession. Dafür war er zu sanft, zu zärtlich.

„Können wir nicht einfach hierbleiben?“

„Ist dein Schlafzimmer eine Grenze für dich?“

Ich blinzelte irritiert. Wie sollte ich das erklären, ohne naiv zu wirken? Ein Ding der Unmöglichkeit.

„Lass mich raten“, sagte Bennett. Er zog mich an sich, bis meine Brüste sein Hemd berührten. Der Stoff fühlte sich rau an den Nippeln an. Ich stöhnte leise bei der Reibung. Bennetts Lippen waren neben meinem Ohr und ich spürte seinen warmen Atem an meiner Wange. „Du willst nicht morgen oder nächste Woche in deinem Schlafzimmer an das denken müssen, was jetzt gleich kommt. Du möchtest Abstand und Trennung, damit du im Büro nicht jedes Mal, wenn du mich siehst und ich diese Nacht *nicht* erwähne, daran denken musst, welche Gefühle ich in dir ausgelöst habe, die immer noch in deinem Bett herumgeistern.“

Da ich dem nicht widersprechen konnte, schwieg ich. Und dann erschütterte er meine Welt noch mehr, als er es ohnehin bereits getan hatte.

„Aber das ist der Punkt, Sub. Ich will, dass du diese Erinnerungen hast. Ich will, dass das ein Problem für dich ist, denn ich will, dass du eines Tages in mein Büro kommst, auf die Knie gehst und mich bittest, mich anflehst, all das noch mal mit dir zu machen, so oft ich nur will.“

Scheiße.

Das sollte wohl ein Scherz sein.

„So, wir hatten das Thema schon einmal. Schlafzimmer oder Rot.“

„Schlafzimmer“, hauchte ich, bevor ich darüber nachdenken konnte.

Niemals würde ich ihn anflehen. Nie würde ich in seinem Büro vor ihm auf die Knie fallen, egal wie gut diese Nacht werden würde. Ich stand zu meinem Wort und hatte die Parameter bereits festgelegt. Niemals würde ich im Büro vor Bennett niederknien und darum betteln, dass er mir den Hintern versohlte.

„Ich folge dir. Seit Wochen habe ich bei dem Gedanken an deinen schwingenden Hintern gewichst und mich gefragt, wie voll und perfekt er wohl ist, und jetzt bekomme ich ihn endlich zu sehen.“

Er drehte mich um und führte mich am Kamin vorbei, am Gästezimmer und dem Badezimmer, das man vom Schlafzimmer sowie vom Wohnzimmer aus betreten konnte. Ohne anzuhalten, drückte er die Tür auf und wir betraten den großen Raum. Das Haus war klein und nichts Besonderes, doch das Schlafzimmer hatte mich zum Kauf bewegt. Das Zimmer war so groß, weil das Haus einst drei Schlafzimmer gehabt hatte. Irgendwann hatte jemand eine Wand entfernt. In der freien Ecke hatte ich eine Chaiselongue unter dem großen Fenster stehen. Daneben war bei diesem Umbau ein offener Kamin eingebaut worden. Abends hielt ich mich oft hier auf, um herunterzukommen, bevor ich Schlafen ging, legte ich mich auf die Chaiselongue vor den Kamin und las ein Buch. Besonders im Winter oder Herbst, wenn es furchtbar kalt draußen war. Die Fenster im Wohnzimmer waren nicht erneuert worden und waren zugig. In meinem Zimmer war es gemütlicher und heimeliger.

Jetzt traf mich kein kühler Luftzug, als Bennett hinter mir ins Zimmer kam. Das Klicken der Tür ins Schloss hallte wie ein Gong in meinen Ohren.

Ich schrak leicht zusammen, als seine Stimme hinter mir brummte. „Ich hatte mir vorgestellt, dass du auf meinen Knien liegst und zappelst, während ich Hand an dich anlege, aber heute Abend werde ich etwas anderes machen.“

„Zum Beispiel diesen Wahnsinn vergessen, du gehst, und wir tun so, als wäre das nie passiert?“

„Kneif jetzt nicht den Schwanz ein, Rebecca.“

Er legte seine Hände auf meine Schultern. Mit dem

Rücken zu ihm konnte ich ihn nicht sehen, doch als seine Hände meine Arme hinab glitten, um meine Taille, über die Kurven meiner Hüften, hinterließen sie einen bleibenden Eindruck.

Ich lehnte mich an ihn und spürte seine rauen Finger auf meinem Bauch, der eine Gänsehaut hatte. Seine Hände umfassten meine Taille und schoben mich vorwärts, bis ich vor der Wand stand und mich mit den Händen daran abstützte. „Was soll …“

„Still“, sagte er in mein Ohr. Seine warme, tiefe Stimme war so köstlich, dass ich erzitterte. „Wie fühlst du dich?“

Mit einer Hand glitt er an meiner Seite hoch, umfasste mein Kinn und drehte mich komplett zu ihm um. Unsere Augen waren nur Zentimeter voneinander entfernt, unsere Lippen noch näher.

Mir blieb ein Wimmern im Hals stecken. In den Tiefen seiner dunkelbraunen Augen schwamm Wärme, als er mein Gesicht anblickte. Seine Hand lag sanft auf meiner Wange. Es war genau der Blick, den er der Frau am Kreuz geschenkt hatte und der mir so nahgegangen war.

„Bennett“, wisperte ich.

Sein Mundwinkel hob sich. „Hast du vergessen, wie du mich nennen sollst?“

„Entschuldigung, Mr. Ashby. Ich habe es vergessen. Bitte.“

„Bitte, was?“

Erneut konnte ich mich nicht dazu bringen, sein Gemecker ärgerlich zu finden, so wie sonst im Büro. Stattdessen sehnte ich mich danach. Wollte sein Necken, sein Druckmachen, und mein Gott, ich wollte seine Hände an mir, egal wie. „Bitte, Sir, verhau mir den Hintern.“

Er lehnte die Stirn an meine. Seine Hände packten mich fester in der Taille und an der Wange. „Verdammt,

Rebecca, du machst mich fix und fertig.“

Dann waren wir ja quitt.

Mit den Lippen strich er an meiner Wange entlang, dem Kinn, und dann zum Ohr zurück. „Presse deine Hände fest an die Wand und strecke mir deinen sexy Hintern entgegen. Okay? Sag mir, wenn du fertig bist.“

Ich musste schwer schlucken. Ich spreizte die Finger auf dem kühlen Verputz, lehnte mich dagegen und streckte den Hintern raus. „Fertig, Mr. Ashby.“ Wie sollte ich ihn nur am Montag im Büro wieder so nennen können? Ich musste mir einen anderen Namen ausdenken.

Stille lag schwer im Raum. Er stand hinter mir, ohne mich zu berühren, doch meine Haut war vor Verlangen wie gespannt. Ich wartete eine gefühlte Ewigkeit, bis ich seine Handfläche auf meinem unteren Rücken spürte.

„Ich könnte dich die ganze Nacht betrachten.“

„Bitte mach mehr als das.“

Sein leises Lachen beruhigte mich, und er begann, meinen Rücken auf entspannende Weise kreisförmig zu streicheln. Er massierte mich leicht, bis seine Hand verschwand. Bevor ich einen weiteren Atemzug nehmen konnte und als ich bereits von der Sehnsucht nach seiner Berührung überwältigt war, klatschte seine Hand auf meinen Hintern. Vor Schreck zuckte ich nach vorn und meine Arme verloren an Kraft.

„Aua!“, rief ich. Hitze versengte die Stelle und breitete sich aus. „Verdammt!“

„Bleib in deiner Position. Noch neun Mal, Rebecca. Wenn es dir hilft, zähl mit.“ Seine Lippen befanden sich an meinem Ohr. „Konzentriere dich darauf, den Schmerz zu absorbieren, anstatt ihm auszuweichen. Glaub mir, es wird besser, und wenn du damit fertig bist, wirst du mich ganz bekommen.“ Er presste seinen Körper an mich. Seine Erektion drückte gegen mich. Er war hart. Und groß.

„Oh Gott, Mr. Ashby, bitte.“

„Noch neun. Kannst du das ertragen?“ Mit der Hand glitt er nach vorn zu meinem Nabel und tiefer, streichelte meine Klit. „Du bist so nass und geschwollen. Nur für mich?“

„Ja.“ Ich kreiste mit den Hüften, suchte nach ihm. „Bitte.“

„Ich werde noch wochenlang von deinem Betteln träumen.“

Es war die reinste Folter. Meine Schenkel zitterten, Anspannung und Hitze rasten durch mich hindurch, brachten mich an meine Grenzen. Alles in mir zog sich zusammen, und ich starrte in einen Abgrund, der den Himmel versprach. Wir hatten nur diese eine Nacht und er musste jetzt einfach anfangen.

„Noch neun. Bereit?“

Er entzog mir seine Hand und trat zurück. Ich stöhnte. Verdammt!

„Glaub mir, das Warten macht es noch besser. Ich habe dich etwas gefragt.“

Ich war bereit, zu kommen. War bereit, mich einem Mann an den Hals zu werfen, den ich noch vor ein paar Stunden für den unmöglichsten überhaupt gehalten hatte. Ich war auch bereit für das Spanking.

„Ja, Sir, ich bin bereit.“

Kaum hatte ich es ausgesprochen, da war seine Hand wieder da und schlug mir auf die andere Pobacke. Zwei weitere Schläge folgten schnell. Ich konzentrierte mich auf die sich ausbreitende Hitze. Wie sie brannte und sich bis auf die Schenkel verteilte.

„Alles okay? Soll ich weitermachen?“

„Ja, Sir. Bitte.“

Seine Hand nahm einen Rhythmus auf, bei dem ich mich ihm entgegenbog, ohne genau zu wissen, was er als Nächstes tun würde. Ich zählte mit und konzentrierte mich auf meine Atmung. Darauf, dass es ihn erregte.

Als ob ich seine Erektion je aus dem Kopf bekommen würde.

„Neun, Mr. Ashby." Ich war atemlos. Schmerzerfüllt.

Noch einmal schlug er zu, traf meinen gesamten Po. Es stach und ich bog mich vor und schrie auf. Meine Arme rutschten kraftlos ab. Bennett legte einen Arm um meinen Bauch und zog mich an sich, während sich meine Gliedmaßen zu verflüssigen schienen. Und dann waren seine Finger genau dort, wo ich sie brauchte.

„Oh Gott", stöhnte ich. Er schob zwei Finger in mich und sein Daumen drückte auf meine Klit.

Ich explodierte, brach zusammen unter den Empfindungen, die durch mich hindurch rasten. „Bennett!", schrie ich, als mich der Orgasmus überrollte, mich aufs Meer hinauszog und in sämtliche Richtungen gleichzeitig verteilte, bis ich mich wieder in Bennetts Armen befand. Er hob mich hoch, ich wurde von seiner Stärke getragen und aufs Bett befördert. Er war zwischen meinen Beinen, drückte seine Hüften auf mich und ich umschlang ihn, während mich die Flutwelle wieder an den Strand spülte und sich mein Herzschlag beruhigte.

„Heilige Scheiße", wisperte ich und krallte mich in sein Oberhemd. „Noch nie …"

„… bist du so heftig gekommen? Erstaunlich, was so ein Spanking vollbringen kann, nicht wahr?"

Seine freche Art war wieder da. Mir fehlte die Energie, die Augen zu verdrehen. Meine Gliedmaßen waren schwer, verflüssigt, doch als Bennett mit den Lippen über meine Wange strich, wandte ich mich ihm zu. „Bitte fick mich", sagte ich rau an seinen Lippen, kurz bevor er sie auf meine presste.

Er eroberte meinen Mund, plünderte ihn, ohne zu zögern, und ich kam ihm sofort entgegen. Unsere Zungen tanzten miteinander, seine Brust sank auf meine und sein Gewicht auf mir fühlte sich köstlich an.

„Nimm die Hände über deinen Kopf", sagte er.

Ich gehorchte. Es gab keinen Grund, zu zögern. Ich genoss ihn bereits zu sehr. Er hielt meine Arme über meinem Kopf gefangen, streckte sie weit nach oben aus und sah mich an.

Dann versprach er mir, dass das Beste noch kommen würde.

Kapitel 7

Bennett

Rebecca beim Kommen zuzusehen, war das Beste, was ich je erlebt hatte. Wie einen Schmetterling, der zum ersten Mal die Flügel ausbreitete, oder ein Nordlicht im klaren wolkenlosen Himmel glühen zu sehen.

„Ich muss sagen, wenn du immer so kommst, werde ich noch sehr lange daran denken müssen."

Ich drückte ihre Hände aufs Bett, um sie daran zu erinnern, dass sie diese genau dort behalten sollte. Wir sahen uns an und oh Mann ... ich war total erledigt. Diese Frau. Diese Nacht. Sie machte mich wahnsinnig.

Ich stand vom Bett auf und öffnete nur so viele Hemdknöpfe, dass ich es von mir reißen konnte. Eilig zog ich mich aus, holte ein Kondom aus meiner Hosentasche und warf noch zwei neben Rebecca aufs Bett.

Mit übergezogenem Kondom stieg ich zwischen ihre Beine. Ihre Pussy war noch tropfnass. Ihre Schenkel zitterten so stark, dass ich befürchtete, dass sie die Kontrolle über ihre Gliedmaßen verlieren könnte. Ich hatte vor, auszuprobieren, ob ich sie so weit treiben konnte.

„Bitte."

Bei ihrem Wimmern zogen sich meine Eier zusammen. Sie bäumte sich auf, mir entgegen, und ich zog mich zurück, nur um ihr frustriertes Stöhnen zu hören. Musik in meinen Ohren. Dass sie mich so verzweifelt brauchte, war fast so schön, wie ihren Orgasmus zu sehen.

„Ich mag es, wenn du bettelst, Sub. Mach das noch mal und vielleicht gebe ich dir dann sogar, was du willst."

„Bitte. Sir. Bennett."

Sie schüttelte immer wieder den Kopf. Karamellfarbenes Haar kitzelte meine Hand, die ihre aufs Bett presste.

Mit der anderen Hand rieb ich meine Schwanzspitze durch ihre Nässe. Oh Mann, ich brauchte sie. „Noch ein bisschen weiterbetteln."

Ihre Hände wehrten sich gegen meinen Griff. Begehrten dagegen auf. Dabei wackelten ihre Brüste, während sie versuchte, sich zu befreien. Doch ich hielt sie fest. Sie würde lernen, dass für mich der Kampf schon das halbe Vergnügen war.

„Oh Gott, bitte, Sir. Bitte."

„Du willst es mehr als alles andere, oder?"

„Ja."

„Du willst mich mehr, als du je einen anderen gebraucht hast?"

Sie sah mich finster an und kniff die Lippen zusammen. Ich drückte die Spitze meines Schwanzes an ihren Eingang. „Komm schon, du kannst es ruhig zugeben."

Wieder bäumte sie sich auf und ihre Fingernägel krallten sich in meine Hand. „Du bist ein Arsch."

„Ich weiß. Außerdem ficke ich dich gleich um den Verstand, sobald du es zugegeben hast."

Sie atmete scharf ein und verengte die Augen. „Ja, Mr. Ashby, das war der beste Orgasmus, den ich je hatte, und ich will mehr. Und bitte, bitte, bitte, fickst du mich jetzt endlich?"

Ihr Ton war anmaßend. Doch die Worte waren perfekt. Für ihre Frechheit würde ich sie später bestrafen, nachdem ich meinen Schwanz in ihrer engen Hitze gehabt hatte.

„Sehr gut, es ist mir eine Ehre, dir deinen Wunsch zu erfüllen." Ich zwinkerte, damit sie sah, dass ich sie neckte, was mir noch einen finsteren Blick einbrachte. Ihm fehlte die Hitze, gemessen an ihren geröteten Wangen und dem zerzausten Haar, dennoch zuckte mein Schwanz.

Ich hob ihr Becken an und rammte mich tief in sie. Weder gab ich ihr Zeit, sich darauf vorzubereiten, noch damit sich ihre inneren Wände um mich dehnen konnten. Aber ihr Stöhnen jagte pure Lust wie eine Feuerwerksrakete durch meine Wirbelsäule.

Verflucht!

Sie schlang die Beine um mich, verschränkte die Füße auf meinem Rücken und hielt mich an sich gedrückt, doch das konnte ich ihr zum Teufel noch mal nicht erlauben. Der Drang, so tief in sie zu stoßen, dass ich in ihr blaue Flecken erzeugen würde, donnerte durch mich hindurch.

„Füße aufs Bett, Rebecca. Beine so breit, wie du kannst." Sie schnappte nach Luft, wimmerte und wand sich in meinem Griff. „Wehr dich, so viel du willst, Süße, aber du darfst erst kommen, wenn du tust, was ich sage."

Kurz war die Vorstellung ihrer Weigerung extrem reizvoll. Sie stinksauer auf mich zu sehen. Mein Schwanz wurde noch härter, und ich kreiste mit den Hüften, bis Rebecca die Füße von meinem Rücken nahm.

„Ich glaube, ich hasse dich", wisperte sie.

Ich zog mich heraus und rammte erneut in sie. „Ah, ich glaube, das stimmt nicht ganz."

Um sie zum Schweigen zu bringen, küsste ich sie wild. Himmel noch mal. Sie nahm alles willig an, was ich ihr gab. Ich hätte mich in ihr verlieren können.

Ich stieß weiter in sie, während meine Zunge ihren Mund fickte. An ihrem Handgelenk in meiner Hand spürte ich ihren schnelleren Puls. „So verdammt gut", stöhnte ich in ihren Mund.

Ihre glatte Hitze hielt mich wie ein Schraubstock, schmiegte sich um mich, wenn ich mich zurückzog, als ob ihr Körper mich auf keinen Fall loslassen wollte. Rücksichtslos nahm ich sie, verschlang sie mit dem Mund, bis ihr Geschmack mich völlig vereinnahmte. Sie wand sich in meinem Griff und ich nahm eine Hand fort, um mit ihren Titten spielen zu können. Ich hob eine Brust an und saugte den Nippel ein.

„Verdammt! Mr. Ashby!", rief sie, bog sich mir entgegen und explodierte zuckend, als der Orgasmus sie heiß und schnell überrollte.

Ihre Pussy umklammerte mich so fest, dass ich fürchtete, sie würde mein Hirn durch meinen Schwanz saugen.

„Fuck", stöhnte ich, stand ihren Orgasmus mit zusammengebissenen Zähnen durch und sah ihr zu. Wundervoll. Sie war einfach exquisit.

„Sieh mich an", knurrte ich. Mit schweren Lidern öffnete sie ihre bernsteinfarbenen Augen. „Sieh zu, wie ich komme, Rebecca. Betrachte, was du mit mir machst."

Schnell stieß ich in sie, das Bett schwankte, ich rammte das Kopfteil gegen die Wand und versenkte mich tief in Rebecca. Ich stöhnte ihren Namen und kam. Ihr Geschmack war nun so tief in mir verankert, während sie mich bewundernd ansah, dass ich ein ganzes Leben brauchen würde, sie wieder aus mir zu entfernen.

***

Nach dem ersten Orgasmus wusch ich uns beide sauber. Ich brachte die Waschlappen ins Bad, und als ich zurückkam, hatte sich Rebecca auf den Bauch gedreht. Ein Bein angezogen, eine Hand unter ihrer Wange sah sie mir zu, wie ich ins Zimmer kam. Ihr Blick fiel auf meinen Schwanz und unter ihrem lüsternen Ausdruck wurde ich wieder hart. Ich pumpte meinen Schwanz zweimal und trat ans Bett.

„Auf die Knie. Hintern in die Höhe." Der plötzliche Drang, sie noch einmal zu schmecken, überwältigte mich, und als sie gehorchte, rutschte ich unter sie, zog sie auf meinen Mund herab und verschlang sie.

Verflucht. Ihr Geschmack. Ihr Wimmern. Wie sie sich ins Laken krallte und seufzte, stöhnte, wenn ich die richtige Stelle traf.

Sie kam auf wilde Weise. Kleine, spitze Schreie drangen aus ihrer Kehle, die ich immer wieder hören wollte, solange mein Gehör funktionierte.

Ich nahm sie erneut und immer wieder, kam so oft, bis ich nichts mehr zu geben hatte, und jedes Mal war sie dabei. Schrie meinen Namen, sah mir tief in die Augen, wenn ich es ihr befahl, und dann, als es vorbei war … bedankte sie sich.

Bedankte sich bei mir wie für ein verdammtes Geschäftsessen.

Sie zog sie einen Morgenmantel an und schnürte ihn in der Taille zu, als wenn sie mich ausschließen wollte.

Multiple Orgasmen mit Rebecca Morales waren mehr, als ich je erwartet hatte, und das nicht, weil sie sich unterworfen hatte. Sondern, weil sie es war. Frech und süß, begierig und willig.

„Also, äh … vielen Dank für diesen Abend." Sie hätte nicht deutlicher zeigen können, dass sie sich unwohl fühlte.

Noch ein verdammtes Dankeschön. Ich wollte keine Dankbarkeit, sondern dass sie sich mir hingab.

An dieser Stelle hätte ich sie trösten und stärken sollen, doch ich war genauso aus der Bahn geworfen wie sie. Seit zehn Jahren war ich mit genügend Frauen zusammen gewesen, um zu wissen, dass man einer Frau wie Rebecca nicht oft begegnete. Und sosehr ich auch nach so einer Frau suchte, hatte Rebecca jedoch keine Sekunde gezeigt, dass sie gern diejenige sein würde. Ich war klug genug, zu wissen, wann ich jemanden Ebenbürtigen vor mir hatte.

Ich legte die Hand auf die Klinke der Haustür und sah Rebecca über die Schulter an. „Gute Nacht, Rebecca."

„Bis bald, Bennett."

Ach, egal. So schnell gab ich keine Herausforderung auf.

„Frohes neues Jahr, Miss Morales. Ich hoffe, dieses Jahr wird dein bestes überhaupt. Ich habe so das Gefühl, dass es so sein wird."

Aufmüpfig öffnete sie die Lippen, und ich ging, schloss die Tür hinter mir, bevor sie widersprechen konnte.

Kapitel 8

„Das hier", sagte Miranda.

Ein roter Rock und eine silberne Seidenbluse flogen aus meinem Schrank auf mein Bett auf den Berg anderer Sachen.

„Miranda …"

Sie streckte den Kopf aus dem begehbaren Kleiderschrank, in den Händen ein Strumpfband und schwarze kniehohe Stiefel. „Und diese hier. Außerdem musst du dich beeilen, sonst kommst du zu spät."

Zur Arbeit. Wo ich Bennett nach einem Abend voller wahnsinnigem Sex wiedersehen würde. Einem Abend, nach dem ich mich wunderte, keinen Infarkt erlitten zu haben bei den Herzaussetzern, die er mir verschafft hatte. Ich war wie irre gekommen. Mehrmals. Bennett hatte es geschafft, mir innerhalb weniger Stunden mehr Orgasmen zu verschaffen als ich je in einem Monat gehabt hatte. Oder in einem Jahr.

Deshalb konnte ich nicht anziehen, was Miranda mir entgegenwarf. Obwohl es meine eigene Schuld war, denn ich hatte sie verzweifelt angerufen und gefragt, was ich bloß anziehen sollte.

„Ich glaube nicht, dass ich so aussehen will." Ich nahm die Seidenstrümpfe zwischen die Finger und ließ sie wieder fallen.

„Ich dachte, du willst ihn verrückt machen."

Ich spießte sie mit einem strengen Blick auf. „Ich habe gesagt, du sollst mir helfen, etwas zu finden, was deutlich ausdrückt, dass ich total vergessen habe, was an Silvester passiert ist."

Sie verzog die Lippen und zuckte die Achseln. „Komisch. Ich habe verstanden: Miranda, ich will dem

Mann, der mir unglaubliche Orgasmen verschafft hat, zeigen, wie wenig mich das beeindruckt hat, aber ich will nicht, dass er mich auch nur für eine Sekunde vergessen kann."

Ich nahm die silberne Bluse, bevor sie verknitterte, und schüttelte sie aus. Dann hielt ich sie mir vor die Brust. „Und eine Bluse mit so einem tiefen Ausschnitt hältst du für passend?"

Sie tippte auf ihr Handgelenk, als hätte sie eine Armbanduhr an. „Die Zeit läuft, Schätzchen."

„Ich hätte dich gestern nicht anrufen sollen."

„Eigentlich", sagte sie fröhlich, während ich die Sachen, die sie ausgesucht hatte, vor meine Brust hielt, „habe ich dich angerufen, um nach dir zu sehen und damit du sämtliche delikaten Details schneller ausspuckst als mein zweijähriger Neffe seinen Orangensaft."

Da hatte sie recht. Das hatte sie getan. Kaum waren Bennetts Rücklichter verschwunden, da hatte bereits das Telefon geklingelt. „Du bist eine gute Freundin."

„Ich weiß. Und ich hatte mit dem *Luminous* auch recht. Zwar hatte ich nicht erwartet, dass du gleich voll hineintauchst und dir einen Dom angelst, unter dem sämtliche Subs liebend gern liegen würden ..." Eventuell hatte ich ihr ein bisschen zu viel erzählt. „Aber ich habe jetzt auch recht! Glaub mir, Rebecca, dieses Outfit wird Bennett verrückt machen. Geh so zur Arbeit und benimm dich, als wäre nichts passiert, und er wird durchdrehen." Sie wackelte mit den Augenbrauen. „Oder du könntest auf die Knie gehen und ihn um seinen Schwanz bitten, wie er es vorausgesagt hat."

Da das in diesem Jahrzehnt nicht mehr passieren würde ... „Ich muss mich jetzt anziehen." Ich eilte ins Badezimmer, denn bei all ihrem verrückten Gerede hatte Miranda dennoch recht. Ich musste mich beeilen oder ich würde zu spät kommen.

„Ich finde selbst raus! Ruf mich an, wenn du Hilfe brauchst!“

„Sag Shawn, dass ich die Tage bis zu dem Lammkotelett zähle!“

„Mach ich! Ich wünsche dir einen schönen Tag!“

Ihre Schritte entfernten sich, bis ich die Haustür zufallen hörte. Schnell konzentrierte ich mich aufs Fertigmachen für die Arbeit. Ich trug mehr Make-up auf als sonst, legte mehr Aufmerksamkeit auf meine Haare, und obwohl ich dachte, Miranda hatte mehr als eine Schraube locker, zog ich an, was sie empfohlen hatte. Komplett mit Strümpfen und Strumpfband.

Bis ich im Büro ankam, war mir ganz schwindelig im Kopf. Ich hatte nur einen Tag gehabt, mich von den Sexkapaden mit Bennett Ashby zu erholen. Einen Tag, um zu vergessen, wie ich auf seine Hand auf meinem Hintern reagiert hatte, wie er mich so brutal gefickt hatte, dass mir immer noch alles wehtat. Gestern hatte ich Probleme gehabt, mich auf den Po zu setzen.

Doch es war ein Experiment gewesen. Vielleicht verstand ich jetzt besser, was eine Dom-Sub-Beziehung beinhaltete. Bennett hatte mich zwar versohlt, doch er war auch geduldig gewesen. Besonnen hatte er mir die Regeln gezeigt und mich zwischendurch an meine Möglichkeiten erinnert. Er war geduldig trotz seiner Befehlsgewalt und grob beim Eindringen, hatte mich wiederholt zum Orgasmus gebracht, wie es mein Vibrator niemals schaffen würde.

Doch es wurde Zeit, es hinter mir zu lassen. Es ist nur ein Abend gewesen. Danach war ich so befriedigt wie noch nie. Und durch Bennetts ruhige Art verstand ich jetzt auch Miranda und Shawns Beziehung viel besser.

Ziel erreicht.

Aber warum spürte ich dann schon wieder dieses Kribbeln zwischen den Beinen und warum waren meine Nippel hart und rieben sich an dem Spitzen-BH?

Es spielte keine Rolle. Ich hatte einen Plan. Zur Arbeit gehen, meinen Job machen, den Blick gesenkt halten und auf die Arbeit konzentriert sein. Bennett würde ich einfach ignorieren. Das konnte doch nicht so schwer sein. In den letzten zwei Monaten hatte ich mich daran gewöhnt, so zu tun, als ob er mir egal wäre.

„Ich schaffe das“, sagte ich zu niemandem außer dem Parkhaus, in dem ich stand. Ich löste die verkrampften Finger vom Lenkrad, dehnte die schmerzenden Gelenke, nahm Handtasche und Aktentasche und wiederholte: „Ich schaffe das.“

Hoffentlich.

***

Bennett stürmte ins Büro wie jemand, dessen Schwester – falls er eine hatte – entführt worden war und der keine Gefangenen nehmen würde bei seiner Mission, die Bösewichte umzubringen und auf seiner Suche die Welt auseinanderzunehmen.

Eventuell sah ich mir zu viele dramatische Actionfilme an.

Doch darum ging es nicht. Ich würde ihn ermorden. Das nächste Mal, wenn er meinen Namen knurrte, ohne mir seinen Blick zu gönnen, und bissig sagte: „Miss Morales, sofort in mein Büro!“, ohne dass ich auch nur ein beschissenes Wort erwidern könnte, würde ich meine manikürten Finger um seine Kehle legen und ihm seine Arroganz herauswürgen.

Unnötig, zu erwähnen, dass Mirandas Outfit völlig versagte. Es machte ihn nicht verrückt. Er hatte mich nicht einmal lange genug betrachtet, um zu sehen, was ich trug.

Es sollte mich nicht weiter stören, doch als ich aufstand und den roten Rock an den Schenkeln glatt strich, tat es das doch. Verdammt noch mal, ich hätte mir gewünscht, er wäre hereingekommen, hätte vielleicht ein bisschen herumgestottert und wäre über seine eigenen Füße gestolpert. Ich wünschte mir, er hätte mich von oben bis unten angesehen mit demselben Blick, den er gehabt hatte, als er mich das vierte Mal zum Kommen brachte. Oder vielleicht war das auch beim sehr langen dritten Orgasmus. Ach Mann, ich war immer noch total durcheinander und ihm war es völlig egal.

Ich war so eine Idiotin.

Und jetzt musste ich ihn zum zigsten Mal heute sehen. Ich hatte bereits die Mittagspause durchgearbeitet, denn die Papiere, die ich am Silvesterabend fertig gemacht hatte, waren alles andere als fehlerfrei. Ich hatte vor seinem Schreibtisch gesessen, während er Befehle gebellt hatte, ohne sich die Mühe zu machen, mich dabei anzusehen.

Das dämliche Kribbeln der Erregung hatte allerdings nicht nachgelassen. Sondern jedes Mal, wenn er meinen Namen knurrte, als wollte er mir jeden Moment den Kopf abreißen, war es stärker geworden.

Dumm, dumm, dumm.

Ich schnappte mir das iPad, einen Kugelschreiber, einen Notizblock und trat auf Bennetts Büro zu, als wäre ich auf dem Weg zum elektrischen Stuhl.

Bennetts Finger rasten über die Laptoptastatur. Ich zwang meinen Blick auf eine leere Stelle auf seinem Schreibtisch. Diese verdammten Finger. Ich spürte sie immer noch in mir. Lang und stark. Und als er mit diesen Fingern, die gerade die Tastatur folterten, meine Hände festgehalten hatte, hatte ich mich noch nie vorher so zentriert gefühlt.

Ich musste ihn einfach umbringen. Es war die einzige Möglichkeit, den Abend je wieder vergessen zu können.

Ich setzte mich auf den Lederstuhl vor seinem glänzenden, schwarzen Schreibtisch und wartete darauf, dass er mit dem Tippen aufhörte. Mit jeder Minute wurde das Kribbeln mehr zu einem Pulsieren, und ich war sicher, dass er meine Erregung riechen konnte.

Seine dunklen Augen verengten sich, seine Haare waren zerzaust, als hätte er sie sich den ganzen Tag gerauft, und der Bartschatten auf den Wangen deutete auf seine Frustration hin. Doch es war sein weißes Oberhemd, von dem ich den Blick nicht lösen konnte, dessen Ärmel er bis zu den Ellbogen hochgerollt hatte. Adern standen hervor und die Muskeln bewegten sich beim Tippen. Die Kraft seiner Arme hatte ich auf intime Weise kennengelernt. Ich hatte seinen Puls am Handgelenk geleckt. Hatte in seine Muskeln unter dem Hemd gebissen.

Und für ihn war ich nur ein bedeutungsloser One-Night-Stand.

Bedauern machte sich in meinem Brustkorb breit. Gleichzeitig schob Bennett den Laptop zurück und sah mich an.

„Wie weit bist du mit den Papieren?"

Nicht einmal ein Hallo. Nur eine Forderung. Das war nicht annähernd so sexy, wie als wir nackt waren.

Hör auf, daran zu denken!

„Fast fertig. Morgen Früh liegen sie auf deinem Schreibtisch." Was bedeutete, dass ich bis mindestens neun Uhr hier sein würde, um das zu schaffen. Doch ausnahmsweise war ich nicht böse darum. Zu Hause würde ich nur den Duft seines Parfüms riechen, der noch vorhanden war. Wenn ich ins Schlafzimmer ginge, müsste ich daran denken, wie er mir das Spanking verpasst hatte, als ich an die Wand gelehnt stand. Ich hatte alles freiwillig mitgemacht, und jetzt, als ich vor ihm saß und er mich mit seinen braunen Augen emotionslos ansah, kam ich mir idiotischer vor als je zuvor.

Wut brannte in meinem Blick. Ich senkte den Blick auf meinen Schoß. „Was brauchst du sonst noch, Bennett?"

Zum ersten Mal ließ ich das Mr. Ashby weg.

Falls es ihm etwas ausmachte, dass ich ihn nicht mehr wie den Boss ansprach, ließ er es sich nicht anmerken.

Er tippte nervös mit dem Stift auf den Schreibtisch, sodass ich den Blick zu hob. Er starrte mich an und sein Blick durchbohrte mich, wenn auch frei von Emotionen. An seinem Kiefer zuckte ein Muskel. Dann wandte er sich wieder dem Laptop zu und klickte mit der Maus.

„Mach einen Termin für Donnerstagnachmittag mit Anderson Jakobs, um den Bauantrag durchzusprechen. Ich will das sofort erledigt haben. An dem Vormittag habe ich außerdem eine Stunde Zeit, um mit Ryan das Altenwohnheimprojekt durchzugehen. Freitagnachmittag ist die Feier zur Grundsteinlegung für Rolling Heights.“

Schnell notierte ich alles und drückte so fest auf, dass der Stift das Papier zerkratzte. Meine Wut war noch nicht verflogen, und ich unterdrückte immer noch blinzelnd meine Tränen, als ich merkte, dass Bennett aufgehört hatte zu reden.

Ich senkte den Stift und hob den Kopf. „War das alles?“, fragte ich, als er weiterhin schwieg.

Sein Blick war plötzlich lange nicht mehr so ausdruckslos wie den ganzen Tag über. Ich versuchte, mich zusammenzureißen. Wenn er meine widersprüchlichen Gefühle sehen könnte, würde ich es nicht ertragen.

„Du wirst zu der Feier mitkommen.“

„Was?“

Als hätte er mir nicht soeben eine Möglichkeit geboten, auf die ich schon lange gewartet hatte, sprach er ungerührt weiter.

„Rolling Heights war das erste Projekt, bei dem du mit mir zusammengearbeitet hast, und du hast gute Arbeit geleistet. Du verdienst es, dabei zu sein.“

Die Hölle musste zugefroren sein. Oder Schweine

konnten fliegen. Schnell sah ich kurz zum Fenster, um diese Theorie zu überprüfen. Vielleicht war Bennett auch innerhalb einer Sekunde gegen jemanden ausgetauscht worden, den etwas kümmerte. Er gab tatsächlich zu, dass ich etwas gut gemacht hatte.

Nichts davon konnte ich fassen. „Okay. Vielen Dank, Mr. … Bennett.“ Ich riss mich zusammen und sah ihn an. Kurz zuckte ein Muskel an seinem Kiefer und er sah wieder auf seinen Laptop.

„Du kannst jetzt gehen.“

Hmpf. Bei dem Kompliment und dem Anflug von Freundlichkeit hatte ich gedacht, dass er das Arschloch hinter sich gelassen hätte. Ich hätte mir denken können, dass dem nicht so war.

Ich erhob mich und verließ sein Büro, ließ die Tür offen, anstatt sie hinter mir zuzupfeffern, wie ich es eigentlich am liebsten tun wollte.

In meinem Büro setzte ich mich an den Schreibtisch und stützte den Kopf auf die Hände. Meine Schultern bebten. Ich musste dringend seine wahnsinnige Anziehungskraft überwinden. Wir hatten Sex gehabt. Das war alles. Anscheinend erwartete ich von ihm, dankbar zu sein, dass er seinen Schwanz in mich stecken durfte. Doch für ihn war der Abend vielleicht nur einer wie jeder andere gewesen. Es war ihm egal, dass er mich gefickt hatte. Tatsächlich hatte er sogar versprochen, unseren Abend nie mehr zu erwähnen und unsere beruflichen und privaten Angelegenheiten strikt zu trennen.

Allerdings hatte ich nicht damit gerechnet, dass er sich weiterhin wie ein Arschloch verhalten würde. Doch das war mein eigener Fehler. Und das begriff ich jetzt. Bennett würde nur wieder nett und sanft zu mir sein, mir liebevolle Worte zuflüstern, wenn ich vor ihm auf die Knie fiel und darum bettelte.

Kapitel 9

Es kostete mich meine ganze Selbstbeherrschung, auf dem Stuhl sitzen zu bleiben, als Rebecca aus meinem Büro eilte, als hätte ich sie angezündet. Auch hatte es mich meine ganze Selbstbeherrschung gekostet, ihr den ganzen Tag über aus dem Weg zu gehen. In den letzten sechsunddreißig Stunden hatte ich öfter zu den Erinnerungen an unseren gemeinsamen Abend gewichst, als ich in ihr gekommen war.

Ein Abend war nicht genug.

Ich wusste nicht, was für ein Spiel sie spielte, doch es machte mich sauer. Als ich heute früh ins Büro gekommen war, salutierte mein Schwanz genau wie immer, wenn ich aus dem Aufzug trat und wusste, gleich Rebecca zu sehen. Ich erwartete, an ihrem Büro vorbeizugehen und einen kurzen Blick auf ihr Standardoutfit zu werfen. Schwarze Bluse, hoch zugeknöpft. Da sie hinter dem Schreibtisch saß, konnte ich ihre sexy Beine nicht sehen, die sie um meine Taille geschlungen oder über meine Schultern gelegt hatte, während ich immer wieder in sie gestoßen hatte.

Stattdessen hatte ich beim ersten Blick auf sie ein Luststöhnen unterdrücken müssen, das mich so intensiv übermannte, dass ich kurz anhalten und woanders hinschauen musste. Sie stand neben ihrem Schreibtisch und schrieb etwas in ihr Kalenderbuch. Der rote Rock umschmiegte die Kurven ihres Hinterns. Schwarze, unverschämt sexy lange Strümpfe mit einer Naht auf der Rückseite führten meinen Blick nach unten, und als ich wieder hochsah, wäre ich fast in meine Hose gekommen. Denn sie trug keine konservative Bluse wie sonst. Als sie sich aufrichtete, sah ich einen so tiefen Ausschnitt, dass ich den schwarzen Spitzen-BH darunter erkennen konnte.

Ich stöhnte so laut auf, dass ich mich schnell in einem leeren Büroraum verstecken musste, weil ich befürchtete, sie hätte mich gehört. Verdammtes Weib. Schon in der ersten Minute, die ich im Büro war, hätte ich fast die Kontrolle verloren. Ich hatte ihr versprochen, im Büro unseren Abend nicht zu erwähnen, doch wenn sie sich weiterhin so verführerisch anzog, würde ich dieses Versprechen brechen.

Also ja, ich war noch ein viel blöderer Arsch ihr gegenüber, aber es war die einzige Möglichkeit, mich davon abzuhalten, sie über meinen Schreibtisch zu legen und ihre Pussy zu verschlingen, egal wer uns sehen oder hören könnte.

Rebecca Morales nach Hause zu bringen war eine besonders schlechte Entscheidung gewesen, und normalerweise machte ich solche Dummheiten nicht.

Als sie vorhin vor meinem Schreibtisch gesessen hatte, hatten Tränen in ihren Augen geschimmert. Fast hätte ich mich bei ihr entschuldigt. Das hätte ich wohl auch tun müssen.

Sie mit zu der Grundsteinlegung zu nehmen war das Mindeste, was ich tun konnte, denn sie hatte schwer dafür gearbeitet. Sie entwickelte sich schnell zu mehr als meiner Assistentin, nämlich zu einer geschäftlichen Partnerin. Daher verdiente sie es, dabei zu sein.

Aber verdammt noch mal, ich hätte mich entschuldigen sollen. Oder ich könnte aufhören, mich wie ein Arschloch zu benehmen, und ihr sagen, dass ich sie immer noch wollte. Dass ich selbst nach einer Stunde Work-out heute Früh, das auch nichts geholfen hatte, in der Dusche eine Hand um meinen Schwanz gelegt hatte und wünschte, es wäre ihr Mund. Und dass ich, als ich kam und an die Fliesen spritzte, mir vorgestellt hatte, mich in ihre Haare zu krallen und ihren Namen zu stöhnen.

Doch das würde nicht so gut rüberkommen. Schließlich befanden wir uns im Büro. Ich war ziemlich sicher, dass es mir eine saftige Ohrfeige und eine Anzeige wegen sexueller Belästigung einbringen würde, wenn ich meiner Assistentin sagen würde, ich würde gern meinen Schwanz in ihre Kehle stecken.

Fuck! Verdammt noch mal!

Ich hatte es vermasselt.

Doch ich könnte es wiedergutmachen. Dafür bräuchte ich nur mehr Zeit.

Ich drückte den Knopf am Telefon, der ihres zum Klingeln brachte. Ich hörte es bei ihr klingeln, und als sie nicht sofort ranging, knirschte ich mit den Zähnen. Ich drückte den Rufknopf noch einmal.

„Du hast mich gerufen?" Ihre Stimme klang rau durch die Sprechanlage und ich hörte sie schniefen.

Angestrengt versuchte ich, meine Stimme weich zu machen. *Einfach nur nett sein. Du musst sie ja nicht gleich ficken, wenn du nett zu ihr bist.* Zumindest jetzt noch nicht.

„Rebecca." Ich machte eine Pause. Noch ein bisschen länger. Sie schniefte erneut, was sich gar nicht gut anfühlte. Hatte ich sie so wütend gemacht oder so beschissen behandelt, dass sie weinen musste?

„Was ist, Bennett?"

„Ich brauche eine Reservierung für nächsten Freitag um acht im *Chop House*. Lass dir den VIP-Tisch geben, wenn er frei ist."

„Für wie viele Personen?"

„Zwei."

Sie atmete leise zischend ein und schniefte erneut. Ich könnte sie erlösen und ihr sagen, dass sie die zweite Person war, doch ehrlich gesagt mochte ich die wütende Seite an ihr. Und den Anflug von Eifersucht, als sie die

Personenzahl noch einmal bestätigte. Ihre Eifersucht machte meinen Schwanz hart. Ich drückte eine Hand auf meinen Schritt, um das Pochen in meinem Schwanz zu mildern.

„Sonst noch etwas?"

Ich grinste ins Telefon. Ihre Aufmüpfigkeit und ihre Wut würden mir über die Woche helfen, in der ich mich weiter in ihren Verstand schleichen würde, bevor ich mich wieder in ihren Körper versenkte.

„Das war's im Moment. Und Rebecca? Ich wünsche dir einen schönen Abend."

Wieder hörte ich sie nach Luft schnappen, bevor ich auf den Knopf drückte. Kurz danach hörte ich ihre Stimme herüberschallen, als sie die Tischreservierung machte.

Ich grinste erneut. Der Plan nahm Formen an. Außerdem war der VIP-Tisch frei und jetzt für uns reserviert. Dieser Tisch stand etwas separat und er war eigentlich für bis zu acht Personen gedacht, doch ihn wollte ich haben. Drei Wände umschlossen ihn, und an der offenen Seite hatte er einen dicken Vorhang, den man schließen konnte, um privat zu sein. Genau das hatte ich vor. Dieser Tisch bot außerdem die beste Aussicht auf die Stadt, und wenn ich sie dort ficken würde, könnte sie dabei auf das Nachtleben von Grand Rapids blicken und mucksmäuschenstill sein, sodass das Personal uns nicht hören würde.

Mein Schwanz wurde hart und meine Eier zogen sich zusammen. Ich drückte die Spitze durch die Hose, bis der Schmerz das Gefühl vertrieb, und machte mich wieder an die Arbeit.

Doch das hielt nicht lange an. Rebeccas Parfüm schwebte noch im Raum, und innerhalb von Sekunden war ich wieder abgelenkt, eingenommen von einer Frau, die mit meinem Lebensstil, außer an dem einen Abend, nichts zu tun haben wollte.

Glücklicherweise wusste ich genau, was ich sagen und tun musste, um jemanden zu überzeugen.

***

Privat war ich anscheinend nicht so eine gewinnende Persönlichkeit wie geschäftlich. Wirklich erstaunlich, wenn man bedachte, dass ich im *Luminous* oder in einer Bar mit Freunden stets von Frauen umringt war, die mit den Wimpern klimperten und ihre Brüste an meinem Arm rieben, damit ich sie beachtete. Doch Rebeccas Interesse zu wecken, war nicht so einfach, gemessen an ihrer hochgezogenen Augenbraue und dem fragenden Blick ihrer schönen braunen Augen.

Sie deutete auf den Becher, den ich auf ihren Schreibtisch gestellt hatte. „Was ist das?"

„Kein Gift", sagte ich und nahm einen Schluck aus meinem eigenen Becher. Es war dasselbe darin wie in ihrem. Karamell-Latte macchiato. Für meinen Geschmack viel zu süß. Ich schluckte und verzog die Lippen. „Dein Lieblingskaffee von unten."

Sie blinzelte.

Bevor sie etwas sagen konnte, deutete ich auf ihren Schreibtisch, auf dem mindestens sechs solche leeren Becher standen, auf denen ihr Name notiert war. „Du trinkst jeden Tag drei davon. Vorhin habe ich auf dem Weg haltgemacht und dir einen mitgebracht."

Sie zog die Brauen dichter zusammen und sah von mir zum Kaffee. Ich konnte ihre Verwirrung verstehen. Seit ich sie die Reservierung im *Chop House* hatte machen lassen, hatte ich mich ihr gegenüber um einhundertachtzig Grad gedreht. Wahrscheinlich zum ersten Mal hatte ich ihr aufrichtig einen schönen Abend gewünscht. Schließlich wollte ich, dass sie zu Hause noch an mich dachte, während sie es sich selbst besorgte —

diese Art schönen Abend wünschte ich ihr. Aber ich versuchte, respektvoll zu sein.

Ich ließ mich nicht davon abhalten, als sie gestern wieder in ihrer typischen Standardkluft zur Arbeit erschienen war. Fort war der tiefe Ausschnitt. Mir hatte gefehlt, den Blick auf ihren Waden verweilen zu lassen, auf ihren wohlgeformten Beinen und dem köstlichen Hintern, da sie eine Hose mit weiten Beinen trug. Obwohl ich ihre tolle Figur nicht sehen konnte, wurde ich bei dem Wissen, was sie verbarg, trotzdem hart.

Ich hatte nicht gerade eine Konfettiparade für den Kaffee erwartet, doch Rebecca war auch nicht der Typ, der etwas still hinnahm. Ihr Schweigen und dass sie sich, ohne den Becher anzurühren, wieder dem Computer zuwandte, lösten ein ungutes Gefühl in mir aus.

„Rebecca …" Ich hielt inne, als mich ihr frustrierter Blick aus verengten Augen wie ein rechter Haken traf.

„Brauchst du sonst noch etwas, Bennett?"

Ich öffnete den Mund, um *Dich* zu sagen, hielt mich aber zurück. Ich hatte sie diese Woche schon genug auf eine Achterbahn geschickt. Vielleicht brauchte sie noch etwas Zeit, um sich an den Gedanken zu gewöhnen, dass ich ihr Boss und gleichzeitig ihr Geliebter sein könnte, und zwar ohne mich zu benehmen, als hätte ich einen riesigen Stock im Arsch.

„Bitte sorge dafür, dass alles für das Vierzehn-Uhr-Meeting mit Anderson bereit ist. Sei bitte eine halbe Stunde vorher im Konferenzraum, damit ich alles noch einmal durchgehen kann."

Ich stieß mich vom Türrahmen ab, ging in mein Büro und knallte frustriert die Tür zu. Am Dienstag war sie zur Arbeit erschienen, als wollte sie, dass ich sie über den Schreibtisch beugte und fickte, falls ihr Outfit ein Hinweis war. Gestern hatte sie sich wie eine Fremde benommen. Und heute … ich wusste nicht, wie zur Hölle sie heute war, doch ich wollte immer noch mein

Ziel erreichen, und der Weg des geringsten Widerstands hatte mir sowieso noch nie Spaß gemacht.

Am Freitag hätte ich sie so weit, dass sie vor mir auf die Knie ging, und dann würde ich in meinem Triumph baden.

***

Von dem Moment an, als das Meeting mit Anderson Jakobs begann, saß ich dabei, als wäre ich nur ein Zuschauer. Wie es sich anfühlte, wenn man realisierte, dass man seine Assistentin hochgradig unterschätzt hatte?

Kacke. Absolut beschissen.

Rebecca erschien wie befohlen eine halbe Stunde vorher. Wir gingen die PowerPoint-Präsentation durch. Sie hatte noch ein paar Details angepasst und die ganze Zeit hatte ich nicht ein Mal auf ihren Hintern oder ihre Brüste gestarrt.

Das brachte mir Punkte ein, oder? Sie wie eine Frau zu behandeln statt wie ein Objekt. Frauen standen darauf.

Obwohl ich derjenige war, der den Antrag stellte und die Präsentation vorführte, wusste Anderson instinktiv, dass Rebecca hinter der harten Arbeit stand, die Recherchen gemacht hatte und die Vorbereitungen, und das gesamte Projekt leitete.

Vielleicht mochte er auch nur gern auf ihre Brüste glotzen. Ja, ich hatte ihn dabei erwischt. Das Dumme war, dass es sie nicht zu stören schien. Sie lächelte ihn auf eine Art an, die ich gern an mich gerichtet gesehen hätte. Oh Mann, noch vor ein paar Tagen hatte sie mich so angelächelt. Begleitet von dem verschleierten Blick einer befriedigten Frau. Doch daran wollte ich jetzt nicht denken.

Anderson, mindestens fünfzehn Jahre älter und nicht annähernd so fit wie ich, aber auch kein Faulpelz, schob sich die Drahtgestellbrille auf der Nase zurück und runzelte die Stirn.

„Ich bin mir immer noch nicht sicher, ob dieser Plan der beste für das Grundstück ist." Er rieb sich das Kinn und sein Stirnrunzeln vertiefte sich.

Ich beugte mich vor, um etwas zu sagen, doch Rebecca schob noch eine Grafik über den Tisch und sah mich nicht einmal um Erlaubnis bittend an.

„Es gibt noch andere Optionen. Ashby Enterprises bevorzugt allerdings diese hier, da das Gebäude nach Westen ausgerichtet ist. Der öffentliche Bereich des Altenzentrums bekommt so die Nachmittagssonne, sodass man im Aufenthalts- und Fernsehraum den Sonnenuntergang und die Wärme beim Spazieren durch den Garten genießen kann."

Garten? Ein Garten war gar nicht geplant. Ich räusperte mich, doch sie achtete nicht darauf.

„Diese Option hier richtet alles gen Süden aus. Ich stimme Ihnen aber zu, Mr. Jakobs, dass dies bessere Parkmöglichkeiten bietet und den Verkehr schneller abfließen lässt. Die Büsche bei der ersten Option am Eingang könnten ein Problem darstellen wegen toter Winkel, besonders im Winter, wenn Schnee liegt."

Jetzt hatte ich vollkommen die Kontrolle über mein eigenes verdammtes Meeting verloren. Doch ich konnte mich nicht darüber ärgern oder einschreiten. Rebecca hatte es voll im Griff. Auf jede Frage von Anderson hatte sie eine Antwort parat. Sie schien sogar zu ahnen, was er als Nächstes fragen würde, ehe er es tat. Wüsste ich es nicht besser, hätte ich denken können, dass sie mit dem Mann schlief, so genau kannte sie seine Wünsche.

Doch der einzige Mann, mit dem sie schlafen würde, war ich, denn es machte mich total an. Mein steinharter Schwanz drückte gegen meine Hose. Meine Eier hatten sich zusammengezogen. Wenn sie ihr Haar zurückwarf und über ihre Schulter legte, schwebte ihr Vanilleduft durch den Raum, und anscheinend war ich nicht der Einzige, auf den das eine Wirkung hatte.

Mehr als einmal beobachtete ich, dass Anderson unter den Tisch griff und seine Hose zurechtzupfte, während Rebecca mit ihren weinroten vollen Lippen seine endlosen Fragen beantwortete. Fast hätte man annehmen können, dass Anderson das Meeting absichtlich hinauszog, nur um meine sexy Assistentin weiter reden hören zu können, doch ich kannte ihn. Er war wirklich so unentschlossen.

Auch wenn er Rebecca geil fand, sie würde ihn nicht wollen. Sie hatte mir bewiesen, dass sie einen Mann mit Rückgrat und einer starken Hand brauchte, um den Sex zu genießen, und Anderson könnte nicht mit ihr umgehen, wenn sie wild wurde.

Ich konzentrierte mich wieder auf das Gespräch, das sich langsam dem Ende zuneigte, während ich an Rebeccas Lippen um meinen Schwanz dachte.

Anderson erhob sich und hielt sich seine Aktentasche vor den Schritt.

Also, ich hatte nicht vor, so diskret zu sein. Sobald er weg wäre, würde Rebecca zu sehen bekommen, wie hart sie mich gemacht hatte. Vergiss ihren Körper, es war ihr Verstand, der mich so anmachte.

„Das war eine wunderbare Präsentation", sagte Anderson und reichte Rebecca die Hand.

„Gern geschehen", warf ich ein und stellte mich neben Rebecca, die ebenfalls aufstand. Bei meiner Einmischung drückte sie ihr Kreuz durch. Ja, ich war arrogant. Doch ich wusste, dass es sie antörnte. „Vielen Dank, dass Sie da waren und sich unser Angebot angehört haben."

Ich betonte das *unser*. Ich erkannte Leistung an, wenn es angebracht war.

Ich gab dem Kerl fünf Minuten, um aus dem Konferenzraum zu verschwinden, oder er würde miterleben, wie viel Anerkennung ich Rebecca zeigen wollte. Oder in sie stecken. Je nachdem, was sie zulassen würde.

Er richtete seine Brille und räusperte sich. „Es war mir eine Freude, Bennett. Ich werde die Vorschläge dem Vorstand zeigen und wir werden Ihnen so schnell wie möglich unsere Entscheidung mitteilen. Die Versammlung ist für nächsten Mittwoch geplant, also werden Sie es Ende der Woche erfahren."

„Sehr gut. Wenn Sie Fragen haben, zögern Sie bitte nicht, mich anzurufen."

Ich hob eine Braue, als Rebecca ihre eigene Visitenkarte über den Tisch schob. Sollte er etwa sie anrufen?

Ärger kam in mir hoch und ich biss mir auf die Unterlippe. Leistung anzuerkennen, war eine Sache. Doch dass sie dachte, dies wäre ihr Projekt, eine ganz andere.

„Einen schönen Tag noch, Anderson."

Ich nickte, als er zur Tür ging, und sah Rebecca an, legte eine Hand auf ihren unteren Rücken. Das war völlig unangebracht, doch es war mir scheißegal. „Wenn du Mr. Jakobs hinausbegleitet hast, komm wieder her, damit wir reden können."

Sie rümpfte die Nase, als hätte ich Mundgeruch. „Ja, Bennett."

Die ganze Woche ging das schon so. Bennett hier, Bennett da. Natürlich tat sie das, weil sie mich vor unserem gemeinsamen Abend Mr. Ashby genannt hatte, ich war ja kein kompletter Idiot. Dennoch erinnerte es mich stets an die Grenze, die sie mit einer Dose unsichtbarer Farbe zwischen uns gezogen hatte.

Scheiß drauf.

Ich wollte sie. Und ich würde sie haben. Nicht, bevor sie mich darum bat, doch ich würde sie definitiv antreiben, schneller an diesen Punkt zu kommen.

Kapitel 10

Rebecca

Hätte ich von Bennett mit allen Emotionen, die in mir tobten und mir die Mutter aller Kopfschmerzen verursachten, wütend davonstampfen können, hätte ich es getan. Dummerweise war immer noch ein Klient im Raum. Anstatt eine Szene zu machen, die kein erwachsener Mensch je zuvor erlebt hätte, ballte ich die Fäuste und begleitete Anderson zum Aufzug.

„Noch mal vielen Dank, Mr. Jakobs, dass Sie sich die Zeit genommen haben, sich mit uns zu treffen. Im Namen von Ashby Enterprises freue ich mich, bald von Ihnen zu hören."

„Das Vergnügen war ganz auf meiner Seite", sagte er und schüttelte mir sanft die Hand.

Sein Griff war locker und leicht feucht. Nicht zum ersten Mal schüttelte ich ihm heute die Hand, und nicht zum ersten Mal wollte ich mir danach die Hände an der Hose abwischen, um die Feuchtigkeit loszuwerden.

„Bitte vergeben Sie mir, dass ich das jetzt sage, denn es ist höchst unangemessen." Er blickte kurz zum Konferenzraum zurück. „Wenn Sie einmal daran denken sollten, sich zu verändern, rufen Sie mich bitte an. Ich würde sehr gern über zukünftige berufliche Möglichkeiten mit Ihnen sprechen."

Ich zog innerlich die Bremsen an. Hatte er mir gerade ein Angebot gemacht? „Wie bitte?"

„Ich entschuldige mich noch einmal für meine Direktheit und das unprofessionelle Vorgehen. Ich finde Sie sehr intelligent und beeindruckend. Nicht nur Ihre Präsentation, sondern auch Ihr Wissen darüber, was ein Kunde sucht. Wie ich schon sagte, wenn Sie jemals an eine Veränderung denken, rufen Sie mich an. Ich würde gern ein Gespräch mit Ihnen führen.“

Mir wurde ganz schwindelig im Kopf. Meinte er das ernst? Ich war eine Assistentin der Geschäftsleitung. „Mr. Jakobs, ich fühle mich geehrt, aber bieten Sie mir gerade eine Stelle an?“

„Und eine Möglichkeit, Ihre Flügel etwas auszubreiten. Ja, das tue ich wohl. Aber fühlen Sie sich nicht unter Druck gesetzt, Miss Morales, behalten Sie es einfach nur im Hinterkopf.“

Ich war sprachlos. Konnte nicht einmal mehr denken. Glücklicherweise kam der Aufzug und Mr. Jakobs ging, bevor ich es tun musste.

„Einen schönen Tag noch, Miss Morales.“

„Äh, Ihnen auch, Mr. Jakobs.“

Er nickte und betrat den Aufzug.

Diese Woche war bizarr gewesen und die seltsamste, die ich je gehabt hatte. So sehr, dass ich mich gestern Abend auf meinen Sessel gesetzt hatte, in den Spiegel über dem Kamin starrte und mich kurz fragte, ob ich wie in *Alice im Wunderland* in einen Kaninchenbau gefallen war.

Angefangen von der Annahme, dass BDSM nur Schlagen und Missbrauchen war, bis zu einer Nacht voller Experimente und zu meinem Boss, der plötzlich von arrogant zu sexy übergegangen war und dann direkt wieder zum Arschloch wurde, und dann zu … was auch immer er jetzt war. Nie hätte ich mit einem Stellenangebot von Mr. Jakobs gerechnet.

„Alles in Ordnung, Rebecca?“

Louises Stimme erschreckte mich und ich schwankte leicht auf den hohen Schuhen. „Was?“

„Du bist so blass wie ein Geist, Liebes. Ist alles okay?“

Louise erinnerte an eine Großmutter. Eine liebe Oma. Die ich nie gehabt hatte. Oft brachte sie selbst gebackene Schokoladenkekse und Bananenbrot für alle mit.

Ihr silbernes Haar legte sich um ihre Schultern, als sie zum Aufzug sah, in dem Anderson verschwunden war.

„Hat der Mann dich belästigt?“

„Nein.“ Ich nahm ihre Hand und drückte sie. „Nein, das hat er nicht. Er hat nur etwas gesagt, was mich überrascht hat, das ist alles.“

„Okay, Liebes. Und wie geht’s sonst so? Ich habe viel zu tun mit Ralph, daher habe ich eine Weile nicht mehr mit dir reden können. Kommst du mit Bennett zurecht?“

Louise war schon länger die Assistentin von Ralph Manson, als ich lebte.

Vor meinem geistigen Auge erschien das Bild von Bennett, als er meine Hände festhielt, und ich dachte an seine raue Stimme, als er stöhnte und kam. „Ja, wir kommen klar.“

„Du weißt ja, wo du mich findest, falls du mich brauchst. Aber mach dich nicht so rar. Die anderen Chefs sagen, dass sie begeistert sind von eurer Zusammenarbeit. Bennett war noch nie so nett.“

„Äh, danke.“ Er war jetzt netter? Du lieber Himmel, wie schlimm musste er dann vor mir gewesen sein?

Egal. Es spielte keine Rolle. Er hatte mir bereits gezeigt, dass er mir zu launisch war. Ich brauchte jemanden, der beständig und sanft war, nicht überheblich und aufgeblasen. Nur so würde ich den Job hier überstehen. Wenn ich allerdings woanders arbeiten würde …

Ich sah kurz zum Aufzug und dachte über Andersons Angebot nach.

Louise tätschelte meine Hand und ging um die Ecke zu ihrem Büro am Ende des Flurs. Auf dieser Etage arbeiteten zwölf Leute, über fünfzig in der gesamten Firma, doch die anderen Manager und ihre Assistenten befanden sich den Flur entlang, während Bennett und ich den Hauptbereich für uns hatten. Alle anderen verteilten sich auf die zwei Etagen unter uns. Bisher hatte ich es immer seltsam gefunden, wie sehr er sich von allen anderen fernhielt, doch als ich zum Konferenzraum zurückging, war ich dafür dankbar. Keiner in der Firma musste unbedingt etwas von den Turbulenzen mitbekommen, die uns umwirbelten.

Ich hatte die Tür nicht geschlossen, als ich mit Mr. Jakobs gegangen war, und sie stand noch immer offen. Als ich näher kam, erhöhte sich mein Puls. Als mich Bennett vorhin berührt hatte, hatte seine Hand Hitze in meinen Rücken gesengt, die mir bis in die Fingerspitzen gezogen war. Je näher ich dem Konferenzraum kam, desto heftiger pulsierte die noch immer spürbare Hitze, brannte die Flamme immer stärker, bis ich schließlich vor Bennett stand.

„Mach die Tür zu", sagte er knurrend.

Er hatte die Arme über der Brust verschränkt und die Beine leicht auseinander, sodass er wirkte, als ob er gleich in einen Boxring steigen wollte, statt mit seiner Assistentin reden.

„Ich glaube nicht, dass ich das tun werde." Ich blieb standhaft, obwohl Bennett etwas Undefinierbares wie eine Flutwelle ausstrahlte. Die Kraft dieser Emotion war so stark, dass ich automatisch leicht zurück torkelte. Sicher, ich war ein bisschen unverschämt drauf. Ein bisschen respektlos, und so hatte ich noch nie mit ihm geredet. Aber ich hatte kein Bedürfnis, mich bei ihm zu entschuldigen.

Er stand vor mir, schoss Giftpfeile aus seinen sinnlichen braunen Augen, denn diese Augen fielen mir immer noch auf, und die Muskeln in seinen Schultern waren angespannt. Auch die fielen mir auf. Er sah einfach zu gut aus, um ihn ignorieren zu können.

Dann bewegte er sich, und zwar blitzschnell. Er packte mich am Arm und zog mich mit sich. Ich stolperte und zuckte zusammen, als die Tür hinter mir zuknallte.

„Was soll …"

„Still." Seine Stimme war tief, ohne Aggressionen und voller Verlangen. „Ich muss dir etwas sagen."

Sprachlos von seiner erotischen Stimme und seinem Atem dicht an meinem Ohr hörte ich ihm zu.

„Du hast mich heute wahnsinnig beeindruckt, Rebecca. Ich hatte keine Ahnung, dass du so viel über alle Schritte weißt, die mit Grunderwerb und Neubauten zu tun haben, und ich stehe hier mit einem stahlharten Ständer und will dich so unbedingt ficken, dass ich nicht mehr klar denken kann. Und das ist nicht so, weil ich weiß, wie du schmeckst und wie du klingst, kurz bevor du kommst, sondern weil deine Intelligenz und wie du diese Präsentation übernommen hast, das Erotischste ist, was ich je erlebt habe."

Ich schwankte in seine Richtung. Sein Lob war so unsagbar schön und gleichzeitig versaut. „Bennett …"

„Ich sagte, du sollst still sein. Lass mich ausreden."

Sein Griff an meinem Arm lockerte sich, seine Hand glitt nach unten bis an meine Taille, wo er mich an sich zog. Meine Brust wurde an seine Seite gedrückt, meine Nippel verhärteten sich und kribbelten. Dann spürte ich ein ablenkendes Pulsieren und Pochen zwischen den Beinen.

„Wir passen gut zusammen. Das hat sich an unserem Abend herausgestellt. Ich wusste es schon vorher, bei all der Arbeit, seit du meine Assistentin bist. Noch nie hat mich jemand so beeindruckt wie du heute. Und das meine ich ernst, Rebecca."

Seine lieben, süßen Worte, seine Präsenz, sein Duft, alles machte mich schwindelig. Mein Atem beschleunigte sich und ich presste mich an ihn. Meine Lippen befanden sich an seiner Kehle, und sein Adamsapfel bewegte sich köstlich, als er schluckte und sprach. Die tiefe Stimme vibrierte durch mich hindurch.

„Verdammt", brummte er und glitt mit den Lippen über meine Stirn. „Ich habe mein Versprechen gebrochen, unseren Abend nicht zu erwähnen, bis du mich anbettelst, aber verfluchter Mist, Rebecca, bitte bettele mich an! Sag mir, dass du es auch willst. Sag mir, dass du auch immer an diese Nacht denken musst und daran, wie es sich anfühlt, mich in dir zu haben, wie ich dich ficke, immer wieder und wieder.“

Er krallte die Finger in meine Taille. Heiße, erregende Blitze rasten durch mich hindurch bei dieser Berührung. „Bennett …“

„Mr. Ashby.“

Verdammter Mist! Ein Stöhnen entkam meiner Kehle. Ich umfasste seine Hüften. Dies war der Augenblick, den ich mir gewünscht hatte, seit er bei mir gewesen war. Ich wollte hören, dass er immer an mich dachte, während ich versuchte, es mir zu versagen.

Doch er hatte mir bewiesen, dass ich ihm nicht trauen konnte. Die Achterbahnfahrt, auf die er mich diese Woche geschickt hatte, von gemein zu nett, von herrisch zu helfend, von Ignoranz zu Lob, war einfach zu viel.

Mein Dad war so launisch gewesen, dass Mom nie wusste, in welcher Stimmung er gerade war. Es war weder fair noch nett oder gut. Nicht für sie. Und für mich auch nicht.

Ich nahm die Hände von Bennetts Hüften und stemmte sie gegen seine Brust, trat zurück und sorgte für Abstand zwischen uns. „Ich kann nicht.“ Ich trat noch einen Schritt zurück, damit er nicht nach mir greifen konnte. Doch die Distanz half nichts. Ich spürte seine Hände immer noch an mir, und Erinnerungen an unsere Nacht überfielen mich. Sein Duft vereinnahmte mich.

„Was?“

„Es tut mir leid, Bennett. Aber ich kann das nicht. Nicht mit dir. Und nicht heute.“

Ruckartig sah er mich an, sodass ich dachte, er hätte

sich mindestens einen Halswirbel ausgerenkt. „Wie meinst du das?“

Panik überkam mich wie ein Schwarm Wespen, die in meine Sinne stachen, als ich versuchte, ihm zu entkommen. Doch er ließ mich nicht. Er kam langsam mit großen Schritten auf mich zu, bis ich an den Konferenztisch stieß.

„Oh.“ Ich legte die Hände um die Tischkante. „Stopp!“

Seine Augen funkelten und ich erkannte meinen Fehler.

„Komm schon, du weißt ganz genau, dass das kein Safeword ist. Du willst, dass ich aufhöre? Dann sag eins davon.“

Dieser arrogante Arsch.

„Bennett“, fauchte ich wütend. „Hör auf. Wir werden das nicht tun.“

Was auch immer er in meinen Augen sah, hoffentlich die Pfeile, die ich auf ihn abschoss, brachte ihn dazu, einen Schritt zurückzutreten. „Rede mit mir.“

Reden? Er wollte reden? Na gut. Ein Schauder durchlief mich. Ich öffnete den Mund, und als ich begann, sprudelte meine ganze Frustration der letzten Wochen hervor. „Du bist ein Arschloch! Du bist herrisch und unhöflich und verlangst zu viel von mir, ohne dich jemals zu bedanken. Außerdem bist du gemein. Du weißt, was mir unser Abend bedeutet hat, wie schwer es mir gefallen ist, und ich dachte, als du gegangen warst, du würdest von da an netter zu mir sein. Stattdessen warst du nur noch gemeiner …“

„Ich habe dir Kaffee gebracht.“

Mein Gott. Dachte er wirklich, das hätte etwas geändert? Dieser Mann!

„Bennett, du bist mein Boss. Das ist alles. Du hast klargestellt, dass du kein Problem damit hast, mit meinem Verstand oder meinem Körper zu spielen. Aber ich kann und werde nicht tun, was du gerade vorschlägst. Auf keinen Fall. Nicht nach dieser Woche, nicht nach …"

Ich schloss den Mund. Fast hätte ich zu viel gesagt. Zwar hatte ich nicht mehr Mirandas Kleiderempfehlung an, aber ich brauchte unbedingt etwas, was mich davor schützte, so unsagbar dumm zu sein.

„Nach was, Rebecca?"

Verflucht sein sollte er, weil er mich so gut lesen konnte.

Ich holte tief und zittrig Luft und hauchte das eine Wort aus, das ihn zum Aufgeben zwang. „Rot."

Er zuckte zusammen, als hätte ich ihn geohrfeigt. Er weitete die Augen und biss dann die Zähne zusammen.

„Du benutzt das Safeword, damit du mir nicht die Wahrheit sagen musst? Das ist nicht fair."

„Fair?" Oh Gott, musste ich unbedingt so kreischen? „Du warst nicht fair, seit ich dich im *Luminous* beim Peitschen dieser Frau gesehen habe."

Seine Lippen zuckten, doch er lieferte keine Antwort.

Ich drehte mich um, nahm meine Akten und das iPad vom Tisch. „Verdammter Mistkerl, Bennett. Du kannst mich nicht die ganze Woche so widersprüchlich behandeln und glauben, dass ich dir einfach in die Arme sinken werde, wie eine Frau ohne Selbstachtung. Ich habe zu viele Jahre damit verbracht, von so einem Scheiß wegzukommen. Ich brauche nicht noch einen Mann in meinem Leben, der glaubt, ein sexy Grinsen und ein paar Orgasmen reichen, um die Frau wie Dreck behandeln zu können, und der erwartet, dass sie für ihn niedersinkt und die Beine spreizt."

Tropfen fielen auf mein iPad. Verdammt. Ich wischte mir die Tränen fort. Jetzt hatte ich es doch gesagt. Hatte alles ausgesprochen, was ich nie zugeben wollte, und es ausgerechnet ihm offenbart.

Ich rauschte an ihm vorbei und öffnete die Tür, doch

er stoppte mich mit einem Wort.

Meinem Namen.

Doch es war nicht mein Name, sondern wie er ihn sagte. Gequält, als wäre ich ihm entrissen worden.

„Was ist?"

„Bitte sieh mich an."

Ich konnte nicht widerstehen. Ich hatte mich vor meinem Boss blamiert, ihm meinen Seelenmüll vor die Füße gekippt. Trotzdem drang seine Bitte tief in mich und wärmte mich. Verdammter Mist!

„Was ist?", fragte ich erneut und drehte mich um. Schützend hielt ich die Akten vor der Brust und hob zögerlich den Blick. „Was könntest du jetzt noch sagen wollen?"

Er hatte die Hände an seine Hüften gestemmt und die breiten Schultern hoben und senkten sich mit seiner Atmung. Er fuhr sich mit einer Hand übers Gesicht und legte sie wieder an seine schmale Hüfte. Er leckte sich über die Zähne, und mit jedem Moment seines Schweigens wurde die Atmosphäre im Raum dicker, legte sich wie eine dunkle Sturmwolke um mich und lud die Luft elektrostatisch auf.

„Es tut mir leid."

Es hätte mich nicht mehr überraschen können, wenn der Papst plötzlich durch die Tür gekommen wäre. Sein Gesicht wurde ausdruckslos. All die Hitze und das Verlangen in seinen Augen verschwanden, wie wenn jemand vor einem Fenster die Jalousie heruntergelassen hätte.

„Einen schönen Tag noch, Rebecca. Bis morgen."

Ich trat einen Schritt zur Seite, als er auf mich zukam, und dann ging er durch die Tür hinaus.

Was zur Hölle war gerade passiert?

Kapitel 11

Bennett

Okay, also das hatte ich gründlich versaut. Nicht nur, weil ich Rebecca total verwirrt hatte, sondern weil sie offensichtlich tief sitzende Probleme mit BDSM hatte, was mir entgangen war, und das war ganz klar mein Versagen.

Mit jedem Schritt zu meinem Büro, der mich weiter von ihr entfernte, wurde ich langsamer. Ich wollte zurückgehen und sie beruhigen. Aber auch, sie in Ruhe lassen und ihr Raum geben. Als ihr Dom, wenn auch nur für eine Nacht, war es meine Aufgabe, der Sache auf den Grund zu gehen, warum sie es ausprobieren wollte. Dieses Versäumnis hatte ich mir zuzuschreiben. Was den emotionalen Ausbruch verursacht hatte, war meine Schuld, und bevor ich sie zu weit drängte, musste ich mich erst sammeln.

Außerdem war es meine erste Pflicht, alles zu beenden, als sie das Safeword benutzte. Ich hatte es ganz klar zu weit mit ihr getrieben, obwohl das gar nicht meine Absicht gewesen war. Aber verdammt noch mal, wenn Rebecca mir so nah war, machte ich verdrehte, irrsinnige Sachen. Wie zum Beispiel, sie fragen zu wollen, ob sie meine Partnerin werden wollte, beruflich und privat.

„Blöde Idee, Arschloch", murmelte ich zu mir selbst. Ich atmete tief aus, ging in mein Büro und schloss die Tür.

Am Schreibtisch rief ich Projekt nach Projekt im Computer auf. Wie ein Irrer ging ich die Pläne durch und klickte wahllos ohne Sinn und Verstand herum. Alles verschwamm vor meinen Augen, bis sie brannten. Ich sah auf die Uhr.

Scheiße. Seit einer Stunde war ich hier drin und außerhalb hörte ich keinen Laut aus Rebeccas Büro. Merkwürdig.

Ich stieß mich vom Schreibtisch ab und hielt inne. Sie wollte mich nicht sehen. Tja, Pech gehabt. Ich würde heute nicht gehen, ohne die Dinge richtiggestellt zu haben. Auf der Telefonanlage brannte das Licht ihrer Leitung. Wenigstens war sie noch da. Ich hätte es ihr nicht verübeln können, wenn sie ihren Kram zusammengepackt und fristlos gekündigt hätte. Diese Vorstellung verursachte ein Brennen in meiner Brust und ich rieb mir die Stelle.

Ich ging zu ihrem Büro und hielt inne, als ich ihre leise Stimme durch die offene Tür hörte.

„Nein, Miranda. Ich danke dir, aber ein Mädelsabend ist nicht genau das, was ich jetzt brauche, oder überhaupt." Pause. „Ich will einfach nur alles vergessen. Ehrlich, so etwas will ich nie wieder erleben müssen."

Ihr Blick hob sich, und sie schnappte nach Luft, als sie mich am Türrahmen lehnen sah. Ich hatte mich nicht absichtlich verstecken wollen, doch wie ihr die Farbe aus dem Gesicht lief, sagte mir, dass ich sie trotzdem erschreckt hatte.

„Ich muss Schluss machen. Ich ruf dich später wieder an." Sie legte auf und stellte das Telefon auf die Station. „Können wir das bitte nicht jetzt tun?", fragte sie und drehte sich ihrem Computer zu. Ihre Hände hielten auf der Tastatur inne und sie sah mich an. „Bitte? Der Tag war schlimm genug."

Ich nickte zu dem Stuhl vor ihrem Schreibtisch. „Darf ich hereinkommen, um eine Minute zu reden?"

„Du kannst machen, was du willst, du bist der Boss."

Zumindest hatte ich ihre Frechheit nicht gebrochen. Zwar meinte sie es nicht ernst, doch ich nahm sie beim Wort und setzte mich auf den bequemen Lederstuhl, stützte die Ellbogen auf den Knien ab und faltete die

Hände ineinander. „Ich schulde dir eine Entschuldigung.“

„Ja, so einige, glaube ich, aber worauf beziehst du dich genau?“

„Auf alles“, begann ich. „Rebecca …“

Sie wedelte mit der Hand durch die Luft. Ihre roten Fingernägel verschwammen zu einer Linie. „Vergebung erteilt.“

Ein Knurren wollte aus meiner Kehle dringen, das ich jedoch schluckte. „Wofür?“

„Für alles.“

Tja, so einfach würde es nicht werden, doch es wäre schön, aus der Nummer herauszukommen. „Ich bin nicht sicher, ob ich das glauben kann.“

„Schlaues Kerlchen, was?“

Sie machte mich wütender als irgendjemand sonst. Deshalb bekam ich sie nicht mehr aus dem Kopf. Sie machte mich rasend, machte mich an und verdrehte mir den Verstand zugleich.

„Als dein Boss wäre ich für etwas Respekt mir gegenüber dankbar …“

„Du machst wohl Witze.“

„Aber als Mann, der in dir war, dir Dinge beigebracht hat, die du noch nicht kanntest, bitte ich dich nur um zwei Minuten. Kannst du mir die bitte geben?“

Schweigen breitete sich aus. Die Heizungsanlage sprang an und warme Luft strömte aus dem Schacht in der Decke nach unten, bewegte kleine Haarsträhnchen auf Rebeccas Kopf in der leichten Brise. Rebecca seufzte schwer und ließ sich auf ihren Bürosessel fallen.

„Na gut.“ Sie schob sich vom Tisch weg und überkreuzte in einer sehr deutlichen Geste schützend die Arme vor der Brust und schlug ein Knie über das andere.

„Die erste Aufgabe eines Doms ist immer, sich um seine Sub zu kümmern. Das habe ich an unserem

Abend nicht getan. Zwar hatte ich dir versprochen, dir alle Fragen zu beantworten, aber ich habe dir keine gestellt, um herauszufinden, ob irgendwas unser Spiel beeinflussen könnte."

„Du bist nicht mein Dom."

Nein, aber bald. Jetzt, wo ich eine Ahnung hatte, warum sie so zögerlich in Bezug auf Unterwerfung war, konnte ich damit arbeiten. „Da hast du recht. Trotzdem heißt das nicht, dass ich mir nicht die Zeit hätte nehmen müssen, dir ein paar Fragen über deine Bedenken zu stellen. Jetzt habe ich natürlich den Verdacht, dass du welche hast. Das nicht hinterfragt zu haben, ist allein mein Fehler. Und dafür möchte ich mich entschuldigen." Ich lächelte sie entspannt an. Ihr Blick fiel auf meinen Mund, und ich hatte den plötzlichen Drang, nachzuschauen, ob ihre Nippel hart waren oder ihr Puls schneller ging. *Konzentriere dich auf den Pokal, Arschloch.* Der in diesem Fall sie war. „Ich war so wild darauf, deinen wunderbaren Hintern in die Finger zu bekommen, dass ich ein bisschen den Verstand verloren hatte."

„Ich hatte gerade angefangen, zu bedauern, dass ich frech zu dir war, als du das herausgelassen hast, weißt du?"

„Jetzt ja." Wieder grinste ich. Schamlos, wie ich war. „Gibt es da Gesprächsbedarf? Du hast erwähnt, von Männern benutzt worden zu sein." Allein der Gedanke, dass sie mit einem gewalttätigen Kerl zusammen gewesen war, brachte mich zur Weißglut.

Sie presste kurz die Lippen fest zusammen und schüttelte den Kopf. „Nein. Und ohne respektlos wirken zu wollen, aber deine zwei Minuten sind um und ich muss weiterarbeiten, und da du eben nicht mein Dom bist, geht es dich wirklich nichts an, nicht wahr?" Ihre Augen glühten herausfordernd. Versaute, kleine, sexy Hexe.

Diese Herausforderung nahm ich gern an. „Zumindest nicht heute."

Um ihr zu zeigen, dass ich in der Lage war, sie zu respektieren, sie wertzuschätzen, ließ ich sie das Gespräch beenden, ohne sie weiter zu bedrängen, was ich viel lieber getan hätte. Das hatte Zeit bis später. Ich stand auf und fuhr mir mit den Händen über die Oberschenkel. Dabei entging mir nicht, wie ihr Blick meinen Händen folgte, bevor sie mir wieder ins Gesicht sah. Sie war sauer, aber interessiert, zumindest an meinem Körper, doch wer könnte ihr das übel nehmen? So oft ich konnte, stemmte ich Gewichte, rannte oder schwamm. Ich formte meinen Körper bis zur Perfektion und gab gern zu, es aus reiner Eitelkeit zu tun. Vergiss gesunden Lebensstil und *Clean Eating*. Ich wollte nur, dass Frauen mich so ansahen wie Rebecca gerade. Ich mochte ein arrogantes Arschloch sein, aber wenigstens ein gut aussehendes.

„Bald wird es mich etwas angehen. Einen schönen Abend noch."

***

Ich war ein Mann der Tat. Und ein Planer. Ich machte nicht viel, ohne das Für und Wider abzuwägen, an das Was-wäre-wenn zu denken und an mögliche Lösungswege. Das hatte ich bei Rebecca von Anfang an falsch gemacht. Ich war nicht das Arschloch, für das sie mich hielt. Ich war nur speziell. Ich wusste, was ich wollte, und erwartete, dass alles nach meinen Anweisungen lief. Das machte mich zum Tier im Beruf, und ja, teilweise kam es daher, dass mein Vater das Unternehmen gegründet hatte. Inzwischen führten meine Eltern ein luxuriöses Leben als Rentner in Boca Raton, doch ich hatte immer noch das Bedürfnis nach der Anerkennung meines Vaters. Die er mir immer wieder versicherte, wenn seine Aktien an Ashby Enterprises jedes Quartal weiter stiegen. Selbst in dieser Wirtschaftskrise, in der andere Baufirmen wie Dominosteine umfielen, hielt ich die Firma auf einem erfolgreichen Kurs.

So war ich. Beständig. Selbstsicher. Ich setzte mir Ziele und preschte mit Karacho über die Ziellinie.

Doch Rebecca hatte mich kalt erwischt, was mir nur selten passierte. Seither, und beim Studieren ihrer Personalakte, die ich mir gestern, nachdem sie gegangen war, dann doch stundenlang im Computer angesehen hatte, überraschte sie mich ständig neu.

Diese Frau, deren knackiger Hintern und deren Kurven geradezu schrien: *Nimm mich hart und immer wieder!*, sollte nicht länger für mich arbeiten, sondern mit mir. An meiner Seite. Und nachts sollten ein paar Runden wilder Sex inbegriffen sein.

Jetzt, wo ich einen Plan hatte, ein Ziel, konnte mich nichts aufhalten.

Wahrscheinlich warf mir Rebecca deshalb schon den ganzen Tag zögerlich neugierige Blicke zu. Das hatte angefangen, als ich am Morgen in ihr Büro ging, ihr ihren Lieblingskaffee hinstellte und „Guten Morgen, Miss Morales" sagte, und ging so weiter, bis es Zeit wurde, zu der Grundsteinlegung zu fahren.

Ich war nett, respektvoll, ein freundlicher Boss, ohne irgendwelche Grenzen zu überschreiten, es sei denn, man zählte dazu, dass ich meine Hand auf ihren unteren Rücken gelegt und Rebecca zu dem durch Bänder abgeteilten Bereich der Feier geführt hatte.

Es war mir fast unmöglich, ihr nah zu sein, ohne sie zu berühren. Scheiß drauf. Ich wollte sie und würde sie bekommen, egal wie lange es dauerte. Doch da sie sich bei meiner Berührung nicht versteifte und sich sogar entspannte, nahm ich an, dass ich nicht allzu lange zu warten bräuchte.

Außerdem hatte ich unsere gemeinsame Nacht nicht mehr erwähnt und würde es auch nicht. Nein. Mein neuer Plan war, sie zu umgarnen. Ihr zu beweisen, dass sie keinen einfallslosen, langweiligen metrosexuellen Kerl wollte, sondern einen echten Mann. Und nicht einfach irgendeinen, sondern mich.

„Hier lang“, sagte ich, übte mit den Fingern einen leichten Druck aus und geleitete sie um eine unebene Stelle im gefrorenen Gras. Kurz vor Weihnachten hatte es geschneit und seitdem war das meiste geschmolzen und hatte kleine Hügel und Matsch hinterlassen. Aber es war verdammt windig. Wir befanden uns in einer Art Windschneise. Es war brutal kalt und schnitt mir in Wangen und Nase.

Meine Eltern hatten es richtig gemacht. Sie hatten sich, so weit es ging, in den Süden verzogen und spielten Shuffleboard und Golf.

In einen dicken grauen Mantel gepackt, waren ihre Kurven versteckt, und wahrscheinlich spürte sie meine Hand nicht einmal, doch mich störte etwas anderes, als wir uns dem Bauherrn der Rolling-Brooks-Anlage näherten. Dass Rebecca heute noch nicht mit mir gesprochen hatte, abgesehen von Antworten wie: „Ja, Bennett“, „Natürlich, Bennett“, „So schnell wie möglich werde ich es erledigen, Bennett“, „Das Meeting am Montag ist abgesagt, Bennett.“

Niedlich, dass sie dachte, ihre Folgsamkeit ohne ihre Frechheit könnte mich abschrecken.

„Weißt du“, begann ich und lehnte mich an sie, damit sie mich durch ihre Kapuze und den riesigen Schal, den sie mindestens sechsmal um sich gewickelt hatte, hören konnte, „wenn Leute zu solchen Events gehen, bei denen auch Fotografen sind, wollen sie normalerweise, dass man ihr Gesicht sehen kann.“

„Es ist verflucht kalt hier“, antwortete sie. Sie zog an ihren rosa Handschuhen und stopfte die Hände in ihre Manteltaschen. „Gestern klang das noch nach Spaß, aber dieser Wind bläst direkt durch mich durch.“

Was harte Nippel bedeutete, Gänsehaut, den Wunsch nach einem heißen Schaumbad, und nachdem ich ihr den Flanell-Pyjama ausgezogen hätte und zu ihr ins Bett gestiegen wäre …

Verflucht.

Ich verdrängte die inneren Bilder, nahm die Hand von ihrem Rücken und legte sie auf ihren Arm. „Bleib dicht bei mir. Ich will nicht, dass du auf dem Eis ausrutschst.“

„Wie galant von dir, Bennett.“

„Es wäre schlecht fürs Geschäft, wenn sich meine Angestellte vor der Presse einen Knöchel brechen würde.“

Sie kicherte und zog den Schal vor ihrem Mund zurecht. „Natürlich.“

Ich neigte mich zu ihr und zog an ihrem Schal. Wir waren nur Zentimeter auseinander, doch weit genug, dass es so aussah, als hätten wir eine diskrete, aber geschäftliche Unterhaltung, und nah genug, dass sich die Wölkchen unseres Atems vermischten. „Und falls das passieren würde, müsste ich dich hier wegtragen, und wo du mich doch so sehr hasst, bezweifele ich, dass du gern in meinen Armen sein würdest, oder?“

„Doch, natürlich.“

Sie rümpfte die Nase. Egal, ob wegen der Kälte oder dieser Vorstellung. Ich hatte die Reaktion bekommen, die ich wollte, was keine geringe Sache war.

Wir näherten uns Miles Ingram, dem Bauleiter des Projekts Rolling Heights, als sie eine Hand aus der Tasche nahm und an meiner zog.

„Ich hasse dich nicht, Bennett. Aber nachdem ich Zeit zum Nachdenken hatte, glaube ich, dass jetzt klar ist, dass wir nicht gut zusammenpassen. Das ist alles.“

Ein Windstoß traf mich auf der Brust, raste durch meinen Wollmantel, das Jackett und raubte mir den Atem. Schnell erholte ich mich und zog sanft an Rebeccas Hand. „Dann ist es meine Aufgabe, dir zu beweisen, wie sehr du dich irrst." Ich ließ Rebecca los und streckte die Hand aus. „Miles", rief ich. „Wie geht es dir?"

Er fasste mir an die Schulter und mit der anderen Hand schüttelte er meine. „Tolles Wetter für eine Grundsteinlegung, was?"

„Kriegen wir überhaupt den Spaten in die Erde?"

„Wir werden eine matschige Stelle finden." Er zwinkerte.

Miles war ein guter Kerl. Ein Familienvater von vier Kindern, zwei Zwillingspaare, die mir den letzten Nerv raubten, wenn ich sie sah. Er meckerte über seine Kinder mit demselben Lächeln der Zuneigung, wie mein Vater es getan hatte, wenn ich mal wieder etwas selten Dämliches getan hatte. Mit der Ausstrahlung von *Ich werde dir den Hintern versohlen* und *Oh, ist das niedlich* gleichzeitig.

„Kommt mit", sagte er und winkte Rebecca, uns zu folgen. „Bringen wir es hinter uns. Barbara ist auch hier, und ich habe ihr versprochen, sie so schnell wie möglich aus der Kälte zu bringen."

Immer so gutmütig.

Ich fiel ein Stück zurück, als er Hallo zu Rebecca sagte, und folgte ihnen zu dem roten Band zwischen zwei Stöcken. Ein Spaten steckte daneben. Er hatte recht, hier war es überall matschig, doch man hatte Bretter ausgelegt, damit wir nicht versanken.

„Oh, gut", sagte Rebecca und rieb sich die Hände. „Sie haben die Bretter noch gebracht. Ich habe sie heute früh erst bestellt und man war nicht sicher, ob es noch klappt."

„Gute Idee", sagte ich. „Weil du diejenige bist, die das Band durchschneidet und den Grundstein legt."

Wie erwartet klappte ihr Mund leicht auf. Unter dem Pelzrand ihrer Kapuze weiteten sich ihre Augen.

„Was?“

„Siehst du, ich bin nicht immer ein Arschloch. Du hast die Sache gut gemacht, mehr Energie hineingesteckt als jeder andere im Team, und diese kleine, aber wichtige Idee beweist das noch mehr. Niemand hat es mehr verdient als du, den Grundstein zu legen. Und wenn du wieder im Büro bist, findest du einen Umschlag von mir auf deinem Stuhl vor. Ein Angebot, sozusagen.“

Sie weitete die Augen noch mehr. Anstatt auf eine Antwort zu warten, drückte ich kurz ihre Hand und ging zu der restlichen Gruppe. Ich hielt eine kleine Rede, die kaum drei Minuten dauerte, sprach über die Wohngegend und unsere Begeisterung für dieses Projekt, so wie ich es auch bei jedem anderen tat, und dann stellten wir uns für Fotos auf und Rebecca übernahm den Rest.

Und dann konnten die Spiele beginnen.

Kapitel 12

Rebecca

Bennett Ashby war so frustrierend wie der Versuch, gefrorene Eiscreme aus dem Karton zu kratzen. Dummerweise war er aber genauso verlockend und glatt, angenehm kühl wie Eis, das einem die Kehle hinab rutscht.

Nachdem ich am Donnerstag zu viel ausgeplaudert, ihm zu viel von mir verraten hatte, fuhr ich nach Hause, entschlossen, zu vergessen, dass er mehr war als nur mein Arbeitgeber.

Er konnte mich nicht einwickeln oder necken. Er hatte keine Wirkung auf mich. Ich war stärker als alles, womit er mich konfrontieren könnte. Dann kam der Freitag und er warf mich in einen Wirbelsturm. Eigentlich hatte er mich nur berühren müssen, um mich in Verwirrung und Sehnsucht zu stürzen.

Noch Stunden nach der Grundsteinlegung, bei der er mich mehr gelobt hatte, als ich ihm je zugetraut hätte, spürte ich immer noch seine Finger am Arm und auf der Hand. Genau wie ich seinen Duft immer noch in meiner Bettwäsche wahrnahm, obwohl sie schon gewaschen war.

Vielleicht war er einfach unvergesslich.

Aber man konnte es zumindest versuchen, und ich war fest dazu entschlossen. Schließlich war ich stark genug gewesen, einem gewalttätigen Zuhause und einer manipulativen Mutter zu entkommen. Ich konnte es schaffen.

Dann ging ich in mein Büro und nahm den Umschlag von meinem Stuhl. In der Annahme, dass es nur wieder irgendeine Akte war, die ich bearbeiten sollte und wegen der ich garantiert wieder Überstunden machen musste, fluchte ich, warf den Umschlag auf den Schreibtisch und öffnete ihn sofort.

Aber es war keine Akte. Es hatte überhaupt nichts mit der Arbeit zu tun.

Es war eine Vereinbarung, und zwar keine wie mein Arbeitsvertrag. Nein. *Sexuelle Vereinbarung zwischen zwei Personen* lautete die fett gedruckte Überschrift direkt unter den Worten *Dom/Sub.*

Von allen arroganten, egoistischen, egozentrierten Dingen war das …

Ich knurrte, schloss die Akte und floh aus dem Büro, wie von einer Meute Wölfen gehetzt.

Dieses verdammte Arschloch dachte doch tatsächlich, er könnte mir das einfach so kommentarlos hinwerfen. Aber was hätte er auch sagen sollen? Meine Antwort wäre sowieso zweifellos und absolut, *Himmel, nein!*

Und warum nimmst du die Vereinbarung dann mit nach Hause, statt sie in den Papierkorb zu werfen?

Als ich zu Hause vorfuhr, entdeckte ich die nächste Überraschung. Miranda sprang von meiner Treppe und kam auf mich zu, als ich ausstieg. Die Akte brannte zwischen meinen Fingern.

„Wir gehen aus. Mädelsabend. Keine Widerrede. Shawns Lammkotelett kann noch eine Weile warten.“

„Ich will aber nur Netflix schauen und schlafen.“ Ich ging auf die Haustür zu und Mirandas Absätze klackerten auf dem Weg.

„Pech gehabt.“ Sie nahm meine Hand und zerrte mich weiter zur Tür. „Du grübelst schon die ganze Woche und wir holen dich jetzt da raus.“

Sie nahm mir die Akte aus der Hand und blätterte sie durch, bevor ich sie aufhalten konnte. Nicht, dass das überhaupt möglich gewesen wäre. Wenn sich Miranda etwas in den Kopf gesetzt hatte, war sie eine unaufhaltsame Gewalt.

„Oh, was ist denn das?“ Sie weitete die Augen und sah mich grinsend an.

Ich verdrehte die Augen und öffnete die Haustür. „Bennetts neueste bescheuerte Idee.“

„Also, ich finde sie gut.“ Sie schloss die Akte und folgte mir ins Haus. „Hast du unterschrieben?“

„Ich habe es mir noch nicht einmal richtig angesehen“, murmelte ich und warf meine Schlüssel auf den Tisch. Ich zog mir die Haare aus dem Nacken und ließ sie wieder fallen. „Ich habe echt keine Lust, heute wegzugehen, Miranda. Können wir es bitte auf ein andermal verschieben?“

„Nein. Etwas sagt mir, besonders nach dem hier …“ Sie wedelte mit der Akte und warf sie auf den Tisch. „Du brauchst ganz dringend einen Mädelsabend. Also gehen wir. Im *Wasted Bull* spielt heute eine Band.“

Sie war bereits dafür angezogen. Skinny Jeans, unten umgeschlagen, die ihre hochhackigen, halbhohen Stiefel betonten. Das Oberteil war ein süßes kariertes Flanellhemd, das sie vorn geknotet hatte.

„*Wasted Bull*?“ Verdammt sollte sie sein. Mein Interesse war geweckt. Ich liebte diese Kneipe.

„Yep. Komm schon. Wir treffen Leute und du kannst mir alles über deine Woche erzählen und warum dir Bennett diese Vereinbarung gegeben hat. Nach meiner letzten Info hat er schon seit Jahren keine Sub mehr genommen.“

Eiscreme. Netflix. Chinesisches Essen liefern lassen. Mehr wollte ich nicht. Doch Miranda hatte recht und ich brauchte es. Einen Abend lang herunterkommen, entspannen und den Stress der Woche hinter mir lassen.

„Na gut.“ Ich schnaubte. „Aber ich will nicht über Bennett reden oder irgendwas, was mit Sex zu tun hat.“

„Och Mensch. Spielverderberin. Also Shawn hat gestern etwas mit seiner Zunge gemacht …“

„Ahhh!“ Ich hielt mir die Ohren zu und ging ins Schlafzimmer. „Ich höre nicht zu!“

***

Das *Wasted Bull* war eine dem Klischee entsprechende Countrybar. Laute Countrymusik, Holzboden, hölzerne Sitznischen, amerikanische Flaggen, Erinnerungsfotos und Kitsch an den Wänden. Es gab sogar einen mechanischen Bullen zum Reiten, auf dem ich schon oft gesessen hatte. Ich liebte es hier.

Wir wurden zu einer Sitznische geführt, wo man auch essen konnte, und erst als ich saß und Miranda mir gegenüber, fiel mir auf, dass noch zwei Speisekarten ausgelegt waren. „Wer kommt denn noch?“

Sie hielt mit dem Bierglas an den Lippen inne. „Was?“

„Du hast gesagt, du willst mich ablenken, und hast mich aus dem Haus getrieben und jetzt ist das hier ein Tisch für vier Personen. Also, wer kommt noch?“

„Oh.“ Sie zuckte mit den Schultern und nahm ihre Speisekarte auf. Miranda konnte man alles Mögliche nachsagen, aber nicht, verschlossen zu sein. „Ach, nur Freunde von mir, die ich dir gern vorstellen würde.“

„Miranda …“

„Schon gut. Haley und Gabby aus dem Club. Und bevor du noch blasser wirst, entspann dich bitte.“

Wie bitte? Ich sollte mich entspannen? Ich war immer ehrlich zu Miranda. Hatte ihr wiederholt gesagt, dass Bennett und ich nicht zusammenpassten. Wir hatten nur guten Sex gehabt. Okay, fantastischen Sex, unvergesslichen Einmal-im-Leben-Sex, doch ansonsten passten wir überhaupt nicht zusammen. Eine Beziehung bestand nicht nur aus Sex, und wenn es hart auf hart kam, egal was ich bei Bennetts Berührungen empfand und wie ich bei seinem Lächeln und seinem Flüstern in mein Ohr dahinschmolz, brauchte ich doch mehr von einem Mann als nur Orgasmen.

„Warum tust du mir das an?“

Sie nippte an ihrem Bier und lächelte. „Weil es meine Freundinnen sind und ich heute aus dem Haus musste und mir die Band gefällt und ich meine Freunde mag und alles auf einmal genießen wollte.“ Sie lehnte sich zu mir herüber und grinste anzüglich. „Außerdem ist es ja nicht so, dass wir ständig über Bondage und BDSM reden, wenn wir ausgehen.“

„Was wir viel öfter tun sollten.“

Ich zuckte zusammen bei der plötzlichen Stimme und es schwappte Bier aus meinem Glas und über meine Hand.

„Gabby, schön, dich zu sehen. Das ist meine Freundin und Nachbarin Rebecca Morales“, sagte Miranda, stand auf und umarmte die hübsche Frau.

Ihr platinblondes Haar fiel um ihre Schultern und betonte das Halsband um ihre Kehle. Allein daran erkannte ich, dass sie eine Sklavin war, auch ohne Mirandas Hinweis.

„Rebecca, das ist Gabby. Master Dylans Partnerin.“

„Hallo.“ Ich streckte meine Hand aus, die sie nahm, freundlich drückte und ihre andere drauflegte.

„Gabby. Schön, dich kennenzulernen, Rebecca. Darf ich mich neben dich setzen?“ Ich rutschte zur Seite und Gabby wandte sich an Miranda. „Haley ist auf dem Weg. Sie hat mir geschrieben, dass sie sich um fünfzehn Minuten verspätet und wir nicht mit der Bestellung auf sie warten sollen.“

Die Erinnerung an Essen ließ meinen Magen knurren, und ich war froh, dass es in der Bar zu laut war, als dass es jemand hören konnte. Die ganze Woche war ich so angebunden – im übertragenen Sinn des Wortes – gewesen, dass ich nicht regelmäßig gegessen hatte. Ich war am Verhungern. Während Miranda und Gabby über Haley sprachen, an deren Namen ich mich erinnern konnte, weil sie an Silvester erkältet gewesen war, las ich die Speisekarte. Hamburger und Sandwiches, und alle Gerichte frittiert. Perfekt. Je frittierter, desto fetter, und je fetter, desto besser, sagte ich immer.

Nachdem ich mich entschieden hatte, was ich essen wollte, legte ich die Karte ab und wandte mich an Gabby.

„Und wo arbeitest du?“, fragte ich sie, nachdem sie erwähnt hatte, dass es bei ihr heute voll war.

„Ich bin Barkeeperin und Besitzerin der *G's* Bar. Eine kleine Kneipe …“

„In der Vail Street“, unterbrach ich sie grinsend. „Da war ich schon. Mir gefallen die gefliese Decke und die Graffiti an den Wänden. Das ist wirklich einmalig.“

„Vielen Dank“, sagte sie und lächelte so breit, dass sich ihre Augen fast schlossen. „Wie schön, dass du die Bar kennst. Sie hat meinem Dad gehört. Ich bin dort groß geworden und war fast so oft da wie zu Hause bei Mom. Als er vor ein paar Jahren gestorben ist, habe ich die Bar übernommen, und es freut mich, wenn die Leute die Bar kennen und mögen. Und du? Wo arbeitest du?“

„Ich bin Assistentin bei Ashby Enterprises.“ Ich griff nach meinem Drink und setzte das Glas an die Lippen.

„Oh, dann kennst du Bennett? Er ist ein prima Kerl.“

Ich hustete über meinem Bierglas, legte eine Hand auf den Mund und schoss mit meinem Blick Pfeile auf Miranda ab. „Ja, ich bin sogar seine Assistentin.“

„Oh.“ Gabby lehnte sich zurück und sah mich verschwörerisch an. „Wie ist es so, für ihn zu arbeiten? Wenn ich an Bennett denke, sehe ich immer diese gezügelte Kraft vor mir …“

„Gabby“, mischte sich Miranda ein. „Kein guter Zeitpunkt.“

Ich dankte Gott für Miranda, war erleichtert und hätte

auch nicht gewusst, was ich darauf antworten sollte. Sie war erschauert, als sie von seiner gezügelten Kraft gesprochen hatte, und ich erinnerte mich sofort daran, wie er sie auf mich losgelassen hatte.

„Das war schon ein Erlebnis", murmelte ich.

Gabby legte eine Hand auf meine. „Entschuldige bitte, ich wollte dich nicht in Verlegenheit bringen. Ich habe die Angewohnheit, zu sagen, was ich denke, ob es angebracht ist oder nicht. Mein Hirn-an-Mund-Filter versagt öfter."

Ich lachte und schüttelte den Kopf. „Du hast mich nicht in Verlegenheit gebracht. Bennett und ich verstehen uns nur nicht immer so gut, das ist alles."

„Huch", sagte sie. „Das ist seltsam. Alle sagen immer, dass man gut mit ihm auskommen kann."

Guter Witz. Beinahe wäre ich in Gelächter ausgebrochen. Nur mit Mühe hielt ich mich davon ab, und vor meinem geistigen Auge spielte sich ein Film ab wie in diesen alten, ruckenden Filmausschnitten. Bennett und sein Schwanz, seine Hände, seine Lippen, sein Lächeln … Ich griff nach meinem Bier und stürzte es hinunter.

„Hi, willkommen im *Wasted Bull*, was darf ich euch bringen?"

Die Bedienung trug eine abgeschnittene Jeans, so kurz, dass man fast ihren Hintern sehen konnte, und ein hautenges rotes Tank Top mit den Buchstaben WB auf der Brust, das nicht viel der Vorstellungskraft überließ, doch sie war jung und straff. Ihr gutes Timing würde ihr ein großes Trinkgeld von mir einbringen.

Gabby bestellte sich ebenfalls ein Bier und dann gaben wir die Essensbestellung auf.

Als Gabbys Bier gebracht wurde, erschien eine große, dünne Brünette an unserem Tisch und zog ihren knielangen North-Face-Steppmantel aus. Ich mochte sie sofort. Jede Frau nördlich der Nord- und Südstaatengrenze brauchte genau diesen Mantel.

„Entschuldigt, dass ich so spät dran bin." Sie schnaufte, als wäre sie hergerannt. Haley pustete auf ihre kalten Hände und setzte sich neben Miranda.

Miranda legte einen Arm um Haleys Schultern und drückte sie. „Kein Problem, Haley. Wir haben eben erst bestellt. Und das hier ist meine Freundin Rebecca."

Wir begrüßten uns und hörten Haley zu, die über ihre Erkältung mit Übelkeit sprach und wie lange es gedauert hatte, sie loszuwerden.

„Ich schwöre euch", sagte sie und warf ihr schokobraunes Haar nach hinten, „es hat so lange gedauert, dass Jensen mich überzeugt hat, einen Schwangerschaftstest zu machen. Der Mann ist verrückt. Und nein, ich bin nicht schwanger. Zum Beweis werde ich heute Long Island Cocktails trinken."

„War es nur Stress von der Arbeit im Resort?", fragte Gabby.

„Glaube ich nicht. Es war sicherlich ein Virus, den ich irgendwo erwischt haben muss. Im Resort läuft gerade alles recht ruhig. Es war noch nicht kalt genug, dass die Leute aufs Eis gehen wollen."

Danach verliefen die Gespräche locker und lustig. Wir sprachen über unsere Jobs, hetzten über die Männer auf die harmlose Art, nach dem Motto: Man muss sie ja lieben, aber wenn sie weiterhin ihre Socken überall herumliegen lassen, muss man sie leider töten.

Wir aßen unsere Hamburger, tranken, lachten laut und erwähnten nicht ein einziges Mal das *Luminous* oder abgefahrene Sexspiele. Als Miranda mir gestanden hatte, dass Freunde aus dem *Luminous* zu uns stoßen würden, hatte ich damit gerechnet, dass sie eingefädelt hätte, mich zu überreden, mich auf Bennett einzulassen. Und nun, da dem nicht so war, wünschte ich fast, dass sie es tun würden. Denn zu Hause schmorte ein sexueller Vertrag in einer Aktenmappe ein Loch in meinen Küchentisch, und ich hatte keinen Schimmer, was ich jetzt tun sollte, außer die Frauen um Rat zu fragen.

„Also", sagte ich, nachdem Gabby geendet hatte, zu erzählen, wie sie es gestern in ihrer Bar mit einem Kerl von der Größe eines Linebackers hatte aufnehmen müssen.

Alle Augen richteten sich auf mich. Ich schob mein Bier von mir, möglichst ohne es dabei zu verschütten.

„Was ist los, Rebecca?", fragte Miranda grinsend.

„Also, äh …" Mein Blick glitt über die Frauen, die mich anstarrten. Meine Unsicherheit und Unruhe blubberten hoch und liefen über. „Ich brauche einen Rat wegen Bennett und dem Vertrag, den er mir gegeben hat."

Schweigen legte sich über uns, als hätte die Apokalypse soeben zugeschlagen.

Gabby schlug mit der Faust auf den Tisch, lachte und rief: „Jetzt ist es ein echter Mädelsabend!" Begeistert klatschte sie in die Hände.

„Ich weiß ja nicht, ob meine Frage so viel Jubel verdient."

„Oh", sagte Gabby mit erfreut glitzernden Augen. Sie lehnte sich dichter an mich und sprach leise und wissend. „Da irrst du dich. Jedes erste Mal einer Frau verdient Jubel."

„Ach so, äh …" Verdammt. Meine Kehle und Wangen brannten. Ich rieb mir das Genick. War ich plötzlich allergisch auf Bier? Gegen den Hopfen oder die Hefe? „Aber das wäre nicht unser erstes Mal."

„Bennett hat dich ohne eine Vereinbarung mit ins Bett genommen?", fragte Haley und sah mich erstaunt an. „Das klingt gar nicht nach ihm."

„Er hat sie an Silvester nach Hause gebracht", warf Miranda wenig hilfreich ein. „Ich sage euch, er wollte sie und hat sie sich genommen!"

Oh mein Gott. Das hatte sie nicht wirklich gesagt. Außer, dass sie es doch hatte.

Gabby lachte sich schief. „Das ist so klasse“, meinte sie und klatschte in die Hände. „Der besonnene, beherrschte Dom, der ein Fanatiker ist, was seine Regeln angeht, wirft alle Vorsicht aus dem Fenster für seine Assistentin.“

So gesehen klang das gar nicht mal so gut.

„Was steht in der Vereinbarung?“, fragte Haley. „Und was sind deine Bedenken?“

Sie hatte leise gesprochen, als ob sie meine Ängste bereits kannte. Ich konzentrierte mich auf sie. „Alles, glaube ich. Das Ganze macht mir Angst.“

„Okay, dann lass mal hören.“

Ich plauderte alles aus und konnte nicht mal zu viel Bier dafür verantwortlich machen. Ich erzählte ihnen von meinem Dad und meiner Mutter, die sich, nachdem er fort war, in eine wütende, manipulative Frau verwandelt hatte und meinen bloßen Anblick nicht mehr ertragen konnte. Es war nicht schlimm, aus diesem Umfeld zu verschwinden, doch ich wollte auf keinen Fall je wieder zurückkehren. Ich erzählte ihnen jedes kleinste Detail meines Lebens, die langweiligen Männerbekanntschaften, die mich letztendlich ins *Luminous* geführt hatten, und meine Silvesternacht mit Bennett. Abschließend fügte ich das Auf und Ab der Woche hinzu und die Vereinbarung, die er wortlos in meinem Büro hinterlassen hatte.

„Und?“, fragte ich, als mich die drei Frauen mit offenen Mündern anstarrten. Ich erwartete einen Rat. Gelächter und die Aufforderung, den Vertrag zu unterschreiben. Ich erwartete etwas Hilfreiches.

Stattdessen wandte sich Haley an Miranda. „Magst du mit mir Bullenreiten gehen?“

Miranda rutschte näher an Haley heran und schubste sie aus der Sitznische. „Okay.“ Sie winkte uns. „Bis später, Mädels.“

„Was?“, fragte ich.

Gabby legte eine Hand auf meine. „Keine Sorge. Ich glaube, sie wollen, dass ich das übernehme."

Hm, okay. „Darf ich fragen warum?"

Sie lachte, trank einen Schluck Bier und winkte der Bedienung. „Weil ich gut darin bin." Sie sah mich an und zwinkerte. „Ehrlich, unser Club ist wie eine große, typisch dysfunktionale Familie, und weil ich schon so lange mit Dylan zusammen bin, wie es den Club gibt, betrachten mich viele Subs als eine Art Sub-Mama." Sie runzelte die Brauen. „Das klingt seltsam, aber du verstehst schon."

„Ja." Die Bedienung kam, stellte eine neue Runde Getränke hin und räumte die leeren Gläser ab. „Danke", sagte ich, bevor sie ging, und griff nach meinem Glas. „Also? Was soll ich jetzt machen?"

„Du musst ehrlich zu dir selbst sein." Sie zuckte die Achseln und nahm ihr Glas in die Hand. „Das ist alles."

Ich wartete auf mehr Erklärung, auf weitere kluge Ratschläge. Doch statt mir zu geben, was ich so dringend brauchte, eine Richtung zumindest, verflucht noch mal, stieß sie mich mit dem Ellbogen an.

„Sieh mal, wie Miranda den Bullen reitet."

„Machst du Witze?"

Miranda schwenkte einen Arm durch die Luft, bog ihren Rücken durch, bewegte sich mit dem Bullen und sah Gabby an.

Die Menge jubelte, und ich nahm an, Miranda war entweder vom Bullen gefallen oder hatte das Zeitlimit geschafft, doch ich sah nicht mehr hin. Ich starrte Gabby an.

„Sie haben dich hiergelassen, um mit mir zu reden, und das ist alles, was du zu sagen hast?" Ich drehte mich in der Nische so, dass ihre Sicht auf den Bullen versperrt war.

Sie zuckte mit den Schultern. „Klar. Es ist doch so, dass du nicht ins *Luminous* gegangen wärst, wenn du nicht neugierig wärst. Du hättest Miranda keine Löcher in den Bauch gefragt, wenn du nicht über BDSM nachdenken würdest. Wenn du wirklich glauben würdest, dass Bennett einer ist, der Frauen missbraucht, hättest du ihm nie erlaubt, dich nach Hause zu bringen. Außerdem bist du ziemlich entschlossen, richtige Entscheidungen zu treffen, und würdest nie für einen Mann arbeiten, den du tief in dir für einen brutalen Frauenschänder halten würdest. Du bist einem beschissenen Leben entkommen, aber ohne respektlos sein zu wollen, da bist du nicht die Einzige und auch nicht die Letzte. Aber du bist ganz allein erfolgreich geworden und hast den Kreislauf durchbrochen, immer dieselben Männer attraktiv zu finden. Außerdem hast du durch deine Fragen an Miranda deine eigene Recherche gemacht. Und ich würde die nächste Runde Drinks darauf wetten, dass dich das feucht gemacht hat und du danach masturbiert hast." Sie zwinkerte. „Und das ist nichts, wofür man sich schämen müsste."

Ich öffnete den Mund, um zu widersprechen, und schloss ihn wieder. So fest, dass meine Zähne zusammenknallten. Vielleicht war sie doch scharfsinniger, als ich ihr zugetraut hatte. Denn all das hatte ich getan.

„Und", fuhr sie fort, „du bist zwar interessiert, hast aber Angst, weil du dich so zu ihm hingezogen fühlst. Das ist deine persönliche Wahrheit. Also ist mein Rat, ehrlich zu dir selbst zu sein, den Vertrag gründlich zu lesen und dann mit Bennett zu *reden*."

Das musste ein Scherz sein. „Reden? Ich soll einfach am Montag zu ihm gehen und sagen: *Hey, lass uns darüber diskutieren?*"

„Er ist dein Dom, Rebecca. Oder wäre es gern. Andere Frauen sind gut und schön, wir können dir etwas raten, sind immer für Fragen da und helfen dir, aber nur du und Bennett kennt euch und ihr wisst, was ihr braucht. Meine Meinung? In dem Vertrag, vor dem du solche Angst hast, steht wahrscheinlich genau das drin, was du dir erhoffst, weil er ihn genau auf dich zugeschnitten hat, so wie er dich bisher kennt. Gib ihm eine Chance und *rede* mit ihm. Wenn du mutig genug bist und so stark, wie ich dich einschätze, dann mach das. Sich zu unterwerfen ist nicht dasselbe wie jemandes Fußabtreter zu sein, und ich glaube, du hast dir den Lebensstil gut genug angesehen, um das zu erkennen." Sie deutete zu Miranda hinüber und lächelte sie an. „Und du weißt ganz genau, dass Miranda keiner ist."

So formuliert klang alles sehr vernünftig, so wie auch Bennett es darstellte.

Ich nahm meinen Mantel, der neben mir lag, und legte ihn mir auf dem Schoß über den Arm. „Ich gehe jetzt. Sagst du bitte Miranda, dass ich mir ein Taxi nach Hause gerufen habe? Ich muss *etwas* lesen gehen."

Gabby lachte leise. „Schnapp ihn dir, Süße." Ich wusste nicht, ob ich dazu schon bereit war. „Und vergiss nicht, uns später die versauten Details zu erzählen."

Also, dazu war ich definitiv noch nicht bereit.

Kapitel 13

Vereinbarung über eine dominante und submissive Beziehung.

Diese Vereinbarung definiert die Machtverteilung und Interaktionen zwischen den unten stehenden Personen. Beide Parteien gehen die Vereinbarung freiwillig ein und einigen sich auf folgende Bedingungen.

Die Vereinbarung legt individuelle Grenzen und Erwartungen beider Parteien fest. Der Inhalt kann in beiderseitigem Einvernehmen jederzeit geändert oder die Vereinbarung neu getroffen werden. Mit der Unterschrift bestätigen beide Parteien, dass sie freiwillig zustimmen und sich an die Regeln Vernunft, Sicherheit und Einvernehmen halten werden. Diese Vereinbarung wird drei Monate nach Unterschrift ungültig und verfällt.

Die Rolle des Dominanten:

Der Dom sorgt für die körperliche Sicherheit und das emotionale und mentale Wohl.

Der Dom verpflichtet sich, sich um die Submissive zu kümmern, sie zu trainieren, zu disziplinieren und zu pflegen. Auf eine Weise, die er selbst festlegt.

Der Dom wird immer für die Befürchtungen und Sorgen der Sub offen sein, das Gespräch suchen zu den Themen Unterwerfung, Dominanz und Strafe, die er für angebracht hält.

Der Dom wird über den gesamten Zeitraum monogam und treu gegenüber der Sub sein.

Der Dom wird die Sub und die Beziehung zu ihr nicht von seinem restlichen Leben trennen.

Der Dom wird nie einer körperlichen Session zustimmen, wenn er sich seelisch nicht in der korrekten Verfassung dafür befindet.

Die Rolle der Submissiven:

Die Sub wird dem Dom dienen, gehorchen und ihn erfreuen, so wie er es verlangt. Sie vertraut ihm vollkommen in dem Wissen, dass er nie ihr Vertrauen missbrauchen wird.
Die Sub stimmt zu, seine Befehle innerhalb und außerhalb des Schlafzimmers zu befolgen, wenn er sexuelle Aktivität wünscht. Die Sub wird nach seinen Befehlen auf seine sexuellen Wünsche reagieren.
Die Sub wird allen Richtlinien folgen und weiß, dass bei einem Regelbruch eine vorher vereinbarte Strafe folgt. (Nur Spanking per Hand)
Die Sub wird sich stets respektvoll verhalten, verbal und beim Gehorchen, und versteht, dass sie dafür nicht ihre Persönlichkeit ändern muss.
Sollte die Sub den Wunsch haben, Bereiche des Bondage, der Disziplinierung und der Bestrafung erkunden zu wollen, wird sie dies dem Dom klar und ruhig sagen.
Der Dom hat dennoch das Sagen über alle Hilfsmittel, die außerhalb der vereinbarten Standardutensilien wie Vibratoren, Dildos, Analplugs und Gleitmittel liegen.
Die Sub wird über den gesamten Zeitraum monogam und treu gegenüber dem Dom sein.
Die Sub wird an allen Aspekten wie Angst, Stolz und Unsicherheit arbeiten, die gegen eine korrekte Unterwerfung sprechen könnten.

Bestrafungen:

Beide Parteien sind sich einig, dass angebrachte Bestrafungen wichtig für die Entwicklung der Sub sind. Be-

strafungen erfolgen, um das Benehmen zu ändern und die Sub an diese Vereinbarung zu erinnern. Bevor eine Bestrafung erfolgt, wird sie immer vorher besprochen und ihr wird zugestimmt.
Die Sub kann jederzeit vor oder während der Bestrafung ein Safeword benutzen, besonders um zukünftige Bestrafungen festzulegen, die beide Parteien brauchen.

Unterschriften:

Mit freiem und klarem Verstand stimmen beide Parteien der Vereinbarung zu. Die Sub erlaubt dem Dom, sich um sie zu kümmern und sie zu führen, damit das Vertrauen und der gegenseitige Respekt gemeinsam wachsen. Beide erklären sich einverstanden, dass die Befriedigung seiner Wünsche und Sehnsüchte mit ihrem Wunsch, ihm zu dienen, übereinstimmen. Dafür bietet sie ihm ihre Zeit und Fähigkeiten, die der Dom akzeptiert.

***

Ich hatte den Vertrag gelesen. Und dann noch einmal. Beim vierten Mal geschah etwas Seltsames. Begierde schoss durch mich hindurch, zündete ein Feuer, und ich tat genau das, was ich Gabby gegenüber nicht hatte zugeben können. Ich ging ins Bett, nahm meinen Vibrator und verschaffte mir nicht nur einen, sondern zwei Orgasmen.

Als ich aufwachte, wiederholte ich das Ganze, bis sich mein Verstand meldete und ich das Ding in den Nachttisch verbannte. Ich wollte das Wochenende lieber dafür nutzen, ernsthaft darüber nachzudenken, welche Risiken es barg, mich auf eine Beziehung wie in Bennetts Vertrag beschrieben einzulassen. Eine mehrere Stunden dauernde Google-Recherche bewies, dass diese Vereinbarung recht gängig war, sogar viel lockerer und sanfter als so mancher Vertrag, bei dem mir die Augen aus dem Kopf traten. Bei solchen nippte ich an meinem Wein, verdrängte meine Ängste und las den nächsten.

Ich brauchte fast das ganze Wochenende, bis ich begriffen hatte, warum ich an dem Lebensstil so interessiert war und warum ich bei Miranda immer so darüber gemeckert hatte.

Ich wollte es alles. Jeden einzelnen Punkt, den Bennett aufgelistet hatte. Ich sehnte mich danach, dass sich jemand um mich kümmerte. Ich wollte ihm so gern vertrauen. Ich wollte verwöhnt werden. Wollte, dass ein Mann dachte und sich so verhielt, als wäre ich ein besonderer, höchst verehrter Mensch in seinem Leben. Ich wollte unzweifelhaft sicher sein können, dass der Mann niemals wütend eine Hand gegen mich erheben würde. Ich brauchte Sicherheit und genau die Richtlinien, die Bennett beschrieben hatte.

Gabby hatte recht. Scheinbar hatte er den Vertrag genau auf mich zugeschnitten. Nachdem ich das begriffen hatte, nahm ich einen Stift und unterzeichnete die Vereinbarung direkt neben seiner Unterschrift vom Freitag.

Dann plante ich, wie ich ihm den Vertrag überreichen wollte. Was nicht sehr schwer war. Sein Kalender war mit meinem synchronisiert, und selbst wenn dem nicht so gewesen wäre, hatte ich ihn im Kopf. Er startete die Woche immer um halb sieben, über eine Stunde vor allen anderen, sogar vor mir.

***

Die Uhr auf seinem Schreibtisch zeigte 06:27 Uhr an. Ich schüttelte die Anspannung aus meinen Armen und konzentrierte mich auf die Atmung. Bei meinen Recherchen hatte ich gelesen, in welcher Position eine Sub ihren Dom begrüßen sollte. Die Vereinbarung hatte nicht spezifiziert, wie Bennett es wünschte, doch er hatte erwähnt, dass er bevorzugte, wenn seine Sub nackt kniete und die Beine gespreizt hatte. Ich war der Meinung, wenn ich etwas erreichen wollte, dann musste ich es auf korrekte Weise tun.

Seltsamerweise half mir das Knien und gleichmäßige Atmen. Beim Üben übers Wochenende hatte ich festgestellt, dass das Hinknien und langsame Atmen mich darauf konzentrierte, warum ich es tat. Für welches Ziel. Für welche Person.

Ich justierte meine Position erneut. Ich war zehn Minuten zu früh, da ich annahm, dass Bennett es ebenfalls sein würde, doch jetzt war ich schon seit sieben oder acht Minuten in dieser Stellung, und der Teppichboden im Büro war nicht gerade eine weiche Unterlage.

Der Klang des Aufzugs, der auf unserer Etage ankam, erschallte. Augenblicklich drückte ich das Kreuz durch. Noch zehn Sekunden, dann würde er hereinkommen und mich sehen.

Noch neun Sekunden und ich würde mich vor Aufregung übergeben.

Halte es zurück und konzentriere dich.

Ich rückte die Aktenmappe vor mir zurecht, nahm die Schultern zurück, legte die Hände mit den Flächen nach oben auf meine Knie und senkte den Kopf.

Gedämpfte Geräusche kamen von außerhalb seines Büros, das Licht in meinem ging an und gleich wieder aus und dann wurde die Tür zu seinem Büro geöffnet. Beim Klang der Tür hielt ich die Luft an. Als die Tür zuging, atmete ich aus.

Nervös biss ich mir auf die Unterlippe.

Bennett sagte nichts, doch es war er. Seine Präsenz war nicht zu leugnen, sein sanfter Duft schwebte in der Luft. Doch das Schweigen machte mich fast verrückt.

Konzentrieren.

Seine Schritte kamen näher, der Klang seiner Schuhe

auf dem Teppich passte zu meinem Herzschlag, bis er vor mir stand. Glänzende schwarze Schuhe erschienen vor der Aktenmappe.

Er bückte sich. Lange und starke Finger erschienen in meinem Sichtfeld, als er die Mappe nahm und sich wieder aufrichtete. Gott, ich wollte ihn so gern ansehen. Seinen Gesichtsausdruck sehen. Doch als ich ruhig weiteratmete und meine Stellung hielt, brauchte ich das gar nicht. Seine Zufriedenheit strahlte von ihm ab, so warm, als wären wir in einer Sauna.

„Ich habe das ganze Wochenende an dich gedacht", sagte er schließlich. Innerer Druck fiel von mir ab, als hätte jemand ein Ventil auf meiner Brust geöffnet. „Ich habe mich gefragt, was du davon hältst, als ich am Freitag nichts weiter dazu gesagt hatte. Ich hatte befürchtet, dass ich heute deinen Schreibtisch leer und deine Kündigung auf meinem vorfinden würde."

War er deshalb zuerst in mein Büro gegangen? Ein Schmerz stach mir in die Brust und ich wollte mich entschuldigen, doch da sprach er schon weiter.

„Ich muss dir sagen, dass ich in all meinen Gedanken und noch nie im Leben etwas Schöneres gesehen habe als das."

Er nahm meine Hand und legte sie in seine. Ein elektrischer Blitz schoss direkt in meinen Brustkorb und ich schnappte nach Luft, während er mich auf die Beine zog.

„Was tust du da?", fragte Bennett. Mit dem Daumen hob er mein Kinn an. „Möchtest du mir verraten, warum du in meinem Büro kniest? Das ist ganz schön riskant."

Neues Jahr, neue Ziele, neues Leben …

„Du hast gesagt, du wirst mich nicht mehr anfassen, unsere Nacht nicht mehr erwähnen, bis ich dich auf den Knien darum bitte."

„Und das tust du jetzt?"

Ich deutete auf die Akte in seinen Händen. „Hast du hineingesehen?“

„Ich will es mit deinen eigenen Worten hören, Sub.“

Seine braunen Augen wurden schwarz. Meine Nerven benahmen sich wie Springbohnen. Ein Wort, und schon hatte er mich zum Zittern gebracht. „Ich will, was du in der Vereinbarung geschrieben hast. Ich will haben, was du mir versprichst. Ich will das Vertrauen, das du mir anbietest.“

„Und dafür schenkst du mir dein Vertrauen?“

Ich trat vor und hoffte inständig, es würde mir keine Strafe einbringen, und legte meine Finger um seinen Oberarm. „Wenn du das nicht schon hättest, wäre ich nicht hier und würde nicht vor dir knien.“

„Das ist mir aufgefallen. Aber ich habe es nicht in den Vertrag geschrieben. Willst du wissen, warum nicht?“

Das erstaunte mich. Es schien doch zum Standard zu gehören. „Warum?“

Seine Lippen verzogen sich zu einem obszönen Lächeln, bei dem mir die Knie weich wurden und aneinanderschlugen.

„Weil“, begann er und fuhr mit der Hand in meine Haare. Seine Finger drückten auf meine Kopfhaut und er zog mich an sich, bis wir Brust an Brust gepresst waren. „Weil ich es mag, dich ein bisschen in Unsicherheit zu halten. Ich mag dein leises Luftschnappen, wenn ich etwas sage oder tue, was dich überrascht. Ich mag deine giftigen Blicke, mit denen du mich verbrennen willst, wenn ich dich ärgere. Es macht mir Spaß, dich raten zu lassen, was passieren wird, und das wirst du mir bestimmt gönnen, oder?“

„Ja, ich werde es versuchen, Sir.“

„Gut. Denn jetzt möchte ich, dass du dein Höschen ausziehst, dich auf meinen Schreibtisch setzt und die Beine spreizt, damit ich dich schmecken kann.“

Mist. Ein Schauer durchlief mich von oben bis unten.

Bennett lächelte breiter. Er beugte sich herab und presste seine Lippen auf meine. Sein Kuss war grob und ich öffnete mich ihm sofort. Ich sank gegen ihn, umfasste seine Hüften und schob das Jackett beiseite. Ich hielt ihn an mich gedrückt, als er den Kuss vertiefte, und stöhnte in seinen Mund.

Er umfasste meine Wangen, zog sich abrupt zurück und knurrte: „Höschen aus, auf den Schreibtisch und Beine breit."

Kapitel 14

Verdammt, sie hielt mich auf Trab.

Als ich am Freitag den Vertrag in ihrem Büro gelassen hatte und gegangen war, bevor sie deswegen ausflippen konnte, war ich nach Hause gefahren und hatte fast das Innenleben aus meinem Sandsack geprügelt.

Samstag war ich zum Training des Eishockeyspiels meines Freundes Simon gegangen. Ich hatte nicht damit gerechnet, jemanden zu treffen, den ich kannte, doch ich war nicht enttäuscht, zu sehen, wie Simons Sub Chloe warm angezogen mit den Füßen auf der Tribüne aufstampfte und sich an einem Becher heißer Schokolade wie an einem Rettungsanker festklammerte.

Sie war wunderbar und vollkommen in ihren Dom verliebt und außerdem noch superlieb. Simon hatte sie mir einmal angeboten. Doch ich würde sie nie anfassen. Sie gehörte schon ihm, bevor Simon es zugegeben hatte. Da ich ziemlich sicher war, einen großen Fehler gemacht zu haben, wie ich Rebecca behandelt hatte, erzählte ich ihr den ganzen Mist.

Ihre Antwort war: „Mach dir keine Sorgen, es wird sich alles einrenken, Bennett. Du bist ein guter Mann, und das wird sie erkennen. Du hast sie total durcheinandergebracht, gib ihr Zeit, sich zu sammeln.“

Das hatte mir nicht geholfen. Ich hatte Rebecca nicht angelogen. Das ganze Wochenende über hatte ich mir Sorgen gemacht, dass ihr Büro am Montag leer sein würde. Ich hatte mich schwer zusammenreißen müssen, nicht einfach zu ihr nach Hause zu fahren und auf eine Antwort zu bestehen.

Niemals hätte ich erwartet, dass sie sich mit gespreizten Beinen, die Hände um ihre Knöchel, auf meinen Schreibtisch setzen würde, mir ihre Pussy entgegenstreckte und sich ihre Brüste vor Verlangen hoben und senkten.

„Verdammt, du beeindruckst mich zu Tode", stöhnte ich. Während sie mir gehorchte, hatte ich mein Jackett über den Stuhl gehängt. Ich rollte die Hemdsärmel hoch und lockerte meine Krawatte. Zwar hatte ich in der Dusche schon gewichst, doch mein Schwanz war steinhart und wollte unbedingt in ihre nasse, glänzende Pussy eindringen, die geöffnet vor mir lag.

„Bennett", wisperte sie und schnappte nach Luft. „Ich meine, Sir. Bitte."

„Willst du meinen Mund?" Ich setzte mich auf den Drehstuhl, legte die Hände auf den Armstützen ab und starrte auf Rebeccas Mitte. Ihre Klit war geschwollen und ihre nackte Pussy so schön und köstlich, dass ich sie praktisch schon schmecken konnte. „Oder meine Finger?" Mit einem Finger strich ich von ihrem Knie zum Oberschenkel. Sie erzitterte bei der Berührung und wand sich hin und her. „Wenn du dich weiter so bewegst, Sub, kann ich dich zum Stillhalten zwingen."

„Ich versuche es ja."

Ich führte einen Finger in sie ein. Sie war eng, heiß und ach so verdammt nass, dass sich meine Eier zusammenzogen. Dummerweise war ich nicht der Typ Mann, der immer Kondome einstecken hatte, immer bereit für einen zufälligen One-Night-Stand. Mein Schwanz musste also warten, ich jedoch nicht. Langsam fickte ich sie mit dem Finger, streichelte um ihre Klit herum, bis Rebecca japste und wimmerte. Als sie so langsam den Verstand verlor, nahm ich noch zwei Finger hinzu, schob drei in sie, fickte sie fester und gnadenlos. Ich bog die Finger und reizte ihren G-Punkt.

Ihre Schenkel bebten und sie kämpfte um den Halt um ihre Knöchel.

„Bennett, bitte, ich bin so nah dran.“

„Nicht kommen, bevor ich es sage, Sub.“

Himmel noch mal. Auch wenn ich sie mir immer frech vorgestellt hatte, dass sie sich mir wieder hingeben würde, hatte ich dennoch daran gezweifelt, sie je wieder so nennen zu können.

„Beeil dich, bitte.“

Grinsend stand ich auf und hielt ihren Blick. „Als Erstes werden wir an deiner Selbstbeherrschung arbeiten müssen. Und an deinem Respekt.“

Sie kniff die Augen zusammen und holte tief Luft. „Bitte, Sir, bitte. Ich muss jetzt kommen.“

Auf dieses Betteln hatte ich gewartet. Ich setzte mich wieder auf den Stuhl, streichelte ihren Schenkel und leckte dann von ihrem Anus bis zur Klit.

Sie hob so abrupt den Rücken vom Tisch, dass ich sie am Bauch zurückdrücken musste.

„Stillhalten.“

„Ich kann nicht, Sir.“

„Lerne, zu gehorchen, zu tun, was mich erfreut, und du wirst dafür belohnt. Weißt du das noch, Rebecca?“

Bevor sie antworten konnte, leckte und reizte ich sie erneut. Ich aß sie auf. Fickte sie mit der Zunge, wechselte ab zwischen Saugen und Lecken, hielt sie am Rand des Höhepunkts, ließ sie aber nicht kommen. Wenn es so weit war, wollte ich, dass sie den Verstand verlor. Nie wieder sollte sie mein Büro betreten können, den Schreibtisch sehen, ohne an diesen Moment erinnert zu werden. Den Moment, in dem sie sich mir hingegeben hatte.

Ihre Atmung beschleunigte sich und wurde immer verzweifelter. Als sie den Punkt erreicht hatte, saugte ich an ihrer Klit und drückte auf ihren Anus.

Sie schrie, hielt sich schnell den Mund zu und schlang die Beine über meine Schultern. Ich knabberte durch ihren Orgasmus hindurch weiter an ihr, presste fester ihren Anus, drang leicht in das enge Loch ein und schickte sie sofort in den nächsten Höhepunkt.

„Oh Mist, Mist, Mist", jammerte sie und bewegte den Kopf hin und her.

Papiere flogen vom Schreibtisch auf den Boden. Rebecca klammerte sich an den Kanten des Tisches fest, und ich war dabei, ließ sie höher fliegen, als sie sich je hätte vorstellen können, und geleitete sie wieder herunter. Ich ritt jede Woge mit ihr und es war eine verdammt wundervolle Welle. So schön. Rebeccas Höhepunkte waren rein und ungeschönt, wild und verzweifelt, als hätte sie noch nie jemand vor mir auf diese Weise berührt. Und dafür sei Gott gedankt. Nichts genoss ich mehr, als einer Frau Lust zu schenken, die sie noch nicht gekannt hatte.

Außerdem hatte sie mir gerade gezeigt, dass sie nichts gegen Anusspiele hatte. Was wir auf jeden Fall zusammen weiter erforschen würden.

Sie erschlaffte auf dem Schreibtisch und langsam löste ich mich von ihr. Ich übersäte ihre Innenschenkel mit Küssen und holte dann Papiertaschentücher aus der Schreibtischschublade. Ich säuberte meine Hände, Rebecca und justierte meinen Schwanz, der immer noch in sie wollte, bevor ich aufstand. Ich stützte eine Hand neben ihrem Kopf auf und sah sie an. „Wie geht's dir?"

„Ich sterbe. Ich glaube, ich kann heute nicht arbeiten, weil ich gerade sterbe."

Lachend küsste ich sie sanft. „Wie schade. Ich hatte gehofft, dass wir das später wiederholen können."

Mit einer Hand in ihrem Nacken und einer auf ihrer Hand zog ich sie in die sitzende Position. Ich stand zwischen ihren gespreizten Beinen und genoss den Anblick ihrer zerwühlten Haare und der verschmierten Mascara. Ich nahm ein Taschentuch und rieb sanft unter ihrem Auge. „Dein Make-up ist verlaufen."

Mit den Händen fuhr sie sich durch die glänzenden

Locken. „Ich muss schrecklich aussehen.“

„Du bist schön, wirst dich aber wohl wieder zurechtmachen müssen.“

Sie streckte ihre Hand aus. „Kann ich mein Höschen haben?“

Es lag neben dem Schreibtisch auf dem Boden, wo sie es gelassen hatte. Nö. Ich schüttelte den Kopf.

Ihre braunen Augen weiteten sich erstaunt. „Nein? Ich darf es nicht anziehen?“

„Ich hatte doch gesagt, dass ich dich gern im Ungewissen lasse, nicht wahr? Dein Gesichtsausdruck gerade eben macht mich unglaublich an. Ich mag die Vorstellung, dass du unter diesem sexy Rock nichts anhast. Und dass du den ganzen Tag gegen das Feuchtwerden ankämpfen musst, während du für mich arbeitest und dabei an mich denkst.“

Sie rümpfte die Nase. „Muss ich?“

„Nein. Du kannst mich fragen, warum ich das will. Oder um eine Alternative bitten. Oder gehorchen und deine erste Strafe entgegennehmen, die ich dir später verpassen werde.“ Sie wollte etwas sagen, doch ich hob einen Finger. „Aber ich warne dich. Das Spanking an Silvester diente dazu, dich zu erregen, nicht zu bestrafen. Denk gut darüber nach, bevor du entscheidest, dass du für mehr bereit bist.“

„Warum willst du, dass ich kein Höschen trage?“

Ich war nicht überrascht, dass sie die erste Option wählte. Die Vereinbarung hatte ich absichtlich mit Rücksicht auf ihr Zögern gestaltet. Später wollte ich mit ihr über ihre Vergangenheit sprechen und welchen Einfluss diese auf unser Spiel haben könnte. Zunächst wollte ich allerdings, dass Rebecca vollkommen entspannt war, nass und begierig, auf mich konzentriert statt auf ihre Ängste.

„Das habe ich eben schon erklärt, aber es ist auch, weil es mir gefällt. Anstatt daran zu denken, wie sehr du dich schämst, ohne Höschen zu arbeiten, kannst du vielleicht daran denken, wie glücklich du mich damit machst, dass deine Pussy bereit für mich ist, wann immer ich sie sehen will."

„Bei dir klingt das alles immer so rational."

Ich trat zurück, damit sie vom Tisch steigen konnte. Rebecca zog sich den Rock zurecht, die Bluse glatt und sah auf das Höschen auf dem Teppich.

„Ich habe ja schon einmal erklärt, dass es nicht kompliziert zu sein braucht." Sie ging um mich herum, doch ich legte einen Arm um ihre Taille und zog sie an meine Brust. „Möchtest du deinem Dom etwas sagen?"

„Danke für den Orgasmus, Sir."

„Danke, dass du folgsam bist, Rebecca. Ich werde mein Bestes tun, damit du es nicht bereust. Ich gebe dir mein Wort." Ich küsste ihre Kehle und hinterließ eine Gänsehaut. Dann ließ ich sie los. „Geh auf die Damentoilette. Wir haben einen stressigen Tag vor uns und wollen beide keine Überstunden machen."

Sie entwand sich mir mit einem Satz. „Nicht?"

„Nein. Ich führe dich zum Essen aus, wo wir reden können, und dann nehme ich dich mit nach Hause, wo wir ficken können."

***

Wir saßen in einer der hinteren Sitznischen im *Boondox*, einer Sportbar. Hier traf ich mich oft mit meinen Kumpels, wenn uns nach ein paar Bier war oder danach, einen der dreißig Bildschirme anzubrüllen, auf denen immer irgendein Spiel lief.

Beim Eintreten hatte Rebecca die Augen geweitet, als wäre sie überrascht, dass ich sie in eine derartig entspannte und einfache Kneipe brachte. Genau deswegen war ich mit ihr hier. Sie hielt mich für ein abgehobenes, arrogantes Arschloch in Designer-Anzügen, dessen

Leben voller Fünfsternerestaurants war und Whiskey, der die Flasche zweihundert Dollar kostete. Dies war sicherlich ein Teil meines Lebens, meistens beruflich. Um erfolgreich zu sein, musste man sich mit erfolgreichen Menschen umgeben. Allerdings fühlte ich mich auf einer Wohltätigkeitsgala genauso wohl wie hier, wo man Erdnussschalen einfach auf den Fußboden warf.

Noch ein Grund, hier zu essen, war, dass sich meine Eigentumswohnung gleich um die Ecke befand, sodass ich nach dem Dinner und der nötigen Konversation nicht allzu lange warten musste, Rebecca nackt zu bekommen.

Ich öffnete noch eine Erdnuss, während Rebecca die Speisekarte studierte. Sie hatte heute, nachdem ich sie auf dem Schreibtisch vernascht hatte, nicht viel gesprochen. Sie war auf die Arbeit konzentriert und ging mir zwar nicht aus dem Weg, war jedoch recht still. Ich hatte sie überredet, ihr Auto am Büro stehen zu lassen, und versprochen, sie morgen früh rechtzeitig nach Hause zu bringen, damit sie sich für die Arbeit fertig machen konnte, und sie hatte schließlich mit einem Funkeln in den Augen zugestimmt. Ein Funkeln, das sagte, dass sie noch mehr von dem bekommen wollte, was ich ihr am Morgen bereits gegeben hatte. Orgasmen. Dutzende, wenn es nach mir ginge. Ich genoss ihre freudige Erwartung, die sie so deutlich ausstrahlte, dass ich es körperlich spüren konnte.

Ich steckte mir die geschälte Erdnuss in den Mund. „Weißt du schon, was du bestellen möchtest?"

Sie legte die Speisekarte ab und griff nach ihrem Mineralwasser. „Was bestellst du hier immer?"

„Einen doppelten Bacon-Cheeseburger mit frittierten Zwiebelringen und Salat, weil meine Mom immer darauf bestanden hat, dass ich Salat esse." Letzteres war erfunden, aber es brachte sie zum Lachen und sie entspannte sich etwas. „Was möchtest du denn gern?"

Sie nippte an ihrem Wasser, stellte es ab und tippte mit dem Finger auf die Karte. „Äh, gibt es etwas, was ich deiner Meinung nach bestellen sollte?" Ihr Blick wanderte zur Bar. Ohne mich anzusehen, errötete sie.

Aha. Darum ging es ihr also. Das musste geklärt werden.

„Rebecca." Langsam kehrte ihr Blick zu mir zurück. „Möchtest du, dass ich solche Entscheidungen für dich treffe?"

Sie rümpfte die Nase, als ob mein Vorschlag nach saurer Milch roch. „Nicht wirklich."

„Dann sag mir, was du essen willst, damit ich es wie ein Gentleman für dich bestellen kann."

Sie blinzelte, sah kurz noch einmal auf die Speisekarte, grinste und sah mich mit ihren braunen Augen an. „Ich sollte mich wie eine Dame benehmen oder etwas typisch Weibliches tun, wenn wir zusammen essen gehen, wie einen Salat bestellen. Aber was du bestellen willst, klingt sehr verführerisch. Außer dass ich mehr Zwiebelringe möchte als Salat, denn im Gegensatz zu deiner Mom hat mir meine nichts beigebracht, schon gar nicht, dass Gemüse wichtig ist."

Sie kaute kurz auf ihrer Wange und trank dann noch etwas Wasser.

Ich zog die Schale mit den Erdnüssen näher und schob unsere Speisekarten an den Rand des Tisches. „Wie ist deine Mom so?"

Rebeccas Blick fiel auf die Speisekarten, dann auf mich und sie seufzte. „Kann das warten? Ist eine lange Geschichte."

Die Bedienung trat neben uns. „Möchten Sie jetzt bestellen?"

Ich zwinkerte Rebecca zu. „Schwein gehabt." Ich wandte mich an die Bedienung und bestellte. Danach drehte ich mich wieder Rebecca zu. „So. Jetzt hätten wir Zeit. Magst du mir mehr erzählen?"

Sie fuhr sich mit der Hand durchs Haar. „Meine Mom … ich glaube, sie ist nicht wirklich eine Mom." Ihr Blick rückte kurz in die Ferne. „Da gibt es nicht viel zu erzählen. Sie war keine gute Mutter, beschützte mich nicht, als sie es hätte tun müssen, und als das nicht mehr nötig war, war es ihr egal, ob ich da war oder nicht. Also bin ich fortgegangen, sobald ich konnte."

So viel Information bei so wenigen Details. Das musste eine besondere Gabe sein. Doch es verriet mir mehr, als sie wahrscheinlich glaubte.

„Und dein Dad?" Ich beobachtete, wie sie sich versteifte.

„Ich möchte nicht über ihn reden."

Also hatte sie beschissene Eltern und eine Vaterfigur, die absolut keine war. Der erste Mann in ihrem Leben, der ihr Respekt, Liebe, Freundlichkeit und Ritterlichkeit hätte zeigen sollen, hatte nicht existiert.

„Entschuldige." Ich nahm ihre Hand in meine, drehte sie um und streichelte ihre Handfläche. „Weißt du, warum ich das frage?"

„Um mich besser kennenzulernen."

Ich schüttelte den Kopf. „Nein." Ich rieb weiterhin ihre zarte Hand und sah ihr in die Augen. „Wenn du bei BDSM deinem Dom vertraust, kommen eine Menge Faktoren ins Spiel. Ein Teil der Vereinbarung beinhaltet deine Vergangenheit. Ich muss wissen, was eventuell ein Auslöser während einer Session sein könnte, um sicher zu sein, dass du dich mir voll hingeben kannst."

Sie blinzelte und sah über meine Schulter. Zumindest lernte ich, sie zu lesen. Wenn sie über etwas nicht reden wollte, schaute sie nach rechts. Das zu wissen, war praktisch.

„Aber ich möchte nicht *jetzt* darüber reden." Ihre Stimme klang leise, zerbrechlich und rau.

Das hätte ich ihr erlauben können und später darauf zurückkommen, doch ich hatte andere Pläne für später.

„Rebecca." Als sie mich ansah, hörte ich mit dem Streicheln auf und hielt ihre Hand fest, doch zärtlich in meiner. „Du sollst eins wissen. Ob wir in der Öffentlichkeit sind oder bei der Arbeit, sexuell spielen oder fernsehen oder im Bett sind oder ich dich auf dem Balkon ficke … bei mir bist du immer in Sicherheit. Immer."

Ihre Wangen wurden feuerrot und ihr Puls nahm unter meinen Fingern Fahrt auf.

„Neulich hast du erwähnt, dass du nie wieder einem Mann die Kontrolle über dich geben willst. Wer hat dich missbraucht?"

Sie verengte die Augen und schoss Laserstrahlen auf mich ab. Ein schwächerer Mann wäre bei dem tödlichen Blick jetzt wohl zusammengeschrumpft. Ich allerdings nicht.

„Du kannst dich wohl nie zurückhalten, was?"

„Nicht, wenn es um so etwas Wichtiges geht. Du musst mir vertrauen. Das tust du jedes Mal, wenn du mir gehorchst. Ich kann kein guter Dom sein, wenn ich durch ein Minenfeld gehen muss. Ich weiß, dass es dir unangenehm ist und schwerfällt, aber es ist notwendig, weil du die Vereinbarung unterschrieben hast."

Sie versuchte, ihre Hand wegzuziehen, doch ich hielt sie fester. Ich wollte ihr nicht wehtun, aber was sie sagen musste, würde ihr leichter fallen, wenn ich sie festhielt.

Sie nahm das Wasserglas. Es bebte in ihrer Hand, als sie davon trank. Sie befeuchtete sich die Lippen und seufzte.

„Mein Dad ist einfach abgehauen, als ich noch jung war. Einen Tag nach meinem achten Geburtstag. Sein Geschenk an mich war ein blaues Auge."

Meine Brust brannte, als hätte jemand ein Brandeisen darauf gesetzt. „Wie bitte?"

Sie senkte den Blick. Ich erlaubte ihr, Abstand zwischen uns entstehen zu lassen. Sie bohrte die Nägel in meinen Handrücken, und das erlaubte ich ihr ebenfalls. Wenn sie mir Schmerz zufügen musste, um ihren zu überstehen, würde ich ein Vielfaches davon ertragen.

„Ich glaube, er hatte meiner Mutter schon den Lebenswillen herausgeprügelt, bevor ich geboren war. Sie war immer schwach. Eine meiner ersten bewussten Erinnerungen ist, dass ich eines Nachts Durst hatte und mit meiner gelben Decke die Treppe runterging und sah, wie Dad meine Mom schlug. Sie fiel auf den Boden und er trat ihr in den Bauch.“

Sie sah mich mit tränengefüllten Augen an. Ich holte zischend Luft, um nicht die Beherrschung über meine Wut zu verlieren. Ein Mann, der eine Frau schlug und ein kleines Mädchen, war kein Mann.

Sie schniefte und wischte sich unter den Augen die Tränen ab. „Er hatte immer noch seine spitzen Anzugschuhe an. Egal, jedenfalls ging das jahrelang so weiter. Anders kannte ich ihn nicht. Ich hatte Angst vor ihm und verstand irgendwann, warum meine Mom immer so vornübergebeugt ging. Sie sagte, sie hätte nicht gut geschlafen oder dass sie es im Rücken hätte, aber als ich sechs war, hatte ich schon zu viel gesehen. In dem Alter hat er auch mich zum ersten Mal geschlagen.“

„Rebecca …“

„Ich weiß, dass es bei BDSM nicht um Missbrauch geht, aber ich weiß noch nicht, ob ich das wirklich glaube.“

„Trotzdem bist du ins *Luminous* gekommen und hast die Vereinbarung unterschrieben.“

Sie lachte, doch es war unterkühlt. Genauso kalt wie die Gewalt in ihrer Geschichte. „Tja, der Sex ist gut und Miranda und Shawn haben mich zum *Luminous* überredet.“

Schockiert ließ ich ihre Hand los und sank auf der Sitzbank zurück. Was zum Geier? „Willst du damit sagen, dass du das gar nicht willst? Dass das nur ein Experiment ist, ob ich ein verkappter Frauenschänder bin?“ Wut und Frustration kribbelten auf meinem Rücken. Ich benutzte Frauen nicht! Ich hatte sogar von Anfang an klargemacht, dass ich nicht einmal ein Paddel an ihr einsetzen würde, es sei denn, sie wünschte es.

Momentan wurde sie von einer Antwort erlöst, denn die Kellnerin kam und stellte uns das Essen hin. Wir versicherten ihr, dass wir sonst nichts bräuchten, auch wenn ich für einen Schnaps hätte töten können, um die Wut in mir wegzubrennen.

„Nein, so ist es nicht“, sagte Rebecca.

„Dann erkläre es mir.“ Denn ich konnte es verdammt noch mal nicht verstehen.

Kapitel 15

Rebecca

Ich hatte nicht vorgehabt, ihm irgendwas zu erzählen. Nie hatte Bennett auf der Liste meiner Vertrauten gestanden, was meine Vergangenheit anging, doch wie immer ergab das, was er sagte, einen logischen Sinn: dass er meinen Hintergrund wissen musste und was während einer Session ein Auslöser für schlimme Erinnerungen sein könnte.

Ich hatte nicht damit gerechnet, dass er wie eine Rakete abgehen könnte, denn ich hatte ihn nicht verletzen wollen.

„Ich meinte nicht …" Verdammt, er brachte mich ständig in Verlegenheit. Seine plötzliche Stimmungsänderung erhitzte die Luft um uns und ich rieb mir die Arme bei dem seltsamen Gefühl. „Also gut. Weißt du was? Am Anfang, vor dir, war es so. Ich verstehe dein Bedürfnis, alles kontrollieren zu wollen, nicht."

„Trotzdem bist du mit Miranda und Shawn befreundet."

„Nun ja." Ich ließ die Schultern sinken und trank mein Wasser aus. „Okay. Du willst die Wahrheit wissen?"

Sein Blick sagte alles.

„Die Wahrheit ist, dass ich zu Tode erschrocken war, als ich herausfand, worauf Miranda und Shawn stehen. Ich bin aus Versehen in deren Spielzimmer gegangen und ausgerastet. Habe versucht, Miranda zu überreden, diesen Mann sofort zu verlassen. Seitdem hat sie mir jede Menge erklärt. Und ich habe genau auf Zeichen von Missbrauch zwischen ihnen geachtet."

„Und was hast du dabei entdeckt?"

Ich fuhr mir mit der Hand durch die Haare und stöhnte auf. Mann, er war so verdammt fordernd. „Ich mag

Shawn. Und ich glaube, dass er Miranda wie eine Königin behandelt.“

Am liebsten hätte ich ihm das dreckige Grinsen aus dem Gesicht geohrfeigt, aber ich wollte hier keine Szene machen.

„Und es gefällt ihr. Aber ich verstehe es immer noch nicht. Und ich meine immer noch, was ich neulich gesagt habe. Dass ich niemals einem Mann diese Art von Kontrolle über mich geben werde.“

„Aber du hast den Vertrag trotzdem unterschrieben.“

Ich antwortete nicht. Konnte nicht. Frustriert öffnete und schloss ich den Mund ein paarmal, wie ein Fisch auf dem Trockenen. Obwohl ich mich übers Wochenende damit beschäftigt hatte, den Vertrag zu unterschreiben oder nicht, und überlegt hatte, ob ich heute Morgen auf die Knie gehen und ihn anbetteln wollte, war ich mir immer noch nicht hundertprozentig sicher bei dem, was ich da tat. Ich hoffte, dass es mir mit der Zeit und der Praxis irgendwann klar werden würde.

„Willst du wissen, was ich denke? Warum du unterschrieben hast? Und warum du heute Morgen auf die Knie gegangen bist, deine Beine breit gemacht hast und mich deine Pussy hast lecken lassen?“

„Warum?“

Er beugte sich vor, legte die Arme auf den Tisch und kam mir so nah wie möglich. „Weil du es willst. Als ich dir letzte Woche den Hintern gerötet habe, hast du es verdammt genossen, auch wenn du es nicht verstehst, und die Wahrheit ist, dass der Grund keine Rolle spielt. Wen interessiert es, dass du gern herumkommandiert wirst? Wen interessiert, warum meine Hand auf deinem schönen Hintern dich nass macht? Du hast den Vertrag unterschrieben, weil du es genossen hast, weil du dich endlich hast gehen lassen können, endlich jemandem vertrauen konntest und dir überhaupt keine Sorgen machen musstest, im Gegensatz zu deinem ganzen

Leben in Sorge und Angst. Ich habe dir diese Erlösung gegeben."

Himmel noch mal. Das klang absolut korrekt. Ich schob mir einen Zwiebelring in den Mund.

„Gut so, Rebecca." Er lachte in sich hinein. „Iss dein Essen auf. Nachher wirst du die Energie brauchen, wenn ich dich so hart ficke, dass du Sterne siehst."

Wärme breitete sich in meinen Wangen aus, und weiter unten erregte eine völlig andere Art Hitze meine Mitte. Ich rieb die Schenkel aneinander gegen den Druck, den seine Worte in mir erzeugten.

Ich aß meinen Hamburger und behielt den Blick auf dem Teller, um weitere Gespräche mit Bennett zu vermeiden. Irgendwie war er in der Lage, selbst beim Fragenstellen und kennenzulernen, trotzdem noch alles zu kontrollieren. Ich musste mich an den letzten Rest meiner Kontrolle klammern, bevor ich mich ihm vollständig ergab.

Er ließ mich schweigen, bis ich alles aufgegessen hatte. Die Kellnerin füllte uns Wasser nach, und als sie gegangen war, schob Bennett seinen Teller von sich.

„Willst du die Vereinbarung rückgängig machen?"

„Nein", antwortete ich. „Will ich nicht. Ich habe dir gesagt, dass ich Angst habe, aber ich bin auch neugierig."

Ich hob den Blick und sah auf köstlich volle Lippen, die grinsten. Amüsiert, aber interessiert sah er mich in letzter Zeit oft so an. Natürlich war er immer noch selbstzufrieden, derb, frech und arrogant, aber wenn er mich so ansah, machte er es wieder wett, genau wie er es tat, wenn er tief und hart in mich eindrang.

„Gut. Sind wir dann jetzt fertig? Denn ich habe Ideen im Kopf, sobald ich dich in meinem Bett habe, und keine Lust mehr, noch länger zu warten. Das ist deine letzte Chance, es dir anders zu überlegen, Rebecca."

Ein Teil von mir wollte es sich anders überlegen.

Doch der neugierigere und aufgeregtere Teil von mir antwortete: „Ich habe es mir nicht anders überlegt."

„Gut." Er stand auf, nahm meine Hand und zog mich mit. Ich griff nach meinem Mantel, doch er nahm ihn mir ab. „Dreh dich um und lass mich dir helfen." Ich gehorchte und er half mir in den Mantel, befreite meine Haare aus dem Kragen. Kurz drückte er meine Schultern und massierte sie. „Kein Grund, nervös zu sein, Süße. Ich verspreche dir, dass es schön wird."

Ein Schauer lief mir über den Rücken, und ehe ich etwas sagen konnte, führte Bennett mich aus dem *Boondox*.

Und brachte mich in seine Wohnung.

Wo er mich herumkommandieren und verhauen und mir multiple Orgasmen schenken wollte.

Worauf hatte ich mich da nur eingelassen?

***

Bennetts Wohnung war größer als groß. Als wir eintraten, verfiel ich in eine schweigende Starre. Die Wandfläche mir gegenüber bestand aus bodentiefen Fenstern, die sich die gesamte Wohnung entlang zogen. Der Fluss trennte Grand Rapid East von der Westseite, auf der anderen Seite erstreckte sich die I-131 Fernstraße. Diese Aussicht war nicht nur beeindruckend, sondern großartig und majestätisch.

„Heilige Scheiße", murmelte ich und legte meine Handtasche auf einen Tisch. Nach nur drei weiteren Schritten war Bennett hinter mir und nahm mir den Mantel von den Schultern. „Ich dachte mir schon, dass deine Wohnung toll ist, aber damit hatte ich nicht gerechnet."

Dunkle Kirschholzschränke und ein dazu passendes Parkett geleiteten mich in die Küche und einen offenen Wohnschnitt. Draußen befand sich ein Eckbalkon, der noch weiterging, ohne dass man das Ende sehen konnte. Ich drehte mich zu Bennett um. „Du wohnst wie in einem Palast.“

Er lachte leise. Das tiefe Timbre jagte einen Funken zwischen meine Beine. Ich sah schnell woanders hin.

„Es ist nur eine Wohnung.“

Nur eine Wohnung, von wegen.

Architektur begeisterte mich schon immer. Als Kind sparte ich mir Geld durch Babysitten und kaufte mir Magazine mit wunderschönen Häusern und Grundrissen. Als Teenager hatte ich die Bilder herausgerissen, in meinem Schreibtisch aufbewahrt und davon geträumt, eines Tages in so einem Haus zu wohnen. Bennetts Wohnung hatte nichts mit dem heruntergekommenen Haus, in dem ich aufgewachsen war, zu tun oder mit dem kleinen Haus, das ich gekauft hatte, oder mit den zweistöckigen Villen, die vor Reichtum nur so strotzten. Sie war modern und traditionell zugleich, eine Mischung, die eigentlich nicht funktionieren dürfte, doch irgendwie hatte er das geschafft.

„Führst du mich herum?“

Er nickte. „Möchtest du dabei ein Glas Wein trinken oder etwas anderes?“

Ich hatte bisher nur Wasser, doch der Abend war noch jung. Ich wollte nicht beschwipst sein, wenn Bennett seine Versprechen einlösen würde, aber ein Drink dürfte nicht schaden. „Gern ein Glas Wein. Einen Roten, falls du welchen hast.“

Er legte die Schlüssel auf den Tresen und zog sein Jackett aus. Dann lockerte er seine Krawatte, löste den Knoten, behielt sie jedoch um, und öffnete den obersten Knopf des Hemdes.

„Folge mir, Rebecca, und all deine Träume werden wahr.“

Er deutete auf den Flur. „Da hinten sind mein Büro und der Fitnessraum.“ Er zwinkerte mir neckend zu.

„Bevor du denkst, das ist ja abgefahren … es ist außerdem das Gästezimmer. Ich habe nur meine Gewichte und anderes Fitnesszeug dort untergebracht.“

Seine lockere Seite sah ich nicht oft, ich konnte aber nicht leugnen, dass sie mir gefiel.

„Fangen wir im Wohnzimmer an. Dort gibt es eine Bar.“

„Garantiert voll ausgestattet, möchte ich wetten“, sagte ich leise und erwiderte sein freches Grinsen.

„Heute sind wir aber vorlaut, was?“ Er packte mich an der Taille und zog mich so schnell an sich, dass meine Hände auf seiner Brust landeten. Auf seiner harten Brust. Ich spürte seine Muskeln unter den Fingern. „Mach nur so weiter, aber denk daran, dass ich dir mit Genuss bald einen ganz anderen Gesichtsausdruck geben werde.“

Automatisch grub ich die Finger in seine Brust. Mein Nervenkostüm spannte sich gemeinsam mit meiner Mitte an.

Mit einem Finger streichelte er von meinem Ohr über die Wange zu meinem Kinn. „Dieser Blick … sanft und dahinschmelzend … den sollst du bei mir immer haben.“

Mir fehlten die Worte. Ich verlor mich in seinen Versprechungen und den schokobraunen Augen, die aussagten, dass er mir all dies auch liefern würde.

„Willst du immer noch den Wein?“

Jetzt sogar mehr als einen. „Ja, bitte.“

Kapitel 16

Rebecca dachte immer, ich wäre ein arroganter Arsch. Aber ich war kein Arschloch. Ich respektierte Frauen ungemein. Ihre Schönheit und Intelligenz, und Rebecca übertraf alle.

Meinen Freunden gegenüber war ich immer loyal, hielt sogar noch nach über zwanzig Jahren Kontakt zu alten Highschool-Bekannten. Wenn meine Eltern mich brauchten, während sie ihr Rentnerleben in Boca genossen, stieg ich sofort in einen Flieger, wenn es sein musste, auch in einen gecharterten, um so schnell wie möglich zu ihnen zu kommen.

Außerdem war ich ein cleveres Kerlchen. Würde ich Rebecca anfassen, bevor sie komplett entspannt war, würde sie überschnappen, und zwar nicht auf eine gute Weise.

„Weißt du, warum ich diese Wohnung unbedingt haben wollte?"

Sie sah sich um, blickte wieder zu den Fenstern und nickte. „Wegen der Aussicht."

„Nein." Wir gingen um die Ecke und Rebecca schnappte nach Luft. „Wegen der Bar." Ich deutete auf die Bar, die größer war als normale Bars in Wohnungen. Aus demselben Marmor, wie er in der Küche verbaut war, erstreckte sich die Bar über die Breite der Wohnung und führte ins Freizeit- und Unterhaltungszimmer. Dahinter verliefen die bodentiefen Fenster weiter und es gab eine Tür zum Balkon. Ja, meine Wohnung war echt der Hit. Auch war sie verdammt riesig, und oft fand ich es furchtbar, ganz allein hier wohnen zu müssen. Nicht, dass ich schon vorgehabt hätte, Rebecca zu fragen, ob sie bei mir einziehen wollte. Aber ich hatte nicht gelogen. Es gab zig Möglichkeiten hier, sie zu nehmen und in den Wahnsinn zu treiben.

„Heilige Scheiße. Hast du oft viele Gäste? Veranstaltest du hier Hochzeitsfeiern? Das Ganze ist ja riesig."

„Und voll ausgestattet."

Sie trat zwischen die Bar und eine Insel und strich mit den Fingern über den Marmor. „Das ist ja größer als jeder Schnapsladen, in dem ich je war."

„Aber schön, oder?"

Sie wirbelte herum und neigte den Kopf zur Seite. „Aber du trinkst nicht einmal viel, oder?"

„Beim Sexspiel nie mehr als ein Glas."

Sie zog die Brauen zusammen. „Aber mir hast du Wein angeboten."

„Ja, weil du viel zu verkrampft bist und dich entspannen sollst. Aber ich will dich nicht betrunken machen oder es dir erlauben." Ich ging zu ihr, legte die Hände um ihre Taille, hob sie hoch, drehte sie um und setzte sie neben dem Weinkühlschrank wieder ab. „Also, welchen magst du haben?"

„Hey! Du hast mich eben einfach aus dem Weg gehoben!"

„Niedlich, dass dich das wundert. Mittlerweile solltest du daran gewöhnt sein, dass ich dich immer dorthin tue, wo ich dich haben will."

Sie blinzelte ein paarmal. „Wenn du mich damit entspannen willst, funktioniert es nicht."

„Du willst einen Roten?"

Ihre Stimme wurde sanfter, ihr Widerspruch verblasste, und verflucht noch mal, wenn sie ihre Schutzmauern auch nur ein bisschen senkte, war sie wirklich wunderbar. „Ja, bitte. Und vielen Dank."

Ich ging die Flaschen durch, nahm eine, die ich neulich erst geöffnet hatte, und schenkte Rebecca ein Glas ein. Nachdem ich ihr das Glas gegeben hatte, nahm ich ihre andere Hand. „Komm mit. Es gibt noch mehr zu sehen."

Ich führte sie um den Barbereich herum ins Fernsehzimmer, das mit einem Beamer ausgestattet war, um Filme und die Spiele der Blackhawks anzusehen. Zwar war ich aus Michigan, doch ich wurde als Chicago-Fan erzogen.

Sie entzog mir ihre Hand und drehte sich langsam um sich selbst, betrachtete alles ganz genau mit einem Lächeln. Die Feuerstelle auf dem Balkon, den Pool-Billard-Tisch, den alten Flipperautomat. Große Teppiche lagen auf dem Parkettboden. Sie sah sogar zur Decke, die in einem ähnlichen Moosgrün gestrichen war wie die Wände. Es hatte mich ein verfluchtes Vermögen gekostet, alles so zu gestalten, wie ich es haben wollte, und ich liebte dieses Zimmer. Hier wurde ich den Anzug los, trug nur Jogginganzüge und benahm mich wie der Teenager, der ich einst gewesen war.

Sie lächelte und trank einen Schluck Wein. „Du hast sogar einen Flipper."

„Ich mag Spiele aller Art." Ich öffnete meine Ärmelknöpfe, rollte das Hemd hoch und trat auf Rebecca zu. „Möchtest du etwas spielen, oder lieber mein Schlafzimmer besichtigen?"

Sie nahm einen kräftigen Schluck Wein und stellte das Glas ab. „Kommt darauf an. Was für ein Spiel hast du im Sinn?"

„Bist du gar nicht mehr nervös?" Ich legte einen Arm um sie und zog sie an mich.

Sie umfasste meinen Bizeps und ihre roten Fingernägel drangen durch das Hemd in meine Muskeln. „Nicht mehr als üblich, denke ich mal."

„Weißt du noch, dass ich gesagt habe, mir fallen Dutzende Stellen in dieser Wohnung ein, an denen ich dich vor mir spreizen könnte?" Sie nickte. Ich streichelte ihre Schläfe mit meiner Nase. Ihr zarter, weiblicher Duft drang direkt bis zu meinem Schwanz vor, der ihn sofort bemerkte. „Hast du einen Wunsch, wo ich anfangen soll, oder magst du es selbst entscheiden?“

„Ich habe eine Wahl?“

„Immer.“ Ich umfasste ihre Wangen und hob ihr Kinn an. „Vergiss nie, dass es immer deine Wahl ist. Sollte ich je etwas tun, was dir nichts bringt oder dir wehtut und du nicht ertragen kannst, musst du es mir sagen. Benutze die Safewords. Dafür sind sie da.“

Sie bebte unter meinen Händen. Ihre Hände glitten an meine Taille. „Dann habe ich jetzt eine Frage.“

„Schieß los.“

„Beim Essen wolltest du nicht für mich auswählen, aber für mich bestellen. Mir ist nicht immer klar, wann ich auf dich hören soll und wann ich … na ja, ich selbst sein darf.“

„Du sollst immer du selbst sein.“ Sie öffnete den Mund, doch ich legte meinen Daumen auf ihre Lippen. „Im Schlafzimmer, wenn wir etwas Sexuelles tun, habe ich das Sagen. Für dich Essen zu bestellen, ist ein Kavaliersakt. Ich stamme aus einer Familie, in der Männer auf ihre Frauen achten. Meine Aufgabe ist es, dir das Leben zu erleichtern, dich zu beschützen, egal ob im Restaurant oder beim Auf-der-Straße-Schlendern, und dir so viele Orgasmen zu bescheren, dass du glaubst, sterben zu müssen, wenn du noch einen bekommst. Das mag erst mal verwirrend sein, aber das ist nur so, weil sich noch nie jemand um dich gekümmert hat. So einen Mann hattest du noch nicht. Und ich werde dir zeigen, wie schön es ist, wenn dich jemand zu seiner obersten Priorität macht und versucht, dich davon zu entlasten, immer alles selbst steuern zu müssen. Wenn ich es richtig anstelle, solltest du dich mir im Gegenzug instinktiv unterwerfen wollen. Ich kümmere mich um dich und du machst mir Freude damit. So einfach kann das sein.“

„Verwirrend und gleichzeitig unkompliziert.“

„Ich habe nicht die Absicht, dich zu ändern. Iss, was auch immer du willst, und zieh dich so an, wie du magst. Ich finde dich anziehend, will dich in meinem Bett und mit dir diese Vereinbarung haben, weil du bist, wie du bist. Solltest du das ändern, meinetwegen aufschieben, dass du aufs Klo musst oder im Büro gebraucht wirst, werde ich dir den Hintern versohlen, weil du nicht du selbst bist. Verstanden?“

„Nein.“

„Das kommt noch.“ Ich presste den Daumen fester an ihre Lippen, und ein Feuerwerk explodierte in meinen Eiern, als sie den Wink verstand und mit der Zunge um meinen Daumen fuhr. „Nimm ihn“, sagte ich rau. Verdammt. Allein ihre Lippen um meinen Finger ließen meine Erektion zucken. „Saug an ihm, als ob du meinen Schwanz haben willst. Zeig mir, wie sehr du dich nach all dem hier sehnst.“

Sie summte. Bei den Vibrationen kniff ich die Knie zusammen. Fuck. Ich hatte es mir heute Morgen nicht selbst gemacht, als sie vor mir auf den Knien gewesen war, und den ganzen Tag musste ich daran denken, sie wieder dorthin zu zwingen. Was ich noch tun würde. Bald.

Ich nahm den Daumen aus ihrem Mund und drehte ihren Kopf dem Billardtisch zu.

„Geh da rüber und stell dich vor den Tisch. Halte dich am Rand fest.“

„Ja, Sir.“ Sie atmete tief durch.

„Und zieh dich auf dem Weg dorthin aus. Ich will deine Klamotten auf dem Boden verteilt sehen.“

Sie griff sich hinten an den Rock, fummelte kurz am Reißverschluss herum, und ich überlegte, ob ich ihr helfen sollte. Aber nein! Die Unterwerfung musste von ihr selbst ausgehen und ausgeführt werden.

Der Rock fiel auf den Boden. Sämtliche Bedenken flohen aus meinem Hirn. Ein schmales Spitzenhöschen schmiegte sich um ihren knackigen Hintern. Kein String. Der Spitzenstoff bedeckte ihre Backen zur Hälfte. Perfekt.

Ich ballte die Fäuste, um mich daran zu hindern, Rebecca zu packen und auf den Boden zu werfen. Lieber wollte ich sie über den Billardtisch gebeugt ficken, sie verschlingen, während sie darauf ausgebreitet lag, und später eine Runde Billard mit ihr spielen, während sie noch im Kopf hatte, was wir soeben hier getan hatten.

„Beeil dich, Sub."

„Die Knöpfe sind so klein, Sir." Sie grinste mich über die Schulter hinweg an.

Triumph durchflutete mich. Ihr neckendes Funkeln in den Augen und das Lächeln waren so viel besser als Angst.

„Wenn du dich nicht beeilst, hole ich eine Schere und schneide dich frei."

„Das würdest du nicht tun."

Ich stemmte die Hände in die Hüften. „Willst du es darauf ankommen lassen?"

„Nein, nein, Sir."

Sie drehte sich um und die Seidenbluse flatterte zu Boden. Dann der dazu passende BH. Sie machte noch einen Schritt, hielt inne, zwinkerte mir über die Schulter zu und schob dabei das Höschen hinunter, wackelte kurz mit dem Hintern und ließ es dann auf den Boden sinken.

„Du bist umwerfend, Rebecca. So verdammt schön. Ich möchte dich von oben bis unten ablecken."

Sie ging zum Billardtisch und beugte sich darüber. Mit den Händen um den Rand wackelte sie mit dem Hintern. „Worauf wartest du dann noch?"

Freches Biest. Ihre Verspieltheit war genauso sexy wie ihre Intelligenz und ihre Unterwerfung. Nein, sie würde nicht mehr lange nur meine Assistentin sein. Ich hatte mehr mit Rebecca vor, und dabei ging es nicht um

Schlafzimmerspielchen.

Ich ließ mir Zeit, ging zu ihr und genoss den Anblick ihrer leicht getönten Haut und wie ihr die Haare über die Schultern fielen und auf dem Filz des Tisches ausfächerten. Ihre Beine waren lang und wohlgeformt, die Zehen passend zu den Fingernägeln lackiert.

„Spreize die Beine so weit, wie du kannst."

Sie rührte sich nicht. Ich gab ihr einen Klaps mitten auf den knackigen Hintern.

„Aua!", rief sie.

Ich wiederholte es. „Wie bitte?"

„Sir. Danke, Sir, oh Scheiße." Sie wackelte mit dem Hintern, um den Schmerz loszuwerden.

„Das hast du dir mit deinem frechen kleinen Zwinkern vorhin verdient. Wenn ich will, dass du eine verführerische Show ablieferst, dann sage ich es dir. Nächstes Mal wirst du einfach nur gehorchen. Verstanden?"

„Ja, Sir."

„Gut. Und jetzt verrate mir, ob du nass bist."

„Ja, tropfnass."

Mit dem Fuß stieß ich sanft gegen ihren Knöchel. „Wie bitte, Sub?"

„Sir. Ich bin tropfnass, Sir. Entschuldigung."

„Das lernst du noch." Schnell entledigte ich mich meiner eigenen Kleidung. Der Gürtel klimperte, als die Hose auf dem Boden landete. Ich zog die Krawatte aus dem Kragen und warf sie auf den Tisch. Als Nächstes folgte das Hemd. „Wir haben noch nicht darüber gesprochen, und ich hatte dir gesagt, dass ich dich mit den Händen verwöhne. Aber hast du ein Problem mit Fesseln oder mit verbundenen Augen?"

Das machte ich nicht oft, ich mochte es aber, die Möglichkeit zu haben.

Sie betrachtete meine silberne Krawatte und biss sich auf die Unterlippe. „Ich glaube, gefesselt zu werden ist okay für mich, Sir."

„Und eine Augenbinde?"

„Ich würde dich lieber sehen können, Sir."

Ich küsste ihren Rücken. Sie erbebte unter mir. „Du traust mir noch nicht genug, um dir die Augen verbinden zu lassen, und bevor du widersprichst – ich verstehe das, Rebecca. Aber ich würde dir gern die Hände fesseln."

Ich küsste ihren Rücken entlang. Bei jedem Kuss atmete sie schneller und lauter.

„Okay, Sir."

„Wunderschön", sagte ich leise und küsste ihre Hüfte. Die zarte Stelle an einer weiblichen Hüfte machte mich wahnsinnig. „Wir fangen langsam an, und du sagst mir, wenn es wehtut oder zu eng ist, okay?"

„Okay."

Ich nahm meine Krawatte und führte ihre Hände auf den Rücken. Ich band ihre Handgelenke so zusammen, dass sie noch Luft hatte, die Hände zu bewegen, jedoch nicht herauskam.

„Bereit?", fragte ich. Ich streichelte über ihren Rücken bis auf ihren Hintern, massierte die Stelle, auf die ich sie vorhin geschlagen hatte. Ich hatte nicht so fest zugeschlagen, dass man eine Rötung sah, und das hatte ich heute auch nicht vor. Das würde ich mir für morgen aufheben, sodass sie bei der Arbeit auf einem wunden Hintern sitzen und ständig an mich denken musste.

„Mr. Ashby, Sir, bitte."

Als sie meinen Namen sagte, erhob sich mein Schwanz zuckend. Das hatte mir mehr gefehlt, als ich zugeben wollte.

„Bitte, was, Sub?"

Sie kniff kurz die Augen zu und öffnete die Lippen. „Fick mich, Sir."

„Oh, Sub, du hast ja keine Ahnung, worum du mich da bittest."

Kapitel 17

Rebecca

Verdammt, verdammt, verdammt! Er machte mich wahnsinnig. Der Stoff auf dem Billardtisch rieb an meinen Nippeln, wenn ich mich bewegte.

Was ich nicht wirklich konnte.

Jedes Mal, wenn er mich berührte, spannte ich mich an, wartete auf mehr, doch er war nicht brutal. Seine sanften Küsse und das Streicheln waren fast schlimmer als der Schmerz, den er mir wie nebenbei verpasste.

„Ich bin schon seit heute Morgen hart. Nachher wirst du auf die Knie gehen, meinen Schwanz in den Mund nehmen, so wie du es vorhin wolltest. Willst du das?"

Seine Finger glitten über meine Pussy. Ich zuckte zusammen. „Ja, bitte."

Er drang fest in mich ein, doch das war egal. Ich war tropfnass und bereit. Aber zwei Finger in mir waren nicht annähernd genug, um mein Verlangen zu stillen. Ich stöhnte, als er mit dem Daumen meine Klit massierte, bis ich mich ihm entgegenbog und meine Hüften zuckten.

„Was möchtest du jetzt?"

„Ich möchte kommen. Bitte."

Sein Lachen war heiser und direkt an meinem Nacken. Seine Brust auf meinen Rücken gepresst. Meine verbundenen Arme waren zwischen uns eingeklemmt und er drückte mich fester auf den Tisch. Mit den Fingern kratzte ich über seinen Unterbauch, weil ich mehr von ihm nicht erreichen konnte.

„Irgendwann diese Woche …", stöhnte er mir ins Ohr, fuhr mit dem Schwanz durch meine Ritze und wieder zurück, „wirst du zum Arzt gehen und ich auch.

Ich will dich ungeschützt nehmen können, meinen Schwanz in deine nasse Hitze stecken. Bist du damit einverstanden?"

„Ich bin gesund. Ich habe mich vor einem Monat erst untersuchen lassen, nachdem ich das letzte Mal mit jemandem zusammen war."

„Nimmst du die Pille?"

Sein Daumen tat köstliche Dinge mit meiner Klit, umkreiste sie, übte genau den richtigen Druck aus, was mich wahnsinnig ablenkte. Er zwickte sie und ich ließ einen Schrei fahren. „Ja! Ja, ich nehme die Pille."

Seine Hand verschwand von meiner Klit, und dann spürte ich seinen Schwanz an der Pussy. Er verteilte meine Nässe mit seiner Spitze.

„Vertraust du mir? Ich bin auch gesund."

„Sonst wäre ich nicht hier."

„Himmel, Rebecca. Ich werde es dir trotzdem mit einem Attest beweisen." Er lehnte seine Stirn zwischen meine Schultern an. Dann küsste er meinen Nacken, hob meine Haare an und massierte mir sanft den Kopf. „Du bist so verdammt perfekt für mich. Ich habe keine Ahnung, womit ich dich verdient habe, aber ich bin verflucht dankbar."

Mein Herz machte einen Satz. Diese Worte. Wieso wusste er immer, was er sagen musste?

„Ich werde dich jetzt ficken. Komm so oft, wie du willst. Aber schrei meinen Namen dabei. Verstanden?"

„Oh Gott." Die Hitze seiner Brust auf mir verschwand und stattdessen spürte ich einen stechenden Schmerz auf dem Po. Ich stöhnte auf und bog mich ihm entgegen.

„Oh Mann, das gefällt dir."

Das stimmte. Ich rieb meine Wange an dem Filz, als ich versuchte, zu nicken. Er brauchte allerdings gar keine Antwort. Mit einem heftigen Stoß drang er so fest in mich ein, dass ich auf die Zehenspitzen gehen musste. Seine Hände umfassten meine Schultern. Gnadenlos fickte er mich, zog mich dabei zu sich zurück. Er streckte die Hüften vor, sein Schwanz massierte meinen G-Punkt und … heilige Scheiße! Ohne ein Kondom kam er mir noch länger und härter vor, wie aus Stahl. Er fickte mich weiter und ich schrie vor Lust.

„Bennett!“, rief ich, als meine Pussy ihn umklammerte und der Orgasmus durch mich hindurch jagte. Mein Körper zuckte und ich verlor den Bezug zu Zeit und Raum. Sein Stöhnen und mein Wimmern erfüllten die Luft, der Klang von wildem Sex.

„Fuck, ja, Rebecca, gib's mir. Gib dich mir ganz.“

Ein erschreckender Gedanke. Ich musste einen Weg finden, ihm etwas vorzuenthalten. Mein Herz durfte ich nicht an ihn verlieren, aber irgendwie schaffte er es, sich einzuschleichen, mit seinem rauen Sex, den liebevollen Blicken und dem professionellen Lob.

Darüber würde ich später nachdenken. Wenn ich wieder zum Denken in der Lage war.

Mit den Fingern berührte ich wieder seinen Bauch. Mehr als ein zartes Streicheln war nicht möglich, an mehr kam ich nicht heran, und dann war die Hitze seines Körpers plötzlich verschwunden.

Er packte mich mit einer Hand an der Schulter, mit der anderen an der Hüfte, zog mich hoch, bis mein Rücken an seiner Brust ruhte.

„Oh mein Gott.“ In dieser Stellung drang er noch tiefer ein, und meine Pussy, die immer noch pulsierte, schmiegte sich noch enger um ihn. Ich lehnte den Hinterkopf an seine Schulter, während er weiter in mich stieß und mich von innen in Flammen setzte.

„Ich kann nicht.“ Ich schüttelte den Kopf. „Es geht nicht noch mal. Es tut weh.“

„Aber es ist trotzdem gut, oder?“, knurrte er.

„Himmel, ja.“

„Dann geht es auch.“

Seine Hand glitt an meine Brust, zwickte und neckte einen Nippel. Ein elektrisierender Blitz schoss durch mich hindurch. Ich riss die Augen auf und sah die glitzernden Lichter der Stadt in der Ferne. „Oh Scheiße."

„Lass sie dich ruhig sehen", knurrte er heiser in mein Ohr.

Er erhöhte das Tempo, stieß mit Kraft zu, hielt mich an sich gepresst, spielte abwechselnd mit meinen Brüsten. Ich schrie auf, und als ein Orgasmus in den nächsten überging, schob sich Bennett bis zum Anschlag in mich.

„Verdammt, Rebecca." Er stöhnte und schoss seinen Samen tief in mich. Ich lehnte an seiner schweißfeuchten Brust und er hielt mich fest, während er auf den Wogen seines Höhepunkts ritt.

Langsam beugte er mich wieder über den Billardtisch. „Oh Mann, das war unglaublich", wisperte er.

Er löste die Krawatte um meine Handgelenke, massierte die Stelle und dann die Arme hoch, bis zu den Schultern.

„Das tut so gut", murmelte ich und meine Atmung kam langsam zur Ruhe.

„Schön. Dann wird dir sicher gefallen, was ich als Nächstes tun werde."

Er packte mich an den Hüften, hob mich hoch, drehte mich, bis er mich wie ein Baby auf dem Arm hatte. Ich schlang die Arme um seinen Hals. Dieser Mann. Wenn er mich nicht im übertragenen Sinn von den Füßen riss, dann im wahrsten Sinne des Wortes.

„Was machen wir jetzt?"

„Ein Bad nehmen, chillen und ausruhen, und dann nehme ich dich noch mal."

Noch mal? Ein lustvoller Schauer durchlief mich von oben bis unten.

Er trug mich durch sein geräumiges Schlafzimmer, das ganz in Grau und Petrol gehalten war, ins größte und schönste Badezimmer, das ich je gesehen hatte.

„Wow."

Er stellte mich ab, behielt eine Hand an meiner Taille und drehte am Whirlpool das Wasser auf. Dann öffnete er eine Flasche und kippte eine ordentliche Menge Badezusatz hinein.

„Schaumbad?" Ich konnte ein Lachen nicht unterdrücken. „Du hast Schaumbad im Haus?"

Er gab mir einen Kuss auf die Schläfe. „Ich mag eine Menge Dinge, und ein heißes Bad nach einem anstrengenden Fitnesstraining gehört dazu. Mom hat das Schaumbad hiergelassen, als meine Eltern über Weihnachten hier waren."

„Aha." Ich tätschelte seine Wange und küsste ihn auf die Lippen. „Es ist echt süß, dass du es hast und dass du mich damit verwöhnst."

„Es gehört zu meinen Aufgaben, mich um dich zu kümmern, weißt du noch?"

Ich wusste es noch. Und ich hatte das Gefühl, dass ich das niemals wieder vergessen könnte.

Allein das war schon gefährlich.

Ich sah mich um. „Und was machst du solange?"

Albern, jetzt wieder nervös zu werden. Gerade hatte er mich fantastisch gevögelt, und es war nicht das erste Mal, dass er mich nackt sah. Doch sonst hatte ich wenigstens unter eine Bettdecke kriechen können. Als das Nachglühen des Höhepunkts vorüber war, wurde ich wieder unsicher.

Er umfasste meine Wangen und grinste. „Ich gehe dir noch ein Glas Wein holen und mir selbst auch eins."

Als er zurücktrat und die Hände von mir nahm, fühlte es sich ohne seine Berührung kalt an. Automatisch schwankte ich ihm leicht hinterher, ohne es verhindern zu können.

„Oh, und wenn ich wieder da bin, komme ich zu dir ins Wasser." Er zwinkerte mir zu und verschwand durch die Tür.

Und schon kribbelten all meine weiblichen Stellen erwartungsvoll.

Ich war nicht sicher, ob es etwas Besseres gab, als von starken Beinen und Armen umschlungen in einer Badewanne zu liegen, umgeben von weißem Schaum, der fast überquoll.

Hinter mir massierte Bennett meine Schultern. Ich senkte den Kopf, nahm Schaum auf die Hände und blies hinein, während wir uns unterhielten. Wir waren schon so lange in der Wanne, dass das Wasser nicht mehr heiß und entspannend war, doch ich hatte es nicht eilig, herauszusteigen. Ich genoss, dass sich Bennett mir gegenüber öffnete, von seiner Familie erzählte und mir etwas anderes zum Nachdenken gab als Orgasmen und den Vertrag, dem ich verrückterweise zugestimmt hatte.

Vor ein paar Jahren hatte Bennett Ashby Enterprises übernommen, nachdem sein Vater in Rente gegangen war, und mir fiel es schwer, mir vorzustellen, was Bennett alles erzählte. Ich konnte kaum glauben, dass sich ein Mann, der eine derartig große Firma geleitet hatte, einfach so in ein Altersresort zurückzog, luxuriös oder nicht.

Ich pustete noch ein bisschen Schaum durch die Luft und lehnte den Kopf an Bennetts Schulter. „Und sie spielen wirklich Shuffleboard?"

Er glitt mit den Händen an meinen Armen entlang. „Seit zwei Jahren sind sie Club-Champions."

Ich spürte seine lächelnden Lippen an meiner Wange. Sein Streicheln meiner Arme verursachte mir eine Gänsehaut. „Das ist doch so eine typische Rentnerbeschäftigung", sagte ich.

Sein heiseres Lachen vibrierte an meiner Haut. Himmel noch mal, alles, was er tat, stellte köstliche Dinge mit mir an. Sein Lachen, seine Berührungen, seine zarten Küsse. Noch vor einer Woche hätte ich geschworen, dass Bennett gar nicht in der Lage wäre, nett zu sein.

„Nachdem Dad vierzig Jahre nur aufs Geschäft und die Familie konzentriert war, hat er sich seinen Ruhestand verdient.“

„Aber ausgerechnet Shuffleboard?“

„Sie spielen auch Tennis, Golf, tanzen Salsa und außerdem sind sie an Wochenenden oft auf ihrer Jacht.“

Seine Eltern besaßen eine Jacht.

Ich nahm seine Hand und legte meine darauf, versteckt unter dem Schaumberg. „Sie klangen eben noch total normal, bis du die Jacht erwähnt hast.“

Bennett lachte erneut und hob unsere Hände über den Schaum. Er rieb über meine Fingerspitzen, glättete die Fältchen der aufgeweichten Haut. „So langsam verschrumpeln wir. Lass uns aus dem Wasser steigen.“

Ich lehnte mich fester an ihn und schloss die Augen. „Aber es ist so schön hier.“

„Glaub mir, ich mag es auch, wenn du nackt auf mir liegst. Aber ich habe noch etwas anderes mit dir vor.“ Er küsste mich auf den Kopf, stützte sich mit den Händen auf dem Wannenrand ab und drückte mich von sich fort.

Ich drehte den Kopf und sah zu, wie er seinen großen, muskulösen Körper aus der Wanne manövrierte. Er sah verdammt gut aus. Breite Schultern, perfekte Muskeln so weit das Auge reichte. Und dieser Schwanz. Halb erigiert lag er zwischen den starken Schenkeln, und das gestutzte Haar umrahmte ihn wie ein Werbedisplay. Ich konnte es kaum abwarten, ihn in die Hände und den Mund zu bekommen.

Er erwischte mich beim Starren, legte eine Hand um seinen Schaft und bewegte sie auf und ab. „Gefällt er dir? Willst du mehr?“

Ich war wund und wusste nicht einmal, ob ich überhaupt noch Sex haben könnte. Doch meine Pussy stimmte dem nicht zu. Sie pulsierte und zog sich zusammen, sehnte sich schon wieder nach Bennett. „Ja.“

Er wickelte sich ein Handtuch um die Hüften und verbarg somit seine jetzt volle Erektion vor mir. „Du musst noch warten.“ Er steckte eine Ecke des Handtuchs um seine Hüften fest und hielt mir eine Hand hin. „Komm raus.“

Er hielt meine Hand im Griff, bis ich sicher auf dem Boden stand, trocknete mich ab, ging sogar in die Knie, um meine Beine vom Schaum zu befreien. An meinen Unterschenkeln angekommen, hielt er inne und sah zu mir auf.

Bennett Ashby. Vor mir auf den Knien. Sein Mund nur Zentimeter von meiner Pussy entfernt. Oh Gott. Ich wurde von Sekunde zu Sekunde nasser, als er mich mit seinen dunklen Augen und deutlichem Verlangen im Blick ansah. Dann leckte er über meine Klit. Ich schnappte nach Luft und drückte mit einer Hand auf seine Schulter. „Heilige Scheiße.“

„Nur eine kleine Geschmacksprobe“, sagte er leise und verteilte Küsse auf meine intimsten Stellen. „Ich kann einfach nicht genug von dir kriegen.“

Noch nie war ein Mann so offen zu mir gewesen, hatte so deutlich sein Verlangen nach mir gezeigt. Allein seine Worte machten mich wild.

Wieder traf mich seine Zunge. Ich lehnte mich ihm entgegen, suchte nach ihm. Mehr. Ich wollte alles.

Er umfasste meine Hüften und hielt mich still. Dann stand er auf.

Ein anzügliches Grinsen hob seine Lippen. „Ich mache später mit dir weiter.“ Er schlang das Handtuch um meinen Rücken und steckte die Enden zwischen meinen Brüsten fest. „Trockne dich ab. Ich gehe dir etwas zum Überziehen holen. Möchtest du noch etwas trinken?“

Mein Weinglas stand vergessen auf dem Wannenrand. Wir waren so mit Reden beschäftigt gewesen, dass ich nur ein paarmal daran genippt hatte. „Nein, aber vielen Dank.“

„Es ist meine Aufgabe, mich um dich zu kümmern, weißt du noch?“ Er tippte meine Nasenspitze an und trat zur Seite.

Ein Schauer durchrieselte mich. Himmel, wenn Unterwerfung so war, dann wusste ich nicht, wie ich ihm irgendwas abschlagen sollte. So langsam verstand ich, warum Miranda ihren Mann so sehr liebte. Wenn Shawn sie immer so behandelte, war klar, dass sie es ihm zurückgeben wollte.

Das begriff ich, als ich in den Badezimmerspiegel sah. Ich hatte das Haar beim Baden hochgebunden. Einzelne Strähnchen hatten sich gelöst und umrahmten meine Schläfen. Ich trug noch das Make-up, und der Dampf vom Bad hatte es leicht zerlaufen lassen. Das sah alles andere als schön aus, trotzdem war Bennett vor mir auf die Knie gesunken, hatte mich geküsst und gestreichelt, als wäre ich das Wertvollste und Schönste, was er je gesehen hatte … als wäre er derjenige, der die Ehre hatte, mit mir zusammen sein zu dürfen.

Wie seltsam.

Kapitel 18

Bennett

Ich ließ Rebecca im Badezimmer zurück und ging in meinen begehbaren Kleiderschrank. Ich verzichtete auf Unterwäsche und zog nur eine Jogginghose an, da ich einen enormen Ständer hatte. Eine enge Unterhose wäre unbequem, weil sich mein Schwanz im ständigen Stand-by-Modus befand, wenn Rebecca in der Nähe war. Ich zog ein schwarzes T-Shirt über und nahm mein Lieblingsoberhemd vom Bügel.

Ich wollte Rebecca darin sehen, damit ich immer an sie denken musste, wenn ich es im Büro trug. Verdammt, sie war so schön. Wenn sie sich gehen ließ, sich in meinen Armen entspannte, unter meinen Händen, war sie einfach unglaublich. Nichts machte mich mehr an als eine selbstbewusste, intelligente Frau mit einer unterschwelligen sexuellen Ausstrahlung. Rebecca erfüllte das reichlich. Ihre Verletzlichkeit machte alles nur noch süßer.

Bei ihrem Blick auf meinen Schwanz, als ob sie sich danach sehnte, ihn tief in ihre Kehle aufzunehmen, wäre ich am liebsten sofort auf den Badezimmerboden gekommen. Diese Frau bedeutete den Erschöpfungstod meines Schwanzes, so, wie es mich anmachte, wenn sie auch nur einen Blick auf mich warf. Das machte die Vorstellung, sie zu zähmen und gleichzeitig in meine Zukunftspläne einzubeziehen, noch verlockender.

Ich wartete vor dem Badezimmer, bis ich hörte, dass sie das Wasser abstellte. Ohne zu klopfen, öffnete ich die Tür. Rebecca stand vor dem Waschbecken und trocknete sich das Gesicht ab. Ich legte das Hemd auf die Ablage.

„Zieh das hier an." Ich deutete auf das Hemd. „Und

sonst nichts. Ich warte im Wohnzimmer auf dich.“

Ihre Augen weiteten sich und sie starrte das Hemd an. „Du meinst …“

„Keine Unterwäsche. Ich will, dass du mir jederzeit zur Verfügung stehst.“

Sie atmete kurz ein und ihre Wangen röteten sich. Mein Schwanz zuckte. Ich umfasste ihn durch die Hose, mein Verlangen für sie in meinem Griff offensichtlich. Bevor sie etwas sagen konnte, verließ ich den Raum. Sie konnte diskutieren, so viel sie wollte, aber solange ich nicht das Wort *Gelb* hörte, woran ich sie ja immer wieder erinnerte, waren meine Regeln Gesetz. Drei Monate lang konnte ich tun, was ich wollte, wann ich es wollte, dennoch hatte sie mit den zwei Worten alle Macht. Das war der schöne Teil an der Unterwerfung. Das Machtspiel zwischen mir und meiner Sub erinnerte mich an die Verantwortung und Kontrolle, wonach ich mich sehnte, und daran, die Frau zu schätzen, um die ich mich kümmerte. Ich war nicht der knallharte Dom, für den viele mich hielten. Meistens wegen meiner Größe und weil ich ein echtes Arschloch sein konnte.

Dominieren und Unterwerfen bedeutete für mich immer, den anderen vor sich selbst zu setzen. Sich selbstlos um jemanden zu kümmern, denn es lief darauf hinaus, nichts als gegeben zu nehmen. Rebecca konnte jederzeit *Rot* sagen, und dann könnte ich nichts dagegen tun und müsste sie gehen lassen.

Daher war mein Hauptanliegen, sie immer so glücklich und orgasmisch zufrieden und wertgeschätzt zu halten, dass ihr dieses Wort nicht einmal in den Sinn kam. Ich nahm das sehr ernst und hatte keinen Spaß daran, nur ab und zu mal mit jemandem zu spielen. Daher hielt ich stets Ausschau nach Subs, die auch etwas Dauerhaftes suchten.

Genau das wollte ich. Ich wollte eine Ehe mit einer Frau, die auch meine Sub war und unbestreitbar und endlos mir ergeben, egal wie groß unsere Familie einmal werden würde. Ob Rebecca diese Frau war, musste sich noch herausstellen. Allerdings trafen bei ihr bereits viel mehr meiner Wünsche zu als bei jeder anderen Frau zuvor.

Mit meinem Wein in einer Hand und dem Handy in der anderen ging ich ins Wohnzimmer und scrollte kurz durch die verpassten Anrufe. Es waren zwei von Anderson Jakobs dabei und zwei Sprachnachrichten von ihm.

„Fuck." Jakobs Unentschlossenheit ging mir langsam auf die Nerven. Nach dem Treffen letzte Woche und Rebeccas Arbeit hatte ich gehofft, erst wieder nach der Vorstandssitzung von ihm zu hören.

„Alles in Ordnung?", fragte Rebecca.

Sie lehnte am Türrahmen, mein Hemd reichte ihr fast bis zu den Knien, war nur mit zwei Knöpfen geschlossen, sodass ich eine erektionsfördernde Sicht auf ihren festen Bauch, ihren Nabel und ihre Pussy hatte. Sie nippte an ihrem Weinglas aus dem Bad.

Verdammt sexy.

„Komm her." Ich nahm einen großen Schluck Wein und stellte das Glas auf den Tisch, schob den schweren Tisch ein Stück von der Couch weg, während Rebecca näher kam. „Knie dich hin." Ich deutete neben meine Füße.

„Was?"

Ich hob eine Braue und wartete.

Sie blinzelte, sah auf den Boden und dann wieder mich an. „Du willst, dass ich vor dir auf die Knie gehe?"

Ich streichelte ihren Schenkel hoch und umfasste ihren Hintern. „Genau das will ich, Sub."

Vielleicht brachte sie die Erinnerung an das, was sie für mich war, wieder in die richtige Geisteshaltung. Unter meinen Fingern zitterten ihre Beine.

Sie stieß kurz den Atem aus und nickte. „Okay, Sir."

„Braves Mädchen", sagte ich leise. Sie sank auf die Knie und ich ließ ihren Hintern los. Von ihrem Anblick in meinem Hemd und zu meinen Füßen wurde mir fast schwindelig. „Schön. Soll ich dir Wein nachfüllen?"

„Momentan nicht, aber danke." Sie lachte leise.

Der Klang vibrierte direkt in meinem Schwanz. Gut, dass ich mir die Unterhose erspart hatte. Mit einer Hand umfasste ich das Handy fester und mit der anderen rieb ich meinen Schwanz.

„Weißt du, warum ich dich auf Knien haben will?"

Sie nippte an ihrem Wein. „Nein."

„Weil ich Anrufe verpasst habe und Sprachnachrichten von Jakobs und jetzt schon weiß, dass ich mich darüber ärgern werde. Wenn ich sie abgehört habe, möchte ich deinen Mund in meiner Nähe wissen."

„Himmel. Bennett. Sir."

„Ja." Meine Stimme klang rau. „Jetzt macht es dir nicht mehr so viel Angst, vor mir zu knien, oder?"

Sie räusperte sich und ihre Wangen röteten sich so tief, dass sie fast die Farbe des Weins hatten. „Was will Jakobs denn?" Sie sah mich an.

Das hatte ich ihr nicht wirklich erlaubt, doch es ermöglichte mir einen guten Blick auf ihre Titten. Darüber würde ich mich nicht beschweren. „Ungefähr noch acht weitere Grundrisse."

„Wenn er jetzt wieder zu den Reihenhäusern wechseln will statt den Eigentumswohnungen, werde ich ihn erwürgen."

Verdammt geil. Sie wurde immer perfekter für mich. Eine Frau auf Knien vor mir, die dabei noch übers Geschäft reden konnte? Ich musste bald den nächsten Schritt in meinen Plänen angehen.

Ich schaltete das Handy auf Lautsprecher und legte es auf den Couchtisch.

Rebecca hob den Blick erneut. „Du willst ihn jetzt anrufen?“

„Er wird denken, dass wir im Büro sind. Ich möchte, dass du hörst, was er sagt.“

Sie zog die Augenbrauen zusammen.

Ich genoss ihre Verwirrung. Ich hatte ihr nicht immer gezeigt, wie sehr ich sie respektierte, aber wenn sie so klug war, wie ich dachte, würde sie dieses Gespräch zeitlich halbieren. Und dann konnten wir uns wieder den wichtigen Dingen widmen.

„Bennett“, sagte Anderson im Handy. „Danke für den Rückruf. Ich hoffe, ich störe nicht.“

Rebecca warf mir einen Blick zu.

„Keineswegs, Jakobs. Was kann ich für Sie tun?“

„Also, ich habe Ihnen eine Nachricht hinterlassen, dass unsere Vorstandssitzung auf Donnerstagabend verlegt wurde. Ich habe mir die Pläne von letzter Woche angesehen. Mir gefällt die Idee Ihrer Assistentin am besten. Also möchte ich fragen, ob wir die nicht dem Vorstand präsentieren können. Ich weiß, dass das eine Bitte in letzter Minute ist.“

Während er sprach, stand Rebecca auf und verschwand um die Ecke. Als er zu sprechen aufhörte, kam sie zurück und wischte auf ihrem Handy herum. Dann schüttelte sie den Kopf und sprach flüsternd.

„Da hast du um zwei ein Meeting mit Connor Hendrick.“

„Jakobs, warten Sie bitte kurz.“ Ich drückte ihn auf Warten.

„Eigentlich solltest du ja hier knien, aber ich muss sagen, ich glaube, ich habe soeben deine neue Arbeitskleidung gefunden.“

Ihr Gesicht stand in Flammen und sie weitete die Augen. „Nicht dein Ernst! Und ich habe nur deinen Kalender geholt.“

„Du hast meinen Kalender in deinem Handy?“

„Tja, ich habe einen besonders herrischen Boss, dem

mein Privatleben egal ist und der verlangt, dass ich über jede Minute seines Tages Bescheid weiß. Außerdem bin ich ein perfekt organisierter Mensch."

„Die meisten würden das pedantisch nennen."

Sie rümpfte die Nase. „Mir gefällt über-organisiert besser."

Mir gefiel alles, was sie sagte, wenn sie dabei lächelte. „Komm her." Ich streckte meinen Arm aus, und als sie in Reichweite war, zog ich sie auf meinen Schoß.

„Musst du nicht mit Jakobs weiterreden?"

„Ja. Kann man das Meeting mit Hendrick verschieben?"

Sie verzog den Mund und tippte auf das Display. „Das wurde schon zweimal verschoben, allerdings das erste Mal wegen ihm selbst. Das Gewerbegrundstück, über das du mit ihm reden willst, gehört zum DeltaPlex. Ich glaube nicht, dass das klug wäre."

Das DeltaPlex war das Stadion, in dem alle Konzerte und Sportevents stattfanden. Grundstücke in dieser Umgebung waren Gold wert. Dieses Geschäft zu verlieren, wäre ein harter Schlag.

Ich holte Jakobs wieder dazu und beugte mich vor. „Sorry, dass Sie so lange warten musstest. Ich habe mit Rebecca geredet und kann leider so kurzfristig nicht an der Vorstandssitzung teilnehmen."

„Oh, das ist aber schade. Ich glaube, wenn Sie dabei wären, besonders bei Ihrer Begeisterung für das Projekt, könnten wir sofort einen großen Schritt weiterkommen."

„Mist", flüsterte Rebecca.

Ich drückte sie fester auf meinem Schoß und gab ihr einen Kuss auf die Schläfe. Sie roch nach dem Schaumbad meiner Mutter. Das musste ich gleich ändern. Ich legte zwei Finger auf ihren Mund.

„Verstehe, Anderson. Deshalb schicke ich Rebecca hin."

Unter meinen Fingern öffnete sich ihr Mund. Ich nutzte den Moment und schob meine Finger hinein. „Saug“, formte ich stumm mit den Lippen. Ihre Augen waren groß wie Untertassen. Ich flüsterte in ihr Ohr: „Stell dir vor, es wäre mein Schwanz.“

Anderson plapperte über die Uhrzeit des Meetings. Ich ignorierte ihn, verlor mich in den Bewegungen von Rebeccas Mund um meine Finger, als ob sie meinen Schwanz dringend brauchen würde.

„Klingt gut“, sagte ich, als Anderson schwieg. „Rebecca wird da sein. Und falls vorher noch Fragen aufkommen, zögere nicht, Rebecca direkt anzurufen.“

Wir verabschiedeten uns. Sobald die Verbindung beendet war, zog ich meine Finger aus Rebeccas Mund.

„Du schickst mich wirklich in die Vorstandssitzung? Das ist eine wichtige Sache.“

„Ich habe vollstes Vertrauen in dich, dass du das Kind schaukelst.“ Mein Lob bedeckte sie wie eine warme Decke. Sie ließ die Schultern sinken und ihr Blick wurde weich. Ihr Lächeln traf mich tief im Bauch. Strahlend und breit, als hätte ich ihr einen Rolls-Royce geschenkt, anstatt ihr eine geschäftliche Aufgabe zu geben. „Und jetzt gehe wieder auf die Knie und sieh mich an.“

„Ja, Sir.“ Grinsend rutschte sie von meinem Schoß. Sobald sie auf dem Boden war, griff sie nach meinem Hosenbund.

„Langsam“, brummte ich, während sie an meiner Hose zog. „Ich will jede Sekunde genießen.“

„Witzig.“ Sie sah mich an und zwinkerte. Ihre Verspieltheit ging mir direkt in die Eier, die sich zusammenzogen und meine Säfte sich sammelten. „Genau das hatte ich auch vor.“

„Verdammt“, stöhnte ich. Ich fuhr ihr mit der Hand in die Haare, vergrub sie in dem Durcheinander auf ihrem Kopf. Sie war so verdammt perfekt.

Ihre kleinen, heißen Finger legten sich um meinen

Schaft und sie öffnete die Lippen. „Du bist so schön“, wisperte sie. „Überall. Es tut mir leid, dass ich vielleicht dein Ego beleidige, wenn ich einen Mann schön nenne.“

„Tust du nicht.“

„Oh, gut.“ Sie grinste, beugte sich vor, holte tief Luft und fuhr sich mit der Zunge über die Lippen. „Aber ich muss dich warnen, ich habe darin nicht viel Übung.“

Sexy, frech und ohne Erfahrungen im Blasen. Oh Mann, ja. Das war genauso erregend wie damals, als ich erfuhr, dass sie noch nie ein Spanking gehabt hatte.

Meine Hüften schossen vor, unfähig, mich nicht nach ihrem Mund zu sehnen, dem nassen, heißen Hafen, der mich gleich aufnehmen würde. „Verdammt, Rebecca, nimm ihn in den Mund und ich schwöre, dass mir alles gefallen wird.“

„Ganz sicher?“

„An der Spitze fühlt es sich besonders gut an. Nimm ihn so tief, wie es dir angenehm ist, und fang endlich an. Sofort.“

Scheiß auf *langsam*. Bei dem Wissen, dass sie darin nicht erfahren war, hätte ich ihr am liebsten so schnell und tief wie möglich den Schwanz in den Hals gerammt, um sie zu erobern.

Sie leckte mich erst, kreiste mit der Zunge um die Spitze, die Öffnung und die Unterseite. „Heilige Scheiße“, knurrte ich.

Ich zwang mich dazu, die Augen offen zu halten, obwohl alles in mir danach schrie, mich zu entspannen und das Gefühl ihrer zarten Hände und ihrer Zunge zu genießen.

Sie nahm mich tiefer auf, saugte energisch. Heiliger Scheiß, das würde ich nicht lange aushalten. „Verdammt, Rebecca, das ist so gut.“ Ich schluckte schwer und sie summte um meinen Schwanz herum. Ihr Blick traf meinen.

„So schön. Benutze deine Hand am Schaft oder massiere meine Eier."

Sie legte eine Hand darum und tat, wie ihr geheißen, als hätte sie nur darauf gewartet. Bei der sanften Berührung meiner Eier zuckten meine Hüften hoch, mein Schwanz rammte gegen ihre Kehle, sodass sie würgen musste. „Mist, entschuldige", sagte ich. Sie zog den Mund zurück und ihre Augen schimmerten feucht. „Alles okay?"

„Ja. Ich will nur, dass du es gut findest."

„Fuck, Rebecca. Mach so weiter und ich werde in einer Minute kommen. Du fühlst dich fantastisch an."

Sie biss sich auf die Lippe und blinzelte bei dem Lob. Heißer Scheiß. Oh Mann, diese Frau.

Diesmal nahm sie mich direkt in den Mund, ohne dass ihre Finger um meinen Schwanz zitterten. Die Hitze ihres Mundes drang in meinen Schaft, jagte mir in die Eier, die sie perfekt massierte.

„Ja", stöhnte ich, während sie an meinem Schaft hoch und runter glitt. Ich spreizte die Beine breiter und riss mir das T-Shirt vom Leib. Sie versengte mich von innen heraus, bis sich mein Orgasmus im Rücken bildete und in meine Lenden raste. Ich legte eine Hand auf ihren Kopf und hielt sie still. „Ich komme."

Sie summte erneut, nahm mich tiefer, schluckte und ich verlor die Beherrschung.

Verdammt, verflucht! „Rebecca." Das war die letzte Warnung. Sie drückte meine Eier fester und mein Höhepunkt war da. Ich schoss meinen Samen in ihre Kehle, ohne den Blick von ihr zu nehmen. Hielt sie fest, bis es vorbei war. Der Orgasmus nahm mir meine Energie, aber mein Schwanz war noch hart, als sie ihn losließ und sich auf ihre Fersen setzte.

Als sie mich ansah, war ich nicht nur wieder voller Energie. Ich war ein verdammt neuer Mann.

Sie war so süß. So unschuldig. Ihre Verletzlichkeit und

Unsicherheit standen ihr ins Gesicht geschrieben, doch ich war der Mann, der das ändern würde. Ich war der Mann, der ihr Selbstvertrauen herausbringen würde, all ihre Sehnsüchte, und ich würde nicht eher damit aufhören, bis sie endlich glaubte, wie verflucht umwerfend sie war.

Kapitel 19

Rebecca

Ich wurde wach und spürte einen sanften Atem im Nacken und einen starken Arm um den Bauch.

An nur einem Tag hatte mich Bennett komplett in seine Umlaufbahn gezogen. Er machte mich genauso leicht wütend, wie er mich bezauberte. Er kommandierte mich genauso leicht herum, wie er sich um mich kümmerte. Im sicheren Hafen seines riesigen, unglaublich bequemen Bettes umgab mich seine Körperhitze und mir fehlte überhaupt nichts mehr.

Gestern Abend, nachdem er mich damit verblüfft hatte, dass ich das Meeting mit Jakobs übernehmen sollte, hatte er meine Welt auf den Kopf gestellt, indem er danach befohlen hatte, auf die Knie zu gehen und ihm einen zu blasen.

Was danach kam, hätte nicht verwirrender sein können. Er kuschelte mich auf der Couch auf seinen Schoß und griff nach der Fernbedienung. Er schaltete den Fernseher ein, einen Nachrichtensender, machte jedoch sehr bald den Ton aus, und den Rest des Abends unterhielten wir uns, spielten Poolbillard, wobei ich jedes Mal verlor, und lachten zusammen.

Lachen. Mit Bennett.

Seine männliche Version von Kichern war wunderbar, sein gelöstes Gelächter nicht von dieser Welt. Wie er den Kopf nach hinten neigte und mir seine kräftigen Halsmuskeln zeigte, war einfach mega.

Himmel, ich wollte nichts so sehr, wie diese Laune an ihm täglich sehen. Es jagte verrückte, wilde, elektrisierende Ströme durch mich hindurch, die sich in meinem Unterbauch sammelten. Als ich ihn das erste Mal so erlebt hatte, hatte ich am ganzen Körper ein kribbelndes Erschauern erlebt. Was ihm nicht entgangen war. Sofort hatte er das Kribbeln in einen noch wilderen, verrückteren Orgasmus verwandelt.

Am frühen Morgen war es noch dunkel im Zimmer, die Sonne noch nicht aufgegangen, doch ich brauchte kein Licht.

Mir fiel kein einziger Grund ein, warum ich mit Bennett nicht so weitermachen sollte. Ich zerbrach mir mein benebeltes Hirn, ging alle Für und Wider durch in dem Versuch, zwei klar formulierte Listen zu erstellen.

Plötzlich spürte ich seine Finger auf meinem Bauch und seine Lippen am Hals und dann auf der Schulter. Ein köstliches Kribbeln lief mir über den Rücken. „Guten Morgen", sagte ich zu Bennett.

„Kurz habe ich beim Aufwachen gedacht, dass du dich mitten in der Nacht davongestohlen hast. Es gibt echt nichts Schöneres, als mit deinen Haaren in meinem Gesicht aufzuwachen."

Er drehte mich auf den Rücken und schon war er da. Direkt über mir, umschloss mich mit seinen Armen und Beinen. Auf die Ellbogen gestützt, war sein Gesicht nur Zentimeter von meinem entfernt, doch er ließ mir nicht viel Zeit, seinen verschlafenen Ausdruck zu genießen, bevor er mich küsste.

Er stöhnte, als ich ihn in meinen Mund ließ, und schlang seine Zunge um meine. Himmlisch. Gefangen von seinen starken Armen, unter seinem muskulösen Körper, ergab sich der meine seiner Leidenschaft.

„Bennett", wimmerte ich und bog mich ihm entgegen. Er senkte die Hüften und sein wunderbarer harter Schwanz rieb an meiner Mitte. „Verdammt."

Er hob die Hüften an und seine Nasenspitze streichelte meine. „Bist du heute zu wund?"

Mir tat alles weh. Ich hatte Muskelkater an Stellen, an denen ich nie Muskeln vermutet hätte. Doch Bennetts dunkle Augen, sein Blick, der wilde Lust versprach, ließ mich die Schmerzen vergessen.

„Nicht so wund, dass ich nichts mehr tun könnte“, brachte ich heraus.

„Gut, denn es ist schon über eine Woche her, seit ich deinen Hintern gerötet habe, und ich will, dass du mich heute im Büro immer spürst, wenn du dich auf deinem Stuhl bewegst.“

Himmel, das hätte mir nicht so gefallen sollen. Keiner Frau sollte das gefallen. Ich atmete tief durch und Bennett legte eine Hand auf meine Wange.

„Du willst es.“

Das stimmte. Gott helfe mir, das stimmte. „Ja.“

„Gut. Drehe dich auf den Bauch und halte dich am Kopfteil fest. Nicht loslassen, bevor ich es sage.“

Anscheinend bewegte ich mich nicht schnell genug, denn er packte mich an den Hüften und warf mich kurzerhand herum.

„Hey!“, rief ich. „Bennett!“

Seine Hand traf mich, und Hitze breitete sich auf meinem Hintern aus.

„Sir.“

Verflucht! Schmerz jagte durch mich hindurch, und ich presste die Zähne zusammen, bis es nachließ. „Sir, Bennett, autsch.“ Ich spürte seine Lippen auf meinem Hintern, die sanft die Hitze küssten, die sich bis in meine Schenkel ausbreitete. „Scheiße“, murmelte ich und bog mich ihm entgegen.

„Hände ans Kopfteil, Rebecca, sofort.“

Ich griff nach den Holzstreben und wartete. Und wartete.

Hinter mir war keine Bewegung zu spüren, kein Geräusch, keine Hitze seiner Hände auf mir.

Verrückt.

Er machte mich verrückt durch die Erwartungshaltung.

Als er mich schließlich anfasste, war es ein sanftes

Streicheln mit seiner Hand.

„Verdammt“, wisperte ich und bog mich ihm erneut entgegen. Ich zog die Knie hoch, um mich ihm voll zu präsentieren.

„Schön. Du bist wunderbar. Du kannst dir nicht vorstellen, was es mit mir macht, wenn du dich mir so anbietest.“

Und er konnte sich nicht vorstellen, was es mit mir machte, wenn er so mit mir sprach. Ich konnte es auch nicht ausdrücken.

„Bereit?“, fragte er.

„Ja, Sir.“

„Oh Mann, Rebecca.“

Noch ein Kuss auf meinen Hintern, und er justierte seine Stellung. Seine Hand traf mich. Endlich. Der Schmerz war heftig. Ich kämpfte dagegen an und schrie auf. Ich wollte ihm gefallen, wollte seine raue Stimme hören, die mich so verdammt zufrieden machte, anstatt zu fliehen. Jeder Schlag traf auf eine andere Stelle, folgte keinem bestimmten Muster, das ich vorhersehen konnte, bis die Hitze mich durchflutete, vom Hintern bis zu den Zehen, und mir sämtliche bewussten Gedanken raubte.

„Mehr, Sir, bitte.“ Ich wackelte mit dem Hintern, bog mich ihm entgegen, suchte nach mehr. Irgendwas. Ihm. Himmel, ich brauchte ihn in mir.

Noch ein Schlag traf mich kurz unter dem Hintern. „Ich sehe deine nasse Pussy. Willst du noch mehr oder soll ich dich jetzt ficken?“

Ich war nicht mehr ganz bei Sinnen, seine Worte waren ein einziges Chaos in meinem Kopf, aber, oh Gott, ich liebte es.

Das war so falsch.

Doch auch so schön und richtig.

Das Durcheinander in meinem Kopf zwang mich zum Schweigen, bis der nächste Schlag kam.

Ich japste auf bei dem stechenden Schmerz. „Bitte, Bennett. Sir. Mr. Ashby. Bitte.“

„Das?“ Die Spitze seines Schwanzes stieß gegen meine Pussy. Während er mich mit dem Schwanz reizte, drückte er mit den Fingern auf meine Klit. „Ist es das, was du willst?“

„Ja.“

„Heb die Hände höher ans Kopfteil.“

Ich gehorchte sofort. Die Erwartung von ihm war zu vielversprechend, um zu zögern.

„Gut gemacht. Fuck, dein Hintern ist feuerrot. Ich kann mich nicht entscheiden, ob ich ihn küssen soll oder dich ficken.“

Beides klang wunderbar. „Ja.“

Sein Lachen vibrierte an meiner Schulter, schnell gefolgt von seinen Lippen, seinen Küssen auf meiner erhitzten Haut. Ich hatte den Verstand verloren. Wenn das Unterwerfung war, dann würde ich tun, was immer er befahl, wann immer er es wollte. Er linderte den Schmerz mit Geduld und Leidenschaft.

„Wenn du kommst“, sagte er an meinem Ohr, „schrei Mr. Ashby. Ich vermisse es, das von deinen süßen roten Lippen zu hören.“

Mein Blut kochte. Er zog mich in seine Umlaufbahn und warf mich hinaus in die Wildnis, ohne Stabilität oder Anweisungen. Und doch, als er in mich eindrang, heiß und so verdammt groß, hatte ich Mühe, ihn aufzunehmen.

In der Sekunde, als er bis zum Anschlag in mich stieß, warf ich mein stabiles, sicheres und sorgsam geordnetes Leben fort, brauchte es nicht mehr.

Nichts. Nichts konnte je so wunderbar sein wie Bennett. Niemand versprach etwas Explosiveres oder mehr Schutz oder etwas Perfekteres für mich.

Seine Stöße wurden heftiger. Mit einer Hand hielt er mich an der Hüfte fest, seine Fingerspitzen drangen in meine heiße Haut. Mit der anderen Hand glitt er an meine Klit. Er hielt mich fest an sich gedrückt, mit den Fingern und seinem Schwanz, nahm mich wie ein Irrer, und als ich kam, beugte ich den Kopf zurück, drückte ihn an seine Schulter und meine Lippen an seinen Hals. Wie befohlen schrie ich seinen Namen, unfähig und unwillig, etwas zu tun, was ihn enttäuschen könnte.

„Mr. Ashby!“

„Verfluchte Hölle“, knurrte er.

Er verlängerte meinen Orgasmus, stieß wild zu, und sein Stöhnen hallte in meinen Ohren. Seine Lippen nahmen meine ein, heftig. Er saugte mir meinen Atem aus den Lungen und erfüllte sie gleichzeitig mit seinem.

„Verdammt, Rebecca, das ist so gut.“

Wieder rammte er in mich und stöhnte. Sein Schwanz zuckte, er kam, unsere Lippen verschmolzen miteinander, wir rangen um Atem und ich um meinen Verstand.

Diesen hatte ich ihm soeben ohne zu zögern überreicht, denn er fickte wie ein Gott und machte mich wahnsinnig nach seinem Schwanz.

Was machte er nur mit mir?

Unsere Atmung normalisierte sich. Er glitt aus mir heraus und bedeckte meinen Rücken mit kleinen Küssen. Dann massierte er mir die Schultern und setzte mich breitbeinig auf seinen Schoß, lehnte sich am Kopfteil in die Kissen. Er hob die Knie und ich entspannte mich an seinen Schenkeln.

„Hi“, sagte ich. „Guten Morgen.“

Er schob mir das Haar aus dem Gesicht und legte eine Hand an meinen Hinterkopf. Und lächelte. In meinem Bauch flatterten Schmetterlinge.

„Guten Morgen.“

Er zog mich an sich und küsste mich. Es war ein perfekter Kuss, mit genau dem richtigen Druck, der richtigen Weichheit und Festigkeit, und alles verpackt in dem Duft von unserem Sex. Ich schmolz an ihm dahin.

„Ich muss nach Hause", sagte ich dann. „Mich für die Arbeit fertig machen."

„Dann steigst du jetzt besser von mir oder ich muss dich noch mal nehmen."

Kurz dachte ich darüber nach. Gleich zweimal Sex am Morgen?

Er lachte und streichelte meine Wange. „Auch wenn ich sehe, wie sehr dir die Idee gefällt, hast du doch recht. Wir haben einen arbeitsreichen Tag vor uns und müssen früh dort sein, damit niemand merkt, dass wir zusammen gekommen sind."

Gutes Argument. Zwar war er der Besitzer und Präsident der Firma, und es gab kein Verbot für Angestellte, sich privat zu verbinden, sodass es keine große Sache sein sollte. Doch keine Frau wollte gern dem Klischee entsprechen und den Boss vögeln, selbst wenn das Vögeln fantastisch war und sie dieses Klischee voll erfüllte.

Ich stieg von ihm und verzog das Gesicht, weil mir alles wehtat, und nahm sein Hemd vom Boden auf.

Er stand auf und ging an die Kommode, um sich eine Unterhose zu holen. „Geh ins Bad und mach dich fertig. Ich setze schon mal Kaffee auf."

***

Ich steckte die PowerPoint-Ausdrucke in die Akte und legte sie auf den Schreibtisch. Das gestaltete sich schwierig, denn Bennetts Hände auf meinem Hintern lenkten mich enorm ab. Es war Donnerstag. Bennett und ich waren seit einer Stunde dabei, die Präsentation durchzugehen, zu der er mich schicken wollte. Anscheinend hatte er keine Lust mehr zum Arbeiten.

„Weißt du, wie oft ich das schon machen wollte?" Er streichelte erneut meine Hüfte, über die Kurven meines Hinterns zum Schenkel.

Ich warf ihm über die Schulter einen Blick zu. „Du

hast es das eine oder andere Mal erwähnt.“

„Ich schwöre es, Rebecca, in diesen engen Röcken könnte dein Hintern einem Mann einen Infarkt bescheren, wenn du mit deinem Hüftschwung an ihm vorbeigehst.“

Irgendwie schaffte er es, unanständige Sprüche süß und aufregend klingen zu lassen.

Ich stand auf und lehnte mich mit dem Hinterteil an den Schreibtisch. Bennett warf mich heute direkt ins kalte Wasser des größten Schritts meiner beruflichen Karriere. „Meinst du, ich kann das heute?“

„Wenn ich davon nicht überzeugt wäre, würde ich dich nicht hinschicken.“

Ich musste bald los. Meine Nerven hatten den Stand Kurz-vorm-Durchdrehen erreicht. Schon vor ungefähr zehn Stunden.

Ich versuchte, die innere Unruhe zu bekämpfen. „So viel traust du mir zu?“ Ich durfte das auf keinen Fall vermasseln. Ein falscher Schritt vor dem Vorstand, und ich könnte den ersten Klienten, den Bennett mir allein anvertraute, verlieren. Das hatte man davon, wenn man den Boss vögelte.

„Ich glaube, du kannst alles schaffen, was du dir so richtig in den Kopf setzt. Du hast diese Stärke in dir, und das bewundere ich.“

Ich blinzelte so heftig, dass er vor meinen Augen verschwamm. „Du … bewunderst mich?“

„Deswegen hatte ich auch der Personalabteilung gesagt, dass sie dich einstellen sollen.“

„Was?“ Oh mein Gott. Dieser Mann. Meine Gedanken rasten. „Aber Cami hat gesagt, dass du damit nichts zu tun haben wolltest, und da ich am längsten da war, wurde ich befördert.“

„Glaubst du wirklich, dass ich die Entscheidung über so eine wichtige Stelle anderen überlassen würde?“

Oh Gott. Damit konnte ich mich nicht befassen.

Nicht jetzt. Von Anfang an war er nur unhöflich zu mir gewesen. Und jetzt behauptete er, es sei alles seine Idee gewesen.

„Ich glaube, du hattest zu viel Sex in letzter Zeit, Mr. Ashby. Das macht dich viel zu nett, und ich weiß nicht, wie ich damit umgehen soll.“

„Du kannst mir später danken, indem du meinen Schwanz hart und schnell nimmst. Und nenn mich ruhig weiter Mr. Ashby im Büro, das gefällt mir.“ Er stieß sich vom Tisch ab und richtete sich zur vollen Größe auf. Sein Blick glitt prüfend über mich und blieb bei den Brüsten hängen, bevor er mir in die Augen sah. „Wie geht es deinem Hintern heute? Ist er empfindlich?“

Sein Tonfall signalisierte mir, welche Antwort er erwartete. Irgendwie war es ihm gelungen, mich im wahrsten Sinne des Wortes zu besitzen. „Ja, Sir.“

Er grinste frech und sexy und in mir zog sich alles zusammen. „Ich habe meine Meinung geändert. Bleib lieber beim Sir im Büro. Mir gefällt die Vorstellung, dass du dich wie meine Sub fühlst, während du bei dem Meeting mit Jakobs bist.“

Er brachte mich total durcheinander. Wenn das mit ihm so weiterging, würde er mich so schwindelig machen, dass ich nicht mehr wusste, wo oben und unten war.

Mein Handy klingelte. Ich konnte eine schnelle Ablenkung von Bennetts braunen Augen brauchen und ging schnell ran.

„Bennett Ashbys Büro, Sie sprechen mit Rebecca.“

„Hier ist das *Chop House*. Ich möchte nur, dass Sie die Reservierung für zwei Personen für morgen für Mr. Ashby bestätigen.“

Diese Reservierung hatte ich nicht vergessen. Ein privater Tisch. Ohne den Namen eines Klienten konnte es sich nur um ein Date handeln. Ich hatte erwartet, dass er die Reservierung längst von mir hätte stornieren lassen, jetzt, wo wir vögelten. Sogar mit einem Vertrag.

„Das *Chop House* will deine Reservierung bestätigen." Meine Stimme klang leise und kläglich. Ich hasste das. „Soll ich absagen?"

Er neigte den Kopf schief. „Warum denn? Bestätige sie." Er sah auf seine Armbanduhr. Ein breites Lederband, und die Platinuhr wirkte brandneu. „Du musst dich beeilen, sonst kommst du zu spät zum Meeting."

Er drehte sich um und verließ mein Büro. Ich stand mit offenem Mund da, überrascht von seinem plötzlichen Abgang, bis die Dame am Telefon wieder sprach.

„Äh, Miss? Möchten Sie die Reservierung bestätigen?"

„Ja." Ich blinzelte Tränen fort, als meine Sicht verschwamm. „Zwei Personen morgen Abend um acht."

„Okay, vielen Dank."

Ich beendete das Gespräch und sammelte mit hölzernen Bewegungen alles für das Meeting zusammen.

Auf der Fahrt durch die Stadt blinzelte ich immer wieder meine Tränen fort und versuchte, Bennetts Gründe zu analysieren. Warum hatte er ein Date mit einer anderen, wenn er mit mir zusammen war? Ich wusste immer, mit wem er sich traf, außer wenn es sich um ein Date handelte. Die Treffen mit Klienten hatte ich im Blick. Dieses Date hatte er jetzt schon zweimal erwähnt, und er nannte nur keine Namen, wenn es eine Frau war, mit der er sich nicht noch einmal treffen und wenn er auch nicht an einen neuen Termin erinnert werden wollte.

Verdammt. In den letzten drei Tagen hatte ich mehrmals mit ihm geschlafen. Hatte mehr Orgasmen gehabt, als ich an den Händen abzählen konnte. Hatte mich von ihm spanken lassen. Mich baden, mich waschen lassen. Ließ ihn sich um mich kümmern, weil ich dachte, dass ich ihm etwas bedeutete.

Während er die ganze Zeit, in der ich mich ihm ge-

genüber verletzlicher gemacht hatte als für irgendje-
manden sonst, trotzdem geplant hatte, mich für eine
andere zur Seite zu schieben.

Dieser sexy, arrogante Arsch.

Kapitel 20

Rebecca

Ich hatte das Meeting erfolgreich abgeschlossen. Meine Wut auf Bennett war super für meine Konzentration gewesen. Auf jede Frage des Vorstands hatte ich die perfekte Antwort parat gehabt. Meine Wut verwandelte sich in dieselbe Energie, die mich beim Ergattern der perfekten Schuhe an einem Black Friday überfiel.

Hätte es nicht so albern ausgesehen, hätte ich die Arme in die Luft geworfen und erfreut mit den Händen gewedelt wie in einer Achterbahn.

„Vielen Dank", sagte ich stattdessen und schüttelte die Hände der letzten Teilnehmer des Meetings, die den Konferenzraum verließen.

Während der Präsentation war Mr. Jakobs überraschend schweigsam gewesen. Er hatte mich vorgestellt, sich an den Kopf des Tisches gesetzt, die Hände gefaltet und mich machen lassen.

Die ganze Zeit hatte er einen nachdenklichen Eindruck gemacht, war weniger an der Präsentation interessiert als daran, wie ich sie hielt. Vielleicht, weil er das Ganze schon einmal gehört hatte, doch als der Raum leer war und er immer noch dort saß, bezweifelte ich es.

Ich ging an den Laptop, schaltete ihn ab und nahm ihn vom Beamer. „Ich glaube, das lief gut, oder?"

Ich kannte die Entscheidung noch nicht, aber den Reaktionen und zufriedenen Gesichtern nach zu urteilen, nahm ich an, dass Bennett bald einen Anruf erhalten würde.

„Sie sind beeindruckend", sagte Mr. Jakobs. Er stieß sich vom Tisch ab, nahm seine Akte und kam auf mich zu. „Obwohl ich erst enttäuscht war, dass Bennett nicht persönlich kommen konnte, bin ich jetzt froh, dass er Sie geschickt hat."

„Warum das?"

Er reichte mir die Akte in seiner Hand und nickte. „Weil ich letzte Woche mit dem Vorstand darüber gesprochen habe, Sie an Bord zu nehmen und welche Stelle man für Sie schaffen könnte."

Ich blickte zwischen der Akte und Jakobs hin und her und weitete die Augen. „Entschuldigung, wie bitte? Haben Sie mir gerade …"

„Eine Stelle angeboten? Ja, das habe ich. Wir hätten Sie gern als Projektmanagerin. Sie hätten die volle Kontrolle über alle neuen Projekte sowie eine Kostenstelle, um sich ein Team aufzubauen."

Oh. Mein. Gott.

Die Akte zitterte in meiner Hand, und ich ließ sie auf den Laptop fallen, als hätte ich mich daran verbrannt. Es fühlte sich genauso an. Meine Haut war heiß und kribbelte. Das Blut raste mit wahnsinniger Geschwindigkeit durch meine Adern. Die Achterbahn, auf der ich mich befand, stoppte abrupt. Ich taumelte ein paar Schritte zurück.

„Mr. Jakobs …"

Er hob eine Hand. „Nennen Sie mich Anderson. Es ist nur ein Angebot, Rebecca. Nehmen Sie es mit nach Hause und lesen Sie es sich durch. Lassen Sie sich alle Zeit, die Sie brauchen."

Ich sollte mir Zeit lassen, zu entscheiden, ob ich die Karriereleiter aufsteigen wollte? Ashby Enterprises verlassen? Ich hatte dort schon gearbeitet, als ich achtzehn war und ein Sommerpraktikum machte, und dann machte ich nach zwei Jahren einen Abschluss in BWL. Es war die einzige Firma, in der ich je gearbeitet hatte, und bis ich Bennett kennenlernte, hatte ich das nie bereut. Ich war immer loyal der Firma gegenüber, ihm gegenüber, doch wie er mich heute behandelt hatte …

Ich schüttelte den Gedanken ab. Ich hatte zu schwer gearbeitet, um keine geschäftlichen Entscheidungen auf Gefühlen basierend zu treffen, aber verdammt noch mal. Ich litt noch immer darunter, wie er mich heute angesehen hatte und wie er mit einer anderen ausgehen konnte, wenn mein Hintern noch rot von ihm war.

Ich nahm die Akte und meinen Laptop. „Ich werde es mir ansehen und Bescheid sagen, sobald ich eine Entscheidung getroffen habe.“

„Exzellent.“

Ich schüttelte ihm die Hand und nahm meine Sachen.

Auf halbem Weg zum Büro bog ich spontan ab und fuhr zu einem Getränkeladen. Dann fuhr ich mit zwei billigen Flaschen Wein nach Hause, schaltete das Handy aus, damit mich niemand aus dem Büro anrufen konnte, vor allem nicht Bennett, goss mir ein Glas Wein ein, warf das Stellenangebot auf den Küchentisch und machte mir ein heißes Bad.

Doch ich schob nur das Unvermeidliche hinaus. Wenn ich nicht im Büro erschien und Bennett nicht berichtete, wie das Meeting gelaufen war, würde er nach mir suchen. Mein Baden, der Wein und das tote Handy waren nichts als eine sinnlose Verzögerungstaktik.

Ich glitt ins Wasser, den Wein in einer Hand und Bedauern im Kopf, und hoffte, dass ich das Gefühl von Bennett, wie er sich in mir bewegte, seinen Geschmack und die Erinnerung daran, wie er sich um mich gekümmert hatte, abgewaschen hätte, bis er mich fand. Und dass ich dann klarer sehen könnte, was ich als Nächstes tun sollte.

Aber das war höchst unwahrscheinlich.

***

Das Klopfen an meiner Tür kam viel später als erwartet. Die Abendessenszeit war vergangen und ich hatte mein Handy immer noch nicht eingeschaltet. Bennetts Termin war bereits Stunden her.

Ich war erst beim zweiten Glas Wein, denn ich hatte mich entschieden, mich nicht zu betrinken, bevor ich mir Jakobs Stellenangebot angesehen hätte.

Ich trug eine Flanellschlafanzughose, ein Tanktop und das Schlafanzugoberteil darüber, dicke Socken, hatte die Füße auf dem Couchtisch abgelegt, der Kamin brannte vor mir und heizte das kleine Wohnzimmer.

„Scheiße", murmelte ich und nahm noch einen Schluck Wein. Ich hätte doch mehr trinken sollen. Mich betrinken sollen. Denn Bennett machte keine Sexspielchen, wenn die Sub besoffen war.

Nüchtern zu bleiben, war jedoch nicht mein einziger Fehler. Weitere hatte ich gemacht, als ich mich ihm wiederholt hingegeben und ihm jedes Wort geglaubt hatte.

Noch ein Klopfen, der Klang seiner wütenden Faust. Zwar rief er nicht meinen Namen, doch Bennetts verärgerte Präsenz drang auch so durch die dicke Holztür.

Ich hatte dieses Spiel begonnen, wenn auch unbeabsichtigt, doch das hatte ich. Mich weiterhin vor ihm zu verstecken, würde alles nur noch schlimmer machen.

Leider war ich in den ganzen Stunden beim Baden, mich hinterher mit Körperlotion eincremen, die Haare zu einem lockeren Knoten hochbinden, ein mageres Abendessen in der Gestalt von Fertigsushi aus dem Supermarkt von gestern essen immer noch zu keiner brauchbaren Entscheidung gekommen.

Entweder bei Bennett bleiben, unter ihm weiterarbeiten und unter ihm liegen, wie vertraglich ausgemacht, oder alles hinter mir lassen.

Mein Sicherheitsbedürfnis schrie danach, ihn zu verlassen und keinen Blick mehr zurückzuwerfen.

Aber die Zeit mit Bennett hatte ein neues Bedürfnis in mir geweckt, das ganz dicht unter der Wut und der Enttäuschung lag.

Leidenschaft.

Nach einem weiteren Klopfen an der Tür stellte ich das Glas ab und stand auf. Ich bewegte mich langsam und erstellte schnell eine Pro- und Contra-Liste mit den Gründen, warum ich bei Bennett bleiben sollte. Doch als ich die Tür weit öffnete, bevor er sie mit der Faust einschlagen konnte, sah ich meinen nächsten Fehler. In den paar Stunden, in denen wir getrennt gewesen waren, hatte ich total vergessen, wie unglaublich gut dieser Mann aussah.

„Guten Abend", hauchte ich, verlor schon jetzt mein Denkvermögen und meine Stimme.

Er hatte die Fäuste in die Hüften gestemmt und der offene lange Mantel flatterte hinter seinen Händen. Seine Krawatte saß noch einwandfrei und das Hemd sah wie frisch gebügelt aus. Als hätte er es sich soeben erst frisch angezogen. Vielleicht stimmte das sogar. Vielleicht war er bei einer anderen Frau gewesen und hatte sich umgezogen, bevor er herkam, um sein Spielzeug finster anzustarren. Denn das tat er definitiv.

„Das ist alles, was du mir zu sagen hast? Guten Abend?" Er betrat mein Haus und schob mich mit seiner Brust an meiner rückwärts.

Hinter uns fiel die Tür zu und dann stemmte er die Hände wieder an seine Hüften, umfasste mit den Fingerspitzen seine Taille, als ob er sich beherrschen müsste, sie mir nicht um den Hals zu legen.

Notiz an mich selbst: Bennett mochte es nicht, wenn ich ihm aus dem Weg ging.

Ich kratzte den letzten Rest meiner Selbstsicherheit zusammen und hob trotzig das Kinn. „Was machst du denn hier?"

Er sah mein Gesicht prüfend an. „Würdest du mir bitte erklären, was heute passiert ist? Und warum benimmst du dich so komisch?"

„Ich weiß nicht, wovon du redest. Ich bin einfach nur nach einem harten Arbeitstag nach Hause gegangen.“

„Und was ist mit deinem Handy los? Hast du eine Ahnung, was ich mir für Sorgen gemacht habe, weil du nicht erreichbar bist?“

Himmel, diese Stimme. So tief und kehlig, als meinte er es wirklich ernst. Entweder der Wein oder er verursachten mir Kopfschmerzen. Ich rieb mir die Stirn. „Können wir das bitte lassen, Bennett? Es ist spät und ich bin müde.“

„Ja, ja, du bist müde. Weil du dich die ganze Nacht und den halben Morgen mit meinem Schwanz vergnügt hast. Wenn du glaubst, das kannst du so machen und mich dann ausschließen, oder was auch immer das für ein beschissenes Spielchen ist, dann bist du nicht ganz klar, Rebecca. Und jetzt rede. Du kannst mir nicht geben, was du mir die ganze Woche gegeben hast, und dann erwarten, dass ich mir keine Gedanken mache, was zum Henker mit dir los ist.“

Beim Sprechen lehnte er sich vor und sein Gesicht war nur Zentimeter von meinem entfernt, doch es war nicht sein gutes Aussehen, das ich einsog. Sondern seine Art, zu sprechen, so tiefgründig und emotional. Wie die Adern an seinem Hals sichtbar wurden und er den Kiefer zusammenpresste, sodass er eventuell gleich zerbrechen würde. Deshalb stellte ich eine blöde Frage. „Was habe ich dir denn gegeben?“

Meinen Körper. Meine Pussy. Mein Entgegenkommen oder meine Küsse. Irgendwas davon hatte ich erwartet.

Er kippte die Hüfte zur Seite, grinste und schob mich mit der Kraft eines Felsens rückwärts. „Dich, Rebecca. Du hast mir dich gegeben. Komplett. Und das kannst du nicht machen und einfach vor mir davonlaufen.“

Kapitel 21

Bennett

Diese Frau. Diese alberne, verrückte, törichte Frau wäre noch mal mein Tod. Als sie auf meine Anrufe nicht reagiert hatte, hatte ich zunächst angenommen, dass das Meeting länger gedauert hatte. Dann verging die Zeit, ich hatte mich spontan um etwas Dringendes kümmern müssen, und irgendwann fiel mir auf, dass sie nicht nur nicht wieder im Büro erschienen war, sondern dass sie auch immer noch nicht angerufen hatte.

Von einer Angestellten war dieses Verhalten absolut inakzeptabel.

Von Rebecca, meiner Sub, meiner Frau, *meinem Eigentum*, ließ es mir fast das Herz in der Brust explodieren. Falls sie dachte, sie könnte mir im Bett ihre Schönheit schenken und mich ansonsten ausschließen, hatte sie sich gründlich geirrt.

Sie leckte sich über die volle Unterlippe, bekam rote Wangen und sah mir prüfend ins Gesicht. Was immer sie dort suchte, schien sie auch zu finden.

„Wie bitte? Ich verstehe nicht, was du damit meinst."

Es war zum Verzweifeln. Mit Wucht ergriff mich das Verlangen, sie übers Knie zu legen, weil sie mir eine solche Angst eingejagt hatte. Ich fuhr sie zischend an. „Nein! Tu nicht so, als ob das mit uns nichts Besonderes wäre. Denn das ist es, Sub, und das weißt du auch. Besudele es nicht mit was auch immer Verdrehtes in deinem Kopf herumgeistert. Sag mir, warum du mir aus dem Weg gehst."

„Bennett." Sie legte ihre warme zarte Hand auf meine Wange. Allein ihre sanfte Berührung beruhigte das Tier in mir. Bis sie wieder sprach, mit sichtbarem Leid, als hätte ich sie geohrfeigt. „Ich bin doch nur deine Sub."

„Von wegen!" Ich zog sie an mich, umfasste ihre schmale Taille und küsste sie. Nicht zärtlich, nicht erklärend, sondern dominant und besitzergreifend. Grob teilte ich ihre Lippen, schob meine Zunge hinein und küsste sie, bis sie sich mir ergab und der Tatsache, dass sie mir gehörte. Sie brauchte Beweise? Die konnte sie haben. Ich küsste sie wild, verschlang sie, nahm alles von ihr, bis ihr schockiertes Aufstöhnen in Wimmern überging, das mich noch wilder machte und Lust direkt in meinen Schwanz jagte.

Ich wurde hart und kreiste mit den Hüften an ihr, sodass sie merkte, wie sehr sie mich durch einen simplen Kuss erregte. Oh Gott, sie machte mich völlig fertig. Ich würde herausfinden, was ihren Kopf blockierte, warum sie ihre Schutzwälle aufrechterhielt, bis sie endlich begriff, was sie mir bedeutete.

Dass sie mir gehörte.

Dass ich mit ihr machen konnte, was ich wollte. Wann immer ich wollte. Solange ich wollte.

Ich riss den Mund von ihr los und sah sie an, wartete, bis ihre sehnsuchtsvollen Augen auf mich gerichtet waren. „Geh zur Couch, beuge dich über die Armlehne und zieh das Höschen runter. Du willst nur meine Sub sein? Dann sei es so."

„Du machst wohl Witze."

Ich packte sie fester um die Hüften. Leicht hätte ich ihr die Hose herunterzerren, ihr Höschen ausziehen und sie mir übers Knie legen können. Aber verdammt noch mal, wenn sie nur meine Sub sein wollte, musste sie es freiwillig tun.

„Ich habe die von dir unterschriebene Vereinbarung, dass ich dich bestrafen kann, wann immer ich will. Und dass du mir gehorchen musst, mir dienen und mich verflucht noch mal respektieren musst, wie ich es verlange. Und mir aus dem Weg zu gehen, aus welchen eingebildeten Gründen auch immer, das Handy abzuschalten, sodass ich nicht weiß, was mit dir los ist, ist weder respektvoll noch gehorsam. Ich sage es noch mal, Sub. Zieh dich aus und beuge dich über die Couch."

Sie blähte leicht die Nasenlöcher auf, und ich wollte wissen, was sie so verdammt verärgert hatte. Ich war mir sicher gewesen, dass sie das Meeting mit Jakobs schaffen würde, und er hatte mich bereits angerufen und mir versichert, dass alle begeistert waren und die Sache weitergehen konnte. Sie hatte meine Erwartungen voll erfüllt.

Auch wusste ich, dass sie fügsamer und nachgiebiger war, wenn sie durch ein Spanking und einen Orgasmus befriedigt war. „Du kannst erröten, so viel du willst, Sub, ich rieche schon, wie nass du für mich bist. Du bist sauer, und dazu kommen wir noch, aber du willst gar nicht, dass wir aufhören. Es mag dir nicht in den Kram passen, aber du willst haben, was ich dir geben will. Und jedes weitere Zögern bringt dir nur noch mehr Schläge ein. Beweg dich endlich."

Sie schnaubte abfällig, ihre Brüste hoben sich an meinem Brustkorb, und dann fuhr sie mich auf ihre typische Art an, die ich fast schon vermisst hatte. „Du bist ein Arschloch. Und wenn du willst, dass ich gehorche, musst du mich zuerst loslassen."

Ich ließ die Hände sinken und hob eine Braue, als sie mich weiterhin nur anstarrte. Wenn Blicke töten könnten, wäre ich jetzt ein Häufchen verkohlte Asche. Sie konnte froh sein, dass mich das Feuer in ihren Augen nur noch mehr anmachte. Meine Handfläche brannte erwartungsvoll, ihr den Hintern zu versohlen, bis sie den Verstand und all ihren Ärger verlor.

Sie wirbelte herum und stapfte zur Couch. Mit verärgerten, schnellen Bewegungen zog sie die Hosen aus.

Sie blickte mich über die Schulter hinweg an. „Du bist

so ein Arsch." Dann beugte sie sich über die Armlehne.

Ich verbarg mein Grinsen nicht. Verdammt, diese Frau. Sie brachte mich zum Lachen und machte mich gleichzeitig rasend. Noch nie hatte ich eine Frau gehabt, die mich derartig ins Schleudern brachte und mir gleichzeitig das Gefühl gab, abzuheben. Wahnsinnig köstlich. Ich liebte jede Sekunde ihres Widerstands und wütenden Gehorsams.

Ich stellte mich hinter sie und sah, wie sich ihr Brustkorb mit ihrer schnellen Atmung hob und senkte. Ich konnte sehen, wie ihre Innenschenkel vor Feuchtigkeit glänzten. Oh Mann, das Spiel gefiel ihr. Ich streichelte mit dem Daumen über ihren Innenschenkel und spürte, wie sie bei der wahrscheinlich für sie unerwartet sanften Berührung erzitterte, und legte ihn dann auf ihren Mund. „Lutsch deinen Geschmack von mir, Sub. Du bist tratschnass."

Sie öffnete den Mund, nahm meinen Daumen wie befohlen hinein, so wie sie es neulich auch getan hatte, und summte zufrieden.

„Du bist sauer auf mich, aber willst mich trotzdem. Irgendwie blöd, was? Jemanden zu wollen, der einen wütend macht?" Ihr Eckzahn kratzte scharf über meinen Daumen. Ich lachte. „Ja, beiß mich ruhig, das macht mich nur noch kreativer. Vielleicht werde ich dich vollspritzen, ohne dass du kommen darfst. Würde dir das gefallen?" Sie gab einen Laut von sich, ein unzufriedenes Knurren, und sah mich finster an. „Das dachte ich mir."

Ich entzog ihr meinen Daumen und schob das spuckhässliche Pyjamaoberteil hoch, bis die Rundungen ihres Hinterns entblößt waren.

„Fünfzehn Schläge. Du zählst mit, und denk ja nicht, dass du dabei kommen darfst. Das ist deine Strafe dafür, dass du mich vor Sorge wahnsinnig gemacht hast."

Ich verabreichte den ersten Schlag und das Brennen

ihrer Haut sang auf meiner Handfläche.

„Verdammt!", rief sie. Sie krallte die Finger in das Kissen unter ihr und zuckte nach vorn. „Eins, Sir. Fuck!"

„Gut gemacht, Süße." Beruhigend streichelte ich ihren Hintern, massierte ihn und bereitete ihn auf mehr vor. „Das wird mir gefallen. Du bist so nass, du könntest sofort kommen, oder?"

Ich ließ ihr keine Zeit für eine Antwort, schlug noch einmal auf dieselbe Stelle. Sie presste sich gegen die Armlehne. Nachdem sie gezählt hatte, schob ich ihre Beine weiter auseinander. „Reib dich nicht an der Couch, damit du kommen kannst, Rebecca."

Wieder protestierte sie mit einem verärgerten Laut und schloss die Augen.

Das war nicht genug.

Als ich sie stundenlang nicht erreichen konnte und sie nicht zurück ins Büro gekommen war, hatte ich mir alle möglichen Szenarien ausgemalt.

Ich packte sie an der Hüfte, hob sie von der Couch und hielt sie fest, während ich noch zweimal kurz hintereinander zuschlug.

„Sir!", rief sie aus. „Bitte."

„Ich weiß. Du willst meinen Schwanz in dir, damit es sich besser anfühlt, stimmt's?"

Sie antwortete nicht. Schnell verabreichte ich ihr noch zwei Schläge. Hart. Ich erwartete ihren Aufschrei.

Doch sie holte nur zischend Luft und zählte mit, und ihr Blick ließ mich dahinschmelzen, als sie sagte: „Ja, Sir, das will ich." Tränen schwammen in ihren Augen und liefen ihr über die Wangen. „Bitte, Sir. Es tut mir leid, Sir."

„Ich weiß." Verdammt. Falls sie versuchte, mich zu manipulieren, damit aufzuhören, dann funktionierte es. Doch bevor ich ihr erlaubte, mich zu dominieren, brachte ich das Spanking zu Ende. Aber ich schlug nun leichter zu, machte sie durch Lust wahnsinnig anstatt durch Schmerz. Sie zählte in tadelloser Weise mit.

Den fünfzehnten Schlag verpasste ich ihr mehr beruhigend als alle anderen und fühlte mich restlos befreit von dem Wunsch, sie zu bestrafen.

Sie seufzte. Der leise Laut fuhr mir direkt in die Eier. „Fünfzehn, Sir. Vielen Dank, Sir.“

Meine Hand war zwischen ihr und der Couch eingeklemmt. Mit dem Daumen streichelte ich ihre Klit. „Du willst unbedingt kommen, ja?“

„Ja, Sir.“

Himmel, sie war völlig außer Atem. Tränen liefen ihr am Hals entlang und sammelten sich in der Kuhle ihrer Kehle. Ihre Wangen waren so rot wie ihre Lippen. Nie war sie schöner gewesen als jetzt.

Ich beugte mich über sie und küsste ihr die Tränen fort. „Dann komm jetzt, meine wunderschöne Sub, komm für mich.“ Ich streichelte erneut ihre Klit und ihre geschwollene, heiße, nasse Mitte. Nach nur wenigen Augenblicken schrie Rebecca, bäumte sich auf, öffnete den Mund weiter und schrie ihre Lust hinaus. Ich bedeckte ihren Mund mit meinem und schluckte ihre Schreie.

Langsam beruhigte sie sich. „Alles okay?“, fragte ich. Ihr Duft umgab mich. Ich küsste ihren Hals, ihre Wangen und alles, an das ich herankam, während sie auf der Couch zusammensackte.

„Ja, danke.“

Ich küsste sie auf die Nase und strich ihr die losen Haare von den Wangen und hinter ihr Ohr. „Jage mir nie wieder so eine Angst ein, okay?“

Sie blinzelte ein paarmal, bevor sie mich ansah. „Okay.“

„Gut.“ Ich trat zurück, rückte meinen Schwanz zurecht und unterdrückte ein Stöhnen. „Geh und mach dich sauber. Wenn du wiederkommst, reden wir.“

Ich half ihr von der Couch, massierte ihren unteren

Rücken, bückte mich und hob ihre Pyjamahose vom Boden auf. „Wo ist dein Höschen?"

Sie nahm mir die Hose aus der Hand und zwinkerte. „Ich hatte keins an."

Schnell entschlüpfte sie meinem Zugriff, bevor ich sie auf die Couch werfen und mich in ihr versenken konnte, und eilte ins Bad.

Jetzt hatte ich ein paar Minuten Zeit, mich zusammenzureißen. Ich fuhr mir mit den Händen durch die Haare und sah mich in ihrem Haus um. Auf der Küchenablage stand eine leere Take-out-Verpackung, was mir sagte, dass sie etwas gegessen hatte. Eine offene Weinflasche stand dort, mit dem Korken daneben, sowie ein Glas Wein. Die Flasche war noch recht voll, also hatte sie nicht zu viel getrunken. Doch was mich interessierte, war das, was neben dem Weinglas lag. Ich nahm die dünne neonorangefarbene Aktenmappe mit Jakobs Firmenlogo darauf und öffnete sie.

Sämtlicher Wahnsinn und die Wut, die mir vergangen war, als ich Rebecca unter meinen Händen gehabt hatte, kehrten zehnfach zurück.

Was zum Henker …?

Kapitel 22

Rebecca

Oh Gott, oh Gott, oh Gott!

Mit mir musste etwas ganz und gar nicht stimmen.

Und das hatte nichts mit meinem rasenden Herzen zu tun, das so gegen meine Rippen hämmerte, dass es auch ein Herzanfall sein könnte.

Nein, der Fehler lag tief in mir verborgen.

Dort war er vor langer Zeit eingepflanzt worden, als mein Dad eines Tages von der Arbeit nach Hause kam. Nach einem weiteren Tag bei dem Autohändler, bei dem er wieder einmal nichts verkauft hatte. Er fragte Mom, was es zu essen gebe, und als ihm die Antwort nicht gefiel, weil es nur wieder Reste von gestern waren, schlug er ihr so fest ins Gesicht, dass sie auf dem Boden landete.

Der Fehler in mir war der, dass es keine Rolle spielte, wie wütend ich auf Bennett war oder wie sehr er mir wehtat. Er war einfach in mein Haus gekommen, schlecht gelaunt und dominant, und ich hatte alles getan, was er verlangte. Und ich liebte es verdammt noch mal, als seine Hand auf meinen Hintern schlug und er mich bestrafte, als hätte ich nach dem Essen blöde Kekse geklaut, obwohl mir schon das Dessert verboten worden war.

Aber es ging nicht nur um seine Befehle. Es war der tiefe Ton seiner Stimme, seine Aufrichtigkeit, wenn er sich Sorgen um mich machte. Und um sein Versprechen, darüber reden zu wollen. Und darum, dass sich seine Küsse ganz und gar nicht falsch anfühlten. Sie fühlten sich mehr als perfekt an.

Alles war *richtig*. Es fühlte sich nach einem Zuhause

und nach Sicherheit an. Verdammt noch mal, wie konnte er mich nur so verdreht haben?

Und wie konnte ich in einem Moment so wütend sein und im nächsten so voller Verlangen, dass ich fast zerplatzen könnte, und ihn dann auch noch necken, wieder keck sein, als ob alles, was er gerade getan hatte, absolut normal wäre, und sogar kostbar.

Ich brauchte Wein. Jede Menge. Normalerweise trank ich nicht so viel, dass ich meinen eigenen Namen nicht mehr wusste. Ich war mehr ein Stress-Esser als - Trinker, aber mein Gott … Bennett schien das Schlimmste aus mir herauszuholen.

„Und auch das Beste", murmelte ich und betrachtete mich nach der schnellen Katzenwäsche im Spiegel. Es war, wie wenn einem auf je einer Schulter ein Teufel und ein Engel saßen, außer dass ich die beiden nicht mehr auseinanderhalten konnte.

Meine Wangen waren gerötet, das Haar wild durcheinander, die Augen irgendwie verschleiert. War es gut oder schlecht, dass ich wie eine Irre aussah, nachdem er mich geschlagen und zum Orgasmus gebracht hatte?

Ich öffnete den Haarknoten, lockerte die Haare auf und strich mit den Fingern durch die noch feuchten Locken, entwirrte die Enden.

Er wollte reden. Also würden wir reden. Und dann würde ich mir eine Nacht oder das Wochenende Zeit nehmen, um herauszufinden, ob das wirklich das war, was ich wollte. Vielleicht hatte sich mein Verstand nach so vielen Orgasmen in so kurzer Zeit auch in Brei verwandelt. Ich war einfach nicht an so eine Endorphinflut gewöhnt.

Alkohol, ein Gespräch und dann etwas Abstand würden sicher helfen.

Entschlossen, herauszufinden, wieso ich mich ihm so einfach hingab, öffnete ich die Badezimmertür und eilte in die Küche, wo ich Bennett stehen gelassen hatte. Als ich eintrat, hielt ich abrupt inne.

Er saß am Küchentisch und ein Glas Wein stand neben ihm. Beide Hände lagen neben Jakobs Angebot, das offen vor ihm ausgebreitet war. Über die Mappe gebeugt, sah er sich die Papiere mit verbissenem Gesicht an.

Ich gab einen überraschten Laut von mir, woraufhin er aufsah und mich anstarrte.

„Was zur Hölle soll das?", fragte er.

Er betonte jedes einzelne Wort, als wären es kleine Bomben, bereit, zu detonieren. Er stand auf, nahm das Glas an die Lippen, trank einen großen Schluck, ohne zu blinzeln oder den stahlharten Blick von mir zu nehmen.

„Ich weiß es auch nicht wirklich", sagte ich und ging zu meinem Weinglas, schlau genug, einen großen Bogen um ihn zu machen. „Ich habe es mir noch nicht genauer angesehen."

Er sah mich an, als hätte ich zwei Köpfe. Vielleicht stimmte das sogar. Einer war vernünftig und beherrscht. Der andere, neue, wild und verrückt. Ich goss mir Wein nach, nippte daran und achtete nicht darauf, dass meine Hand zitterte.

„Du willst mir also weismachen, dass du heute zu dem Meeting gegangen bist – zu dem ich dich geschickt habe, möchte ich betonen –, und mit diesem Angebot nach Hause gekommen bist, ohne eine Ahnung zu haben, was drinsteht?"

Ich zwang mich dazu, weiter ihn anzusehen und nicht das Angebot. Ja, ich war neugierig. Wirklich, wirklich gespannt auf den Inhalt. Trotzdem zuckte ich mit den Schultern. „Ich weiß nur, dass es ein Stellenangebot ist. Ich habe es einfach noch nicht durchgelesen."

„Und warum nicht?"

„Weil ich ihm gesagt habe, dass ich Zeit brauche, um darüber nachzudenken."

Schockiert hob er die Augenbrauen. „Du brauchst Zeit? Du ziehst es also tatsächlich in Erwägung?"

Es tat ihm körperlich weh. Er strahlte es aus und es war ihm anzusehen. Er senkte den Blick, kratzte sich im Nacken und murmelte etwas Unverständliches.

Der plötzliche Drang, ihn trösten zu wollen, überkam mich, doch ich bohrte die Fersen in den Teppich und hielt Abstand.

Als hätte er meinen inneren Kampf bemerkt, hob er den Kopf, ließ die Schultern sinken und atmete tief aus. „Bist du deswegen nicht mehr ins Büro gekommen? Und hast deshalb dein Handy ausgeschaltet?"

„Teilweise, ja."

Ohne den Blick von mir zu nehmen, mit dem er mich gefangen hielt, schloss er die Mappe. „Und was ist der andere Teil?"

„Ich brauchte etwas Abstand, um alles zu überdenken."

„Alles?"

Seine dichten Brauen bildeten zwei perfekte Spitzen. Die Langsamkeit seiner Bewegungen paralysierte mich. Verfluchter Mist. Selbst wenn ich verzweifelt versuchte, mich von ihm fortzubewegen, war ich dennoch seine Gefangene.

Irgendwann hatte er sein Jackett ausgezogen und die Hemdsärmel hochgerollt. Die Krawatte war fort, das Hemd aufgeknöpft und er sah einfach umwerfend aus. Ich konnte es nicht erwarten, die Adern, die ich an seinen Armen und auf den Händen sah, zu küssen.

Er trat einen Schritt auf mich zu. Elegant wie eine Wildkatze, doch seine verkrampfte Kieferpartie sprach gegen eine entspannte Haltung.

„Was meinst du mit *alles*, Rebecca?"

„Dich." Ich schluckte. „Ich brauchte Abstand von dir und zu der, in die ich mich verwandele, wenn ich mit dir zusammen bin."

Überraschung leuchtete in seinen Augen. Ich war darauf gefasst, dass sie sich in Wut verwandeln würde, doch das Gegenteil war der Fall. Ein amüsiertes Grinsen hob seine Lippen und er trat noch weiter vor und verschränkte die Arme vor der Brust.

„Dir gefällt nicht, wer du bist, wenn du bei mir bist?" Er deutete auf das Wohnzimmer hinter uns. Mein Pulsschlag erhöhte sich. „Du hast dich gerade über die Couch gebeugt, dich von mir versohlen lassen, bist heftiger gekommen als jede Frau, mit der ich je zusammen war, und davon brauchst du Abstand?"

„Ja." Verflucht sollte er sein! Er wusste genau, was er sagen musste, um eine bestimmte Reaktion zu erhalten, und es war nie die, die ich eigentlich wollte. Doch es war immer eine ehrliche. Scheiße.

„Lügnerin." Er überbrückte den Abstand zwischen uns, ehe ich zurücktreten konnte. Seine Arme strichen über meine Brüste, was mir in den Nippeln kribbelte, und dann lagen seine Hände sanft auf meinen Hüften. „Du bist so eine kleine Lügnerin, Rebecca. Du willst keinen Abstand von mir, du hast nur Angst vor deinen Gefühlen."

„Gar nicht." Ich suchte nach Worten, doch mein Hirn war völlig bar jedes rationalen Gedankens. Typisch. Deshalb brauchte ich Abstand von ihm. Er verwandelte meinen Verstand in Gelee, und ich wurde zu seinem fügsamen Spielzeug, mit dem er machen konnte, was ihm beliebte.

Es machte mich wütend.

Seine Hand glitt an meiner Seite hoch und er legte sie auf meinen Nacken. Mit dem Daumen streichelte er bis zu meinem Kinn und ließ die Finger auf meinem Puls liegen.

„Du kannst die Wahrheit nicht vor mir verbergen. Dein Puls rast. Entweder bist du so wütend, dass du mir am liebsten in die Eier treten würdest, oder du willst mich so unbedingt, dass du dich beherrschen musst, mir nicht die Kleider vom Leib zu reißen."

Unausstehlicher Arsch. „Du …", knurrte ich.

„… siehst gut aus, bist intelligent und vor allem …" Er beugte sich zu mir herab, bis wir auf Augenhöhe waren und er die seinen verengte. „Ich bin dein Dom, Rebecca. Du kannst mich weder belügen noch etwas vor mir verbergen. Glaubst du wirklich, ich weiß nicht, was du denkst?"

„Du hast keine Ahnung davon."

Er ignorierte meinen Einwurf. „Du hast Angst, dass ich dich in deine Mutter verwandele. Du hasst es, dass du so sauer auf mich sein kannst und trotzdem die Hose ausziehst und mir deinen Hintern hinhältst, einfach weil du dich danach sehnst. Du bist von Schuldgefühlen zerfressen und hast etwas Schönes in etwas Widerliches verwandelt, und das werde ich nicht zulassen. Du hast Safewords, an die ich dich ständig erinnere, und hast dich trotzdem frei entschieden, dich zu unterwerfen."

„Ja, aber nur weil …"

„… dir gefällt, was du bei mir fühlst."

Himmel noch mal. Mein Herz. Es klopfte so schnell, mein Blut war am Kochen. „Bei dir verliere ich die Kontrolle."

Mit der anderen Hand in meinem Nacken umfasste er meinen Kopf. Immer noch so zärtlich, so sanft, so unglaublich sexy und umwerfend.

Mit den Daumen unter meinem Kinn hob er meinen Kopf an, sah mir in die Augen und strich mit den Lippen über meine. „Das ist das erste Ehrliche, was du gesagt hast, seit ich hier bin. Lüge mich nie an, Rebecca. Darin bist du miserabel. Und jetzt sag mir, was in deinem Kopf abgeht und warum du in Erwägung ziehst, mich verlassen zu wollen."

Ich senkte den Blick, bis ich auf seinen Hals starrte.

Auf keinen Fall konnte ich ehrlich sein, während ich in seine bodenlosen Augen sah, die mich so gründlich durchschauten. „Es ist doch nur ein Job.“

„Blödsinn.“ Seine Finger packten mich fester. „Es geht nicht um den Job, sondern um mich. Und wenn du unsere Vereinbarung beenden willst, weißt du, was du sagen musst. Dieses Spiel ist unter deiner Würde.“

„Es ist kein Spiel.“ Ich zitterte, während ich versuchte, meine Gedanken zu sammeln. Mit bebenden Händen hielt ich mich an seinen Armen fest. Da er mich sowieso durchschaute, warf ich ihm alles entgegen. Ich hatte genug seelisches Gepäck, um ihn damit zu verschrecken. „Ich habe es dir schon erzählt. Die erste Erinnerung an meinen Vater ist, dass er meine Mom so fest geschlagen hat, dass sie auf den Küchenboden fiel. Er war grau. Ich weiß, dass das keine Rolle spielt, aber es ist seltsam, woran ich mich erinnere, bevor sein Fuß in ihrem Bauch landete.“

„Rebecca …“

„Aber das war nicht das Schlimmste. Nachdem er unser Geld gestohlen hatte, hat er mich bei einer Frau gelassen, die heruntergekommen war, seelisch und körperlich. Dann verschwand er und ließ uns mit nichts allein. Meine Mutter hörte auf, sich alles gefallen zu lassen, und richtete ihr Gift auf mich.“

„Du hast gesagt, dass sie dich nicht geschlagen hat.“

Ich sah ihn finster an. „Man kann jemanden auf viele Wege, auch ohne Fäuste, schlagen. Die Worte meiner Mutter waren schlimm genug.“

„Du hast das alles hinter dir gelassen, Rebecca. Und es hat dich stark gemacht, zu jemandem, den man bewundert, und nicht zu einem Feigling.“

„Aber jetzt begebe ich mich freiwillig und auch noch gern, wenn du die Wahrheit wissen willst, in genau dieselbe Lage, aus der ich entkommen bin.“

Er streichelte mir über die Schultern und dann wieder

hoch zu meinen Wangen. Dabei hinterließ er eine Spur aus Gänsehaut, bis ich von oben bis unten zitterte.

„Da irrst du dich."

„Nein."

„Habe ich dir je wehgetan, ohne dass es dich erregt hat? Habe ich dich je so behandelt, als ob ich dich nicht respektiere? Wann habe ich dir Schmerz zugefügt, um dich zu quälen statt zu erregen? Da liegt der Unterschied zwischen Dominanz und Missbrauch. Ich schlage oder fessele dich nicht oder befehle dir nichts, um dir Schmerzen zuzufügen oder weil ich wütend auf dich bin. Ich tue es, weil nüchtern betrachtet kinky Sex manchmal einfach nur geil ist, und wenn zwei Menschen es genießen, muss man sich für nichts schämen."

Ich schob seine Hände von mir und trat zurück. „Aber erkennst du es denn nicht? Für mich ist es dasselbe. Das eine verschmilzt mit dem anderen, und ich stecke schon so tief drin, dass ich den Unterschied nicht mehr erkenne."

„Aber du hast mir vertraut, dir den Unterschied zu zeigen, als du den Vertrag unterschrieben hast und im Büro vor mir auf die Knie gegangen bist. Ich habe nichts getan, dein Vertrauen zu brechen."

Nicht diese Woche, aber er plante es für morgen.

„Ich glaube, ich habe meine Meinung geändert."

Er lachte leise, anstatt vor Wut in die Luft zu gehen. Himmel, dieser Mann machte mich wütend, weil er einfach nicht verstand!

„Blödsinn. Du hast Angst wegen deiner Gefühle, wenn du mit mir zusammen bist. Aber das brauchst du nicht. Ich bringe einfach nur deine wilde Seite ans Licht."

Er wollte Ehrlichkeit. Gut. Konnte er haben. „Du verstehst es einfach nicht! Du hast mich in eine bekloppte, wild gewordene Frau verwandelt, und das in nur ein paar Tagen. Das ist furchtbar beängstigend."

„Verdammt noch mal, das muss es aber doch nicht. Es gibt das Wilde, das böse ist und gemein, einen auffrisst und krank macht, wenn man es freisetzt. Und dann ist da noch das Wilde, das ich besitze, Rebecca. Eine Wildheit, mit der du ohne Angst oder Bedauern leben kannst. Eine Wildheit, in der du nicht durchs Leben schleichst, sondern jeden atemberaubenden Moment genießt. Du packst das Leben mit beiden Händen auf dieser Erde an und lebst nicht nur dahin, sondern bist *lebendig*.“

„Und wenn du keine Lust mehr hast, mir zu zeigen, wie man lebendig ist?“ Meine Stimme brach und ich wandte den Blick ab, verschränkte die Arme vor dem Bauch. Gott. Ich hasste es, meine verletzliche Seite zu zeigen.

Er warf den Kopf zurück und lachte.

„Du bist hier der Irre“, fuhr ich ihn an.

Lachend legte er einen Arm um mich und zog mich an sich. Der Ruck war so heftig, dass meine Hände an seinen Hüften landeten. „Glaubst du wirklich, dass ich deiner je müde werde? Ich könnte in den Tiefen deiner Seele für immer nach Geheimnissen graben und würde nie von dir gelangweilt sein.“

Heilige Scheiße. Hatte er das wirklich gesagt?

„Bennett …“

„Ja, Rebecca. Das habe ich gesagt. Und ich meine es ernst. Du hast nichts, absolut gar nichts zu befürchten. Das verspreche ich dir.“

Mein Körper summte elektrisiert wie ein Kabel, schickte Funken in alle möglichen Ecken. Gott, das konnte doch nicht sein Ernst sein. „Das kannst du nicht garantieren.“

„Nein. Ich kenne die Zukunft nicht, aber du weißt ja schon, dass ich ein Mann bin, der genau weiß, was er will.“ Er schob meine Haare über meine Schultern, und sein Blick war warm und schokoladenbraun. „Und ich will dich, Rebecca. An meiner Seite, zu meinen Füßen, wann immer ich es mir wünsche. Ich will dich in meinem Bett und im Büro. Wovor hast du sonst noch Angst?“ Sein Daumen streichelte meinen Ellbogen. „Was ist es, was du mir nicht sagst?“

„Du siehst zu viel“, murmelte ich und schüttelte den Kopf. „Du lässt mich zu viel fühlen.“

„Das ist doch aber nichts Schlechtes.“

„Nein. Aber ein gebrochenes Herz ist vorprogrammiert, wenn du solche Sachen zu mir sagst und zur selben Zeit für morgen ein Date geplant hast.“

Er riss die Augen auf und sein Mund klappte auf.

„Ist das schon der Ersatz für mich?“

Bei meinem giftigen Ton schloss er den Mund und presste die Lippen zusammen.

Ich stieß ihn mit voller Kraft gegen die Brust und von mir, und verdammt noch mal, er ließ mich wirklich los. Er ließ mich ihn wegstoßen, während er versuchte, sein Lachen über meinen Ausbruch zu verbergen. Um meine Wut zu zügeln, griff ich nach meinem Weinglas. Ohne darüber nachzudenken, trank ich es leer.

Sein Lachen füllte mein Haus, und der schöne Klang seines amüsierten Gelächters jagte Funken durch meine Adern. Er schnappte mich an den Hüften und drückte mich gegen die Küchenablage. Mit seiner Brust an meinem Rücken beugte er mich über den Tresen und ich spürte seinen warmen, immer noch lachenden Mund am Ohr.

„Du verrückte, mich wahnsinnig machende Frau. Ich werde es lieben, in deinen Tiefen zu forschen.“

„Hör auf, dich über mich lustig zu machen“, sagte ich. Tränen bildeten sich bereits in meinen Augen. Ich würde sie nicht herauslassen. Würde ihm nicht zeigen, wie sehr mich sein Lachen verletzte.

„Das tue ich nicht, ich schwöre es. Aber du musst anfangen, mit mir zu reden, Rebecca, und aufhören, einfach Dinge anzunehmen. Ich habe morgen kein Date. Es gibt keine andere Frau, die ich will. Nur dich.“

Was?

Er zog meine Hände auf meinen Rücken, klemmte sie mit seiner Taille ein, und seine freie Hand legte er auf meinen Bauch. Mit den Lippen fuhr er meinen Hals entlang und lustvolle Schauer erhitzten meine Haut.

„Verdammter Kerl, ich habe die Reservierung schon letzte Woche gemacht, als wir noch gar nicht zusammen waren.“

„Wie ich schon sagte“, wisperte er entschlossen und rau, „hältst du mich für einen Mann, der nicht weiß, was er will?“

Er wirbelte mich herum, bevor ich denken konnte, und klemmte mich zwischen sich und dem Tresen ein. Ich war atemlos und schwindelig, und das nicht wegen der schnellen Bewegung.

„Du … was?“

„Genug geredet. Du machst mich wahnsinnig mit dem Verlangen, in dir zu sein. Wir werden später alles klären, okay?“ Er drehte sich um, sah auf das Angebot auf dem Tresen und mit einem kehligen Knurren wieder zu mir. „Alles.“

Ehe ich antworten konnte – und was gab es auch zu antworten, außer *Hurra!* – hob er mich hoch. Ich schlang die Beine um ihn und die Arme um seinen Nacken, und er trug mich ins Schlafzimmer.

Wo er viele Stunden wunderbare Dinge mit mir machte, die sich keinen Moment böse oder falsch anfühlten, sondern absolut perfekt und liebevoll.

Und als ich erwachte und erwartete, in seinen Armen zu liegen, so wie immer, fand ich nichts außer zerwühlten Laken und noch einer Mappe auf dem Kopfkissen neben mir.

Obendrauf lag ein Notizzettel.

Ich legte den Zettel weg und lächelte darüber, dass selbst in seiner Freundlichkeit der arrogante, kommandierende Boss durchschien.

Ich bauschte die Kissen hinter mir auf und setzte mich hin, legte die Mappe auf meinen Schoß. Als ich sie öffnete, rauschte all mein Blut aus meinem Gesicht und mir wurde kalt.

Ein Stellenangebot. Nicht mehr als Assistentin. Sondern für die Stelle der Vizepräsidentin.

Kapitel 23

Bennett

Sie in der Dunkelheit zurückzulassen, wie sie halb zusammengerollt wie gewöhnlich auf der Seite schlief, könnte ein kolossaler Fehler sein. Doch sie hatte mir eine Menge an den Kopf geworfen, und bei Tageslicht betrachtet brauchte sie jetzt etwas Abstand. Sie war intelligent und leidenschaftlich. Ihre eigene Leidenschaft begeisterte und verängstigte sie gleichzeitig. Ich war ehrlich gewesen, als ich ihr sagte, dass ich niemals müde werden würde, herauszufinden, wie sie tickte.

Und ich wusste, dass sie respektiert werden wollte, und dazu gehörte, ihr Zeit zu lassen, Entscheidungen zu treffen. Sie hatte nicht so hart dafür gearbeitet, dem Terror zu entkommen, auf den sie hingedeutet hatte, um überstürzte, emotionale Entscheidungen zu treffen. Auf keinen Fall durfte ich sie noch enger an mich binden, was ich unbedingt wollte, doch ich respektierte sie zu sehr, kannte sie gut genug, um zu wissen, dass wenn sie zu mir käme, dann mit dem unterzeichneten Arbeitsvertrag in der einen und vorzugsweise ihrem Herzen in der anderen Hand.

Der Arbeitstag zog sich dahin. Wenn mein Blick auf ihr leeres Büro fiel, stellte ich meine Vorgehensweise infrage, doch ich wusste, dass ich am Ende recht behalten würde.

Sie basierte ihre Entscheidungen auf Für-und-Wider-Listen und arbeitete sich durch ihre Ängste. Ich traf meine Entscheidungen nach Bauchgefühl und irrte mich selten.

So wie sie sich in der Nacht an mich geklammert hatte, da ich ihr ausnahmsweise nicht die Hände gefesselt hatte, und mich hinterher festhielt, mich über und über mit Küssen bedeckte, nahm ich an, dass ich nichts zu befürchten hatte.

Außer natürlich, falls sie ablehnte.

Fuck.

Ich warf den Stift auf den Schreibtisch und zog die Brauen zusammen, als er auf den Boden flog, während gleichzeitig das Telefon klingelte.

Freitagnachmittag.

Es war nicht ungewöhnlich, dass mich mein Freund Simon anrief. Das Weichei mochte es, wenn ich ihm wegen seines Hockeyteams gut zusprach, auch wenn er das dieses Jahr gar nicht brauchte. Bisher ungeschlagen schlitterten sie buchstäblich auf das Championship-Turnier in zwei Monaten zu, falls sie so weitermachten.

Zwar hatte ich kein Investment in Simons Team, außer dass er mein Freund war, aber ich liebte den Sport und ging daher so oft ich konnte zusehen.

„Hi, du Penner“, sagte ich ins Telefon.

Er stöhnte auf. „Du musst mich ablenken. Morgen spielen wir gegen Irondale und die kämpfen direkt hinter uns um die Meisterschaft. Ich brauche ein Bier, Mann. Hast du heute Abend Zeit?“

„Leider nein. Ich habe ein Date.“

Er verschluckte sich, hustete ins Telefon. „Hast du Date gesagt?“

Ich verdrehte die Augen. „Ja. Und das ist alles, was du aus mir rauskriegst, außer dass ich jetzt weiß, warum du dachtest, den Verstand zu verlieren, als das mit dir und Chloe noch unklar war.“

„Oh Gott, fuck. Ich bin so froh, dass ich diesen Scheiß hinter mir habe.“

Ich auch. Diese Frau hätte ich nie angefasst, aber seit Simon und Chloe zusammen waren, hatte ich meinen Freund noch nie glücklicher gesehen. Ja, darauf war ich neidisch. Ich wollte haben, was er hatte, obwohl Rebecca das komplette Gegenteil von Chloe war.

„Und wer ist sie?“

„Keine, über die ich dir was erzählen werde.“

Er lachte. „Ach ja? Hast du Angst, dass sie zu mir kriechen würde?“

Es war als Scherz gemeint, aber ich wusste genau, was er von Chloe verlangte, wenn sie allein zu Hause waren. „Sie würde niemals kriechen.“

Sobald ich es ausgesprochen hatte, begeisterte mich die Idee. Aber viel Glück bei dem Versuch, Rebecca zu überreden, dass es nicht erniedrigend war, wie ein Tier auf allen vieren zu kriechen, sondern höllisch sexy.

„Beruhige dich, Mann. Macht sie dich zum Nervenbündel?“

Ich nahm einen anderen Stift in die Hand und tippte damit auf der Tischplatte herum. „Nein. Aber Rebecca arbeitet hart daran.“

„Rebecca.“ Er flüsterte den Namen erotisch, wie nach einem Orgasmus. Ich quetschte den Stift in meiner Hand. Das machte er nur, um mich zu ärgern. Was wunderbar klappte.

Mistkerl.

„Eine Frage, bevor du mich umbringst“, sagte Simon lachend. „Kommst du morgen zum Spiel?“

„Um welche Uhrzeit?“

„Um drei.“

„Okay, wir werden da sein.“

„Wir?“

„Klappe“, knurrte ich. „Rebecca und ich.“

„Oh mein Gott, ich kann es kaum erwarten, Rebecca zu treffen. Gehen wir danach zusammen essen?“

„Okay“, rief ich. „Klingt spaßig.“

Ich legte auf, bevor ich ihn lachen hörte, wusste aber, dass er das tat. Wir kannten uns schon seit Jahren aus dem *Luminous* und dann ging ich oft zu seinem Eishockeytraining in der Highschool. Der Mann konnte mit der Gerte und der Peitsche umgehen. Hatte sogar einen Spielraum in seinem Haus, was er mit Chloe regelmäßig genoss. Sogar ich hatte dort schon mit Frauen gespielt. Und ja, ich hatte mir schon Rebecca am Kreuz vorgestellt, wo ich sie lustvoll foltern könnte und zum Orgasmus bringen, während sie in den Fesseln erzitterte. Zwar brauchte ich diese Art Spiele nicht so wie Simon und Chloe, aber das hieß nicht, dass ich bei dem Gedanken daran nicht hart wurde.

Ich stöhnte, warf den Stift hin und wendete mich dem Laptop zu, wo ich Angebote durchging.

Nachdem ich meinen Schritt gerichtet hatte, sah ich auf die Uhr und stöhnte erneut. Es war erst 15:00 Uhr. Es blieben noch viereinhalb Stunden, bis ich Rebecca abholen konnte, und das Warten brachte mich um.

Ich verdrängte den Gedanken, überlegte, was wir nach dem Dinner alles tun könnten, oder schon währenddessen, und ging wieder an die Arbeit.

***

Ich klopfte mit mühsam unterdrückter Ungeduld an Rebeccas Haustür. Das sagte eine Menge, besonders weil ich zwanzig Minuten zu früh war. Ich hatte lange genug gewartet. Ich wollte nicht nur endlich ihre Antwort auf das Stellenangebot wissen, sondern sie endlich sehen.

Himmel noch mal, sie verwandelte mich in einen Mann, den ich nicht wiedererkannte. Ich sehnte mich nach ihr, dachte den ganzen Tag an sie, auch wenn sie bei mir war. Es verging keine Minute, in der ich nicht in ihrem Geschmack versunken war, dem Gefühl von ihr oder darin, wie absolut wundervoll sie war, wenn sie mir ihre Verletzlichkeit zeigte.

Ich wollte sie erobern, sie zu der Meinen machen. Und

es war mir scheißegal, was das über mich aussagte, dass ich mich sozusagen Knackarsch über Mops in weniger als einem Monat in eine Frau verguckt hatte.

Verdammt noch mal, sie gehörte mir, und wenn das ab heute Abend sicher wäre, war es mir egal, ob es die ganze Welt wusste.

Ich klopfte erneut, und als ich die Hand sinken ließ, ging die Tür auf.

Statt meiner sexy Brünetten stand jedoch Miranda in der Tür.

„Hallo, Miranda", sagte ich und blickte über ihre Schulter. Sie stand allein in Rebeccas Flur und hinter ihr war das Haus wie immer sauber und makellos und verfickt langweilig.

„Du bist zu früh dran, Bennett", sagte Miranda und trat zur Seite, um mich hereinzulassen.

Ich trat ein und schloss die Tür hinter mir.

„Sie ist noch nicht fertig. Magst du inzwischen einen Drink haben?"

„Nein danke." Ich sah die hübsche Brünette kaum an. „Wo ist sie?"

„Oben. Macht sich fertig. Aus irgendeinem Grund", sang Miranda, jawohl, sie sang es, „ist sie heute ein wenig durcheinander. Du weißt nicht zufällig, warum, oder?"

Ihre Worte waren voller Andeutungen. Ich drehte mich ihr zu. „Weißt du, wie sie sich entschieden hat?"

Es passte nicht zu mir, so unsicher zu erscheinen, und ich hasste es. Aber Rebecca und Miranda waren Freundinnen. Wenn Rebecca jemanden brauchte, ging sie zu ihr.

„Tut mir leid." Sie grinste und machte eine Geste, die ihr die Lippen verschloss. „Ich musste versprechen, zu schweigen, aber ich kann sagen, dass ich ihre Entscheidung gut finde." Miranda hörte mit dem neckenden

Tonfall auf. „Sie hatte es im Leben schwer genug. Sie braucht keinen, der es ihr noch schwerer macht.“

Ich sah sie finster an. Doch da ich ihren Dom kannte, nahm ich nicht an, dass mein Ausdruck sie irgendwie beeindrucken konnte. Sie zuckte mit den Schultern und nahm sich ihren Wintermantel vom Esszimmerstuhl. Während sie einen Arm in den Ärmel steckte, sprach sie weiter.

„Wir schulden Rebecca noch eine Einladung zum Lammkotelett-Essen, weil sie sich getraut hat, an Silvester mit ins *Luminous* zu kommen. Das haben wir noch nicht geschafft, aber jetzt findet es morgen Abend bei uns statt, und ich würde mich freuen, wenn du auch kommen würdest.“ Sie zwinkerte mir zu.

Fast wäre mir das Herz aus der Brust gesprungen. Ich grinste. „Willst du damit sagen, was ich glaube, dass du sagen willst?“

„Ich lade dich nur zum Dinner ein.“

„Verstehe. Aber ich bin schon mit Simon und Chloe verabredet.“

Sie zuckte fröhlich die Achseln. „Macht nichts. Ich sage Shawn, er soll einfach mehr Lamm kaufen.“

Ich sah sie an und versuchte, ihr wahres Motiv herauszufinden. „Shawn kocht selbst?“

„Oh ja.“ Sie tätschelte meine Wange. Das war so unnormal für eine Sub, dass ich erstaunt die Augen weitete. „Er ist hervorragend darin, etwas mit der perfekten Temperatur anzuheizen.“

Ich lachte laut auf. „Das ist versaut, Miranda.“

„Ich habe mein Bestes gegeben.“ Sie öffnete die Haustür und sah mich über ihre Schulter hinweg an. „Dann bis morgen.“ Sie blickte an mir vorbei und dann wieder mich an. Ihre Stimme sank, doch ihr Blick blieb aufgeregt. „Ich habe es ernst gemeint. Tu ihr nicht weh.“

Sie schloss die Tür. Ich drehte mich schnell um und sah Rebecca ins Wohnzimmer kommen. Augenblicklich raubte es mir den Atem, und alles, was mich zu dem selbstsicheren Mann machte, der ich war, fiel zu Boden, als hätte es nie existiert.

Heilige Scheiße, sie war wunderschön.

Kapitel 24

Rebecca

Monatelang war ich an Bennetts verärgerten Ausdruck und seine verstörenden Blicke gewöhnt, wenn ich sein Büro betrat oder er meins. Wahrscheinlich hatte ich mich irgendwann sogar zu sehr daran gewöhnt, auch wenn es mich störte.

Genauso, wie ich sicher war, mich daran gewöhnt zu haben, war ich auch sicher, dass ich mich wohl nie daran gewöhnen würde, wie sein Blick sanft wurde, wenn ich ins Zimmer kam, wie jetzt. Auch wusste ich, dass ich mich gar nicht daran gewöhnen wollte. Sein Blick erhitzte meinen Bauch, erzeugte Schmetterlinge und beruhigte mich gleichzeitig. Auch an diesen Gegensatz wollte ich mich nicht gewöhnen. Ich fand es einfach zu schön.

Nachdem ich mich von dem Schock des Stellenangebots erholt hatte, das er mir hinterlassen hatte, wog ich den ganzen Morgen beide Angebote ab.

Doch es war sinnlos. Ich liebte Bennett und würde alles annehmen, was er mir anbot. Ich wusste nicht einmal, wann es geschehen war, wann ich mich Hals über Kopf in ihn verliebt hatte. Oder wann ich zu einer Frau geworden war, die sich so schnell verlieben konnte. Und ich war immer noch skeptisch, ob wir überhaupt zusammenpassten und ob es gut für uns oder die Firma war, als Geschäftspartner sowie als Paar zusammen zu sein.

Doch jetzt seinen Blick zu sehen, nachdem ich Miranda herübergerufen hatte, um mir Gesellschaft zu leisten und mich bei Verstand zu halten, damit ich mir kein Flugticket nach Bora Bora kaufte und in einem Anfall von Panik fliehen würde, war all das wert.

„Hallo“, sagte ich. „Wie war dein Tag?“

Er hob eine Hand, presste die Lippen zusammen und ließ den Blick über mich schweifen. Von meinen Haaren, die ich in Locken gelegt hatte, die bei jeder Bewegung um meine Schultern hüpften, bis zu meinen High Heels. Er saugte den Anblick des schwarzen Kleides ein. Der obere Teil war ein enges Top mit breiten Trägern um den Nacken und einem tiefen Ausschnitt vorn, der fast bis zum Nabel reichte und mein Dekolleté auf eine Weise herzeigte, die ungewohnt war. Doch als sein heißer Blick dort lange verweilte, war ich froh, etwas so Gewagtes gewählt zu haben.

Sein Blick sank zu der Kürze des Kleides auf die Mitte meiner Schenkel. Er leckte sich die Lippen und betrachtete dann die silbernen Schuhe mit den schmalen Riemchen. Bänder umwickelten meine Knöchel bis zu den Waden. Miranda hatte sie mir geborgt. Ich war noch nicht ganz sicher, ob ich sie ihr zurückgeben würde. Außerdem konnte ich es mir jetzt leisten, sie ihr abzukaufen, egal welches der beiden Stellenangebote ich annahm.

„Du siehst umwerfend aus. Umwerfender, als ich es mir je hätte vorstellen können, und noch schöner, als ich dachte, dass du dich für heute zurechtmachen würdest.“

Ich strich über die Seiten meines Kleides. „Du sagst so schöne Sachen, dass ich gar nicht weiß, was ich darauf antworten soll.“

Er nickte Richtung der Mappe, die auf dem Küchentisch lag. „Sag Ja. Zu mir, nicht zu Jakobs.“

„Vorher habe ich noch ein paar Fragen.“

„Okay.“ Er griff nach meinem schwarzen, knielangen Wollmantel, der über einem Küchenstuhl hing. „Können wir jetzt gehen?“

„Ich darf meine Fragen nicht stellen?“

„Doch. Aber wenn du dir nicht sofort in den Mantel

helfen lässt, lege ich dich über den Küchentisch, und dann wird die Reservierung verfallen. Und glaub mir …" Er zwinkerte und sein Blick verdunkelte sich verschwörerisch. „Du möchtest gern sehen, was ich geplant habe."

Der Boden schwankte unter meinen Schritten, als ich auf ihn zuging. Immer brachte er mich aus dem Gleichgewicht, doch wie generell bei ihm, lernte ich langsam sein Spiel kennen. Damit hielt er mich bei der Stange, sodass ich ihn wollte und mich nach mehr von ihm sehnte.

Nun, das funktionierte auch. Er machte mich wahnsinnig vor Verlangen und Sehnsucht. Ich drehte ihm den Rücken zu und er half mir in den Mantel, hob meine Haare aus dem Kragen und richtete diesen.

„Du bist heute sehr bereitwillig", sagte er leise und drückte seine Lippen an mein Ohr. Mich durchlief ein Zittern bei dem sanften Gefühl, dem leichten Necken in seinem Ton. „Ich bin mir nicht sicher, was mir besser gefällt. Die gehorsame Frau oder die, die mir bei jeder Gelegenheit widerspricht."

Ich hielt meine Handtasche fest und drehte mich zu ihm um, hob den Kopf und grinste. „Du sollst dich ja mit mir nicht langweilen."

In meiner Stimme schwang etwas Unsicherheit mit, doch die verschwand schnell, als mich sein heißer Blick festnagelte.

„Niemals. Was auch immer dir gerade Sorgen bereitet, das sollte nicht dabei sein."

„Oh Mann", hauchte ich. „Immer wenn ich glaube, dein Spiel zu verstehen, änderst du die Regeln."

Er legte die Hände auf meine Schultern und sah auf mich herab. Alle Albernheit war vergangen und er hielt mich in festem Griff. „Versteh das nicht falsch, Rebecca, wir mögen zwar Spiele spielen. Und zwar jede Menge. Aber was ich für dich empfinde, ist keins." Er griff nach meiner Hand und führte mich zur Tür. „Und jetzt gehen wir etwas essen. Im *Chop House* ist es köstlich und ich bin am Verhungern.“

***

Das *Chop House* war eins dieser Lokale, in das Paare gingen, um Hochzeitstage oder Geburtstage zu feiern. Die Art romantisches und teures Restaurant, in dem das Gedeck mehr Gabeln als Gänge aufwies, mit weinroten Tischdecken und schwarzen Leinenservietten, die origamimäßig gefaltet auf gutem Porzellan lagen. Champagnergläser standen bereits auf dem Tisch, weil man davon ausging, dass dieser bei einem romantischen Dinner immer bestellt wurde. Und zwar eine teure, süßliche Sorte und nicht einfach nur der herbe Sekt, den man im Supermarkt kaufte. Außerdem servierte man ihn bei geschlossenen Gesellschaften, wie Hochzeitsempfängen und fünfzigjährigen Jubiläen, den engsten und reichsten Familien und deren Freunden.

Kurz gesagt, es war die Art Restaurant, die ich lediglich im Internet gesehen und noch nie betreten hatte. Vielleicht war das auch ein Grund, warum ich nie auf die Idee gekommen wäre, dass Bennett mich dorthin ausführen würde. Es gab nichts zu feiern. Unsere Beziehung war auch nicht tief genug, um so ein vornehmes Restaurant zu rechtfertigen. Außerdem hatten wir, als er mich die Reservierung machen ließ, noch gar keine Beziehung, die erklären würde, warum er einen Tisch für sechs Personen reservierte, von allen anderen abgeschieden, durch weinrote Samtvorhänge vom Lokal getrennt und mit dem besten Blick über die Stadt und den Fluss, den das Restaurant zu bieten hatte.

Der Tisch war nur für zwei Personen gedeckt, genau wie reserviert. Ich war überrascht, als ich sah, dass die Gedecke allerdings auf einem kleineren, runden Tisch

~ 221 ~

lagen, den man hier hineingetragen hatte, anstatt auf dem für sechs Personen.

Kerzenlicht flackerte über den nun geschlossenen Vorhang, als wir in dem Raum standen, und eine Vase mit wunderschönen Lilien stand in der Mitte des Tisches.

„Ihr Tisch, Mr. Ashby“, sagte der Platzanweiser.

„Vielen Dank“, antwortete Bennett und warf ihm einen Blick zu, der deutlich sagte: *Verschwinde, und zwar sofort.*

Der Anweiser nickte, verbeugte sich fast und faltete die Hände. „Maurice, Ihr Kellner, wird gleich bei Ihnen sein. Ich wünsche einen schönen Abend.“

„Danke“, sagte ich leise. Meine Stimme troff vor Ehrfurcht. Nicht nur wegen der feinen Umgebung, sondern wegen des hintergründigen Mannes vor mir.

Er hatte einen Wollmantel getragen, doch als er ihn jetzt ablegte und an den Garderobenhaken hängte, bekam ich eine spontane Mundtrockenheit.

Er trug eine schwarze Anzughose, glänzende schwarze Schuhe, einen breiten schwarzen Gürtel und ein weinrotes Oberhemd, das zu den Vorhängen hier passte. Ich fragte mich nicht mehr, woher der Teufel auf meiner Schulter kam, er stand direkt vor mir. Gut gekleidet, beeindruckend mit seinen breiten Schultern, den kraftvollen Schenkeln und starken Händen, half er mir aus meinem Mantel.

„Dein Gesicht wirkt erhitzt“, sagte er mit seiner heiseren Stimme, die genauso rau klang wie sicherlich meine ebenfalls.

„Du bist heiß“, antwortete ich.

Sein tiefes, basslastiges Lachen vibrierte auf meiner Haut, als er den Stuhl für mich hervorzog. Er half mir, ihn für mich zurechtzurücken, stand hinter mir, beugte sich vor und berührte mit den Lippen mein Schlüsselbein.

„Und du bist wunderbar. Sinnlich und verführerisch und glamouröser, als ich es mir je vorstellen konnte. An jedem Tisch, an dem wir vorbeigekommen sind, haben die Leute die Köpfe nach dir gedreht. Die Männer konnten sich sicher nicht entscheiden, ob sie lieber in deinen tiefen Ausschnitt tauchen würden oder ihre Hände auf deinen knackigen Hintern legen, während du sie reitest.“

Meine erhitzten Wangen brannten noch heftiger, bis ich mir wie das Blaue in einer Flamme vorkam. „Bennett …“

„Widersprich mir nicht.“ Er küsste mich auf den Kopf und trat zurück. „Ich habe selbst einen Schwanz und weiß genau, was sie denken. Ich habe die Fäuste geballt, um denen, die dich länger als nur einen flüchtigen Moment angestarrt haben, nicht in die Schnauze zu hauen.“

Trotz seiner vulgären Ausdrucksweise überlief mich ein Schauer. Die Selbstsicherheit und Arroganz in seiner Stimme zeigten, dass er jedes Wort ernst meinte.

„Da werde ich nicht widersprechen“, sagte ich leise und ziemlich atemlos.

Ich nahm die Speisekarte zur Hand und legte sie wieder ab, als Bennett sich bewegte. Er setzte sich nicht mir gegenüber, sondern nahm sein Gedeck, stellte die Blumenvase an dessen Stelle und setzte sich neben mich.

„Als du auf der Toilette warst, als wir ankamen, habe ich mit dem Anweiser gesprochen. Champagner und Wasser sind bestellt. Möchtest du etwas anderes trinken, während wir uns die Speisekarte ansehen?“

„Nein.“

Mit dem Daumen hob er mein Kinn an, bis ich ihn ansah. „Lächelst du, weil ich dir Wasser bestellt habe?“

Er lächelte weiter und sicherlich war meine Mimik seiner sehr ähnlich. Ich schüttelte den Kopf. „Nein, ich lächele, weil du neben mir sitzt, das Restaurant fantastisch ist und der Ausblick herrlich."

„Das stimmt. Es ist der schönste, den ich je gesehen habe."

Er hatte den Blick nicht von mir genommen, und ich wusste, dass er nicht von den Lichtern und dem Fluss sprach.

„Danke", murmelte ich. „Du bist sehr aufmerksam."

Er gab mir einen zarten Kuss und nahm sich dann die Speisekarte. „Ich bin außerdem noch ehrlich."

Ich blätterte durch die Karte und wusste bereits, dass ich ein gutes Steak bestellen wollte. Die Bewertungen im Internet behaupteten, das Prime Rib sei köstlich, und da ich bezweifelte, oft hierherzukommen, mit Bennett oder ohne ihn, musste ich unbedingt eins haben.

Ich ging die Beilagen durch, die man wählen konnte, und überlegte, ob ich Spargel oder gerösteten Rosenkohl wählen sollte, als plötzlich Bennetts Hand auf meinem Schenkel lag. Ich zuckte zusammen und sah ihn an. Er war auf seine Speisekarte konzentriert und schob dabei mein Kleid nach oben.

„Bennett", wisperte ich. Inzwischen hatte er fast meinen gesamten Schenkel entblößt. Ich hob die herunterhängende Tischdecke über mein Bein.

Bennett lachte leise. „Sub", sagte er. Er breitete die Hand aus, umfasste meinen Schenkel und drückte meine Beine auseinander.

„Hey", keuchte ich, als seine Finger zwischen meine Beine glitten. „Was machst du da?"

„Was immer ich will, wann immer ich will."

Er legte die Karte ab und in dem Moment bewegte sich der Vorhang. Maurice, der Kellner, kam rein und brachte einen Sektkübel mit dem Champagner und zwei Wasser. Ohne auf uns zu achten, richtete er alles auf dem Tisch an, schenkte uns ein und stellte den Champagner neben Bennett, damit er ihn leicht erreichen konnte. Die ganze Zeit über bewegte sich Bennett nicht. Doch das spielte keine Rolle. Seine Finger lagen auf meinem Höschen. Meine Pussy zog sich zusammen bei dem Druck seiner Finger und der Vorstellung, was er als Nächstes tun würde. Seinem Gesicht war nichts anzumerken.

„Vielen Dank, dass Sie heute unsere Gäste sind." Maurice sprach mit einem schönen Akzent, den ich nicht zuordnen konnte. Da er leicht dunkelhäutig und schwarzhaarig war, tippte ich auf italienische Herkunft, doch das passte nicht so recht zu seinen eher spanischen Gesichtszügen. Auf jeden Fall war er noch jung, jünger als ich, vielleicht direkt aus dem College, und attraktiv.

Als ob Bennett meine Gedanken gelesen hätte, drückte seine Hand meinen Schenkel und holte sich meine Aufmerksamkeit zurück. Ich entspannte mich neben ihm. Maurice stellte das Champagnerglas vor mich, und ich zuckte zusammen, als Bennetts Finger in mein Höschen glitten. Mit aufgerissenen Augen sah ich ihn an und mein Puls raste so laut, dass ich dachte, Maurice müsste genau wissen, was unter dem Tisch geschah.

Maurice ließ sich jedoch nichts anmerken und las uns das spezielle Tagesangebot vor.

Bennett griff fester zu.

In meiner Brust brannte es, und ich atmete schneller, als Bennetts Finger durch meine geschwollenen Schamlippen strichen. Ich krallte eine Hand in seinen Arm, während er langsam und lässig unsere Bestellung aufgab. Ich platzte gleich und er blieb völlig ungerührt. Der Mann machte mich fertig.

Ich krallte mich fester in seinen Arm, warnte ihn, als sich mein Orgasmus näherte und sich das Gefühl bereits im gesamten Unterleib breitmachte.

„Danke, Maurice", sagte Bennett. Er sah mich an und grinste. In seinen Augen schimmerten Lust und Triumph. „Möchtest du sonst noch irgendwas, Rebecca?“

Ich schüttelte den Kopf. Hätte ich gesprochen, wäre nur ein Schrei herausgekommen und hätte uns verraten.

„Ich möchte, dass du es mir sagst, Darling.“

Er musste scherzen.

Mit erhobenen Augenbrauen wartete er. Ich schüttelte den Kopf. „Nein.“ Atmete tief durch. „Das ist alles, vielen Dank.“

Maurice verabschiedete sich. Zitternd wartete ich, bis er hinter dem Vorhang verschwunden war. „Du bist gemein“, sagte ich, spreizte jedoch die Beine breiter und ritt seinen Finger, den er in mich schob. Ich neigte den Kopf nach hinten. „Bennett!“

„Sir. Denke daran, dass ich dich jederzeit und wo immer ich will haben kann. Wirst du jetzt für mich kommen?“

„Ja, Sir“, hauchte ich.

„Aber sei leise dabei. Sonst hört man dich schreien.“

„Ich hasse dich.“

„Nein, tust du nicht.“

Er rieb mich energischer und der Faden meiner Beherrschung riss. Ich hielt mich an der Tischkante fest und mein Kopf sank nach vorn. Mein Körper schlug Funken und verkrampfte sich, zitterte, als mich der Orgasmus überrollte, köstlich und heftig. Ich zwang mich zur Stille. Das Wasserglas wackelte, das Geschirr klirrte währenddessen, und ich war nicht in der Lage, mich Bennett zu entziehen oder ihm näher zu kommen. Ich saß einfach nur da und Schweiß bildete sich an meinen Schläfen.

Bennett küsste meine Wange, mein Kinn und meine Lippen. „Du bist so verdammt schön, Rebecca. Ich könnte dir für den Rest meines Lebens täglich beim Kommen zusehen, nichts tun, außer zu beobachten, wie du für mich leuchtest, und mich trotzdem so fühlen, als ob ich die Welt erobert hätte.“

„Sir." Ich legte eine Hand auf seine, krallte mich daran fest und sah ihn an. Er dämpfte meinen nächsten Schrei mit einem Kuss, ohne aufzuhören, mich zu reizen.

Der Orgasmus ging in den nächsten über. Bennett schluckte mein Wimmern und ich löste mich komplett auf, sackte gegen ihn. Er nahm mich in die Arme und küsste meinen Hals.

„Und bevor du dir etwas einfallen lässt, um den Scheiß, den ich gesagt habe, zu verdrehen … ich meinte jedes Wort ernst."

Verdammt sollte er sein.

Wie konnte er nur solche wunderbaren Dinge auf solch schmutzige Art sagen, sodass ich die Hoffnung bekam, dass ich ihm wirklich etwas bedeutete? Aber es waren doch erst ein paar Wochen. Nur ein paar Wochen, seit wir uns im *Luminous* begegnet waren. Wie konnte er mir in so kurzer Zeit schon so viel bedeuten?

Es spielte keine Rolle.

Ich empfand dasselbe.

Neues Leben, neues Jahr, neue Ziele. Er bot mir all das und ich nahm es an.

Ich schob alles Rationale und Logische beiseite, atmete tief durch, richtete mich auf, nahm die Hände von der Tischkante und seiner Hand und sah Bennett an. „Wir müssen reden."

Kapitel 25

Bennett

Dass wir reden müssten, waren die letzten Worte, die ich von ihr erwartet hatte, als sie erhitzt gegen mich sank. Ich nahm die Hand von ihrem Schenkel und griff nach meinem Wasserglas.

„Reden?" Ich trank einen Schluck.

Sie verfolgte meine Bewegungen, blinzelte und betrachtete meine Finger, die eben noch in ihr gewesen waren.

„Warum ich?" Sie runzelte die Stirn.

„Wie bitte?"

Ich wusste, was sie meinte, aber es machte zu viel Spaß, sie zu necken. Sie errötete und wurde verärgert. Obwohl sie von einem Orgasmus in der Fast-Öffentlichkeit befriedigt war, sich mir unterworfen hatte, obwohl sie sich hätte verweigern können, machte es mir Spaß, ihre Schlagfertigkeit zu reizen. Wie ich es ihr gesagt hatte, wollte ich alle möglichen Spiele mit ihr spielen und ihr gleichzeitig zeigen, was sie mir bedeutete.

„Warum hast du mir diesen Job angeboten?"

Ich schob ihr das Champagnerglas zu. Vielleicht würde ein bisschen Schampus ihren immer noch rasenden Puls, den ich an ihrer Kehle sehen konnte, runterfahren. Sogar ihr Brustkorb war gerötet und hob und senkte sich schnell.

„Trink etwas und beruhige dich."

„Ich hätte gern eine Antwort auf meine Frage." Ihr Ton blieb stahlhart.

Anstatt nach dem Glas zu greifen, ballte sie die Hände auf ihrem Schoß zu winzigen Fäusten.

Sie war verdammt stark. Hatte an meinem Arm die

Haut durchbohrt, doch es war mir scheißegal. Sosehr ich sie gern markieren wollte, besonders auf dem Hintern, waren ihre Markierungen an mir noch köstlicher.

„Mit achtzehn hast du bei uns angefangen. Erst in der Marketingabteilung als Praktikantin und dann in der Poststelle. Im darauffolgenden Herbst hast du Abendkurse genommen und wurdest in Vollzeit in der Projektabteilung eingestellt. Seither hast du bei mir für fast jeden Abteilungsleiter als Assistentin gearbeitet. Du weißt mehr über die Abläufe in meiner Firma als ich. Die Kollegen vertrauen dir. Du bist nicht nur intelligent, sondern hast auch noch nebenbei die Schule beendet und dich von dem befreit, was ich jetzt über deine furchtbare Kindheit weiß. Du vertraust Männern nicht, hast dich aber trotzdem freiwillig mir hingegeben. Auf Arten, die du dir vorher nie hättest vorstellen können. Erstaunt es dich wirklich so sehr, dass ich nicht nur von deinem Körper, sondern auch von deinem Verstand beeindruckt bin?“

„Nun“, sie schnaubte niedlich, „das ist sehr schmeichelhaft.“

„Und mein voller Ernst.“

Ich legte einen Arm auf die Rücklehne ihres Stuhls, beugte mich vor, sodass sie nichts anderes mehr sah als mich. Ich wollte es ihr noch mal besorgen. Wieder und wieder. Das musste warten, bis wir das ausdiskutiert hatten, aber lieber Gott, sie machte mich verrückt. Diese cremefarbene Haut und diese mandelförmigen Augen, die so viele Geheimnisse versprachen, wenn man nur an den richtigen Stellen nachhakte.

Ich bedrängte sie körperlich, doch anstatt sich anzuspannen, senkte sie die Schultern.

„Als mein Dad mich aufzog, hatte er eine Frau und einen Sohn zu Hause. Er nahm sich immer Zeit für uns. Er baute eine erfolgreiche Firma auf und ließ uns immer wissen, dass er das alles nur für uns tat. Seit ich die

Firma übernommen habe, tue ich alles, um sie noch größer und erfolgreicher zu machen. Das bestimmt mein Leben seit fünf Jahren. Und jetzt will ich noch mehr." Ich legte eine Hand an ihre Wange und kam ihr so nah, dass ich ihre Erregung roch und ihr leichtes, süßes Parfüm. „Ich will, was er hatte, Rebecca. Ich will eine Frau und ein Kind, oder mehrere, und diese Firma leiten, aber um das alles zu haben, brauche ich jemanden, dem ich vertrauen kann an meiner Seite. Und ich möchte, dass du diese Frau bist. Im Büro und außerhalb."

Angst funkelte in ihren Augen. „Soll das heißen …"

„Dafür ist es noch zu früh. Heute Abend will ich nichts weiter vorschlagen als eine private Beziehung mit dir und eine Partnerschaft in der Firma. Die Zeit wird unseren weiteren Weg aufzeigen, aber versteh mich nicht falsch … ich will dich zu meinen Füßen und an meiner Seite."

Ich legte eine Hand zwischen ihre Schultern, zog sie an mich, streichelte ihre Lippen mit meinen, inhalierte ihren Duft und leckte ihren Geschmack von meinen Lippen.

„Jakobs eröffnet dir eine unglaubliche Möglichkeit. Seine Firma ist stark, das muss ich sagen, auch wenn mich seine Unentschlossenheit wahnsinnig macht, und ich vermute, dass er dich deswegen auch will. Aber verstehe mich nicht falsch, du gehörst mir, und alles, was er dir anbietet, kann ich überbieten. Ich biete dir alles. Alles, was ich habe, alles, was ich bin, liegt in deinen Händen."

Sie schnappte nach Luft, und ich nutzte ihre Überraschung, um sie zu küssen. Vielleicht war es zu meinem Vorteil, ihren Verstand zu benebeln.

Sie erwiderte den Kuss entschlossen, und guter Gott, diese Frau! Sie schmeckte nach süßem Champagner und nach ihr. Sie wimmerte leise, legte ihre zarten, kühlen

Hände in meinen Nacken und hielt mich fest.

Hätte ich sie jetzt haben können, hätte ich sie auf der Stelle genommen, egal wer es gesehen hätte. Doch das *Chop House* war nicht das *Luminous*, und obwohl ich es noch mehr genossen hätte, sie dort zu nehmen, ihren cremefarbenen Bauch zu streicheln, ihre Brüste, während Männer dabei zusahen und haben wollten, was ich hatte, waren wir noch nicht so weit.

Bei ihr verlor ich sämtliche Beherrschung.

Doch ich war kein bisschen genervt deswegen.

Ich vertiefte den Kuss, verschlang sie, zeigte ihr mit meinem Mund, was ich nachher mit ihr vorhatte, wenn sie vor mir ausgebreitet lag. Gefesselt und dominiert.

Erobert.

Mein.

Sie neigte sich zurück, legte die Fingerspitzen auf ihre Lippen und atmete so schnell, als ob sie bereits wieder kurz vor dem Kommen wäre. „Bennett, Sir." Ein lustvolles Seufzen entkam ihrer zarten Kehle.

„Sub." Ich stöhnte, spreizte die Finger an ihrem Hinterkopf und hielt sie fest. „Sag Ja."

Ich sah sie mit bedeutungsvoller Kraft an, damit sie erkannte, dass sie nicht Ja zu dem Job sagen sollte, sondern zu mir.

Sie nahm die Finger von ihren Lippen und legte sie auf meine. Ich küsste diese sanft und Rebecca grinste.

„Als ich sagte, dass wir reden müssen, hatte ich nur eine bestimmte Frage."

„Und die wäre?"

„Gilt unser Vertrag immer noch, wenn wir im Büro sind?"

Wenn wir im Büro *sind*. Sie hatte nicht *wären* gesagt. Hitze breitete sich in meiner Brust aus und ein siegreiches Gefühl brannte in mir.

„Ja." Ich lehnte mich wieder dichter an sie und umfasste ihre Wange. „Ich habe vor, dich mehrmals die

Woche auf unseren Schreibtischen zu ficken. Ich will mir die Vorstellung erschaffen, wie du vor mir kniest, während ich arbeite. Unser Vertrag besteht immer, Rebecca. Nur beim Geschäftlichen spielt er keine Rolle. Dann brauche ich deine Intelligenz, Kreativität und dein Organisationstalent. Aber danach …“ Ich ließ den Satz in der Luft hängen und sah sie verschwörerisch an, was sie natürlich sofort verstand.

Sie schluckte schwer, lehnte sich zurück und griff nach ihrem Champagner. „Dein Angebot ist sehr lukrativ. Zu hoch, würde ich sogar sagen, besonders finanziell gesehen.“

„Du bist jeden Cent wert.“ Der Vertrag war durchaus fair. Er bedeutete zwar eine enorme Gehaltserhöhung, aber es war nicht zu viel für diese hohe Position.

„Es ist mehr, als ich mir je erhoffen könnte, Bennett. Ich hatte nie große Karriereziele. Ich wollte nur ein einfaches Leben, sicher und mit genug Geld, um angenehm leben zu können.“

Ich nahm ihre Hand auf meinen Schoß und drückte sie fest. „Willst du dich etwa beschweren, dass ich dir zu viel zahlen will?“ Der Gedanke war lächerlich. Ich zwang mich dazu, ein Lachen zu unterdrücken.

Sie blickte auf meine Schulter, dann aus dem Fenster, und ihre Wangen röteten sich. „Ich bin nur nervös, weil du mir mehr anbietest, als ich je wollte, und es klingt einfach zu gut, um wahr zu sein.“

Ich zog sie an mich und lehnte meine Stirn an ihre. „Meine süße Sub. Deine Tiefen, die ich immer erforschen möchte? Ich habe das Gefühl, dass ich gerade noch ein Stück tiefer gekommen bin. Vertrau mir, Rebecca.“

„Das tue ich“, sagte sie mit einer gefühlvollen Stimme. „Genau das macht mir Angst.“

Ich küsste sie. Drückte meine Lippen auf ihre und zwang ihren Mund auf, um sie zu verschlingen. Ich erforschte ihre Mundhöhle, presste Rebecca an mich, bis sie wimmerte und immer näher an mich rücken wollte.

Ein leises, diskretes Räuspern brachte uns auseinander.

Grinsend zog ich mich von ihr zurück. Himmel, sie war so schön. Umwerfend verletzlich und so verdammt sexy, dass mein Schwanz steinhart war.

„Essen wir jetzt, und dann fahren wir zu mir. Ich will heute Abend noch mehr mit dir machen."

Kapitel 26

Rebecca

Ich hatte keine Ahnung, wie ich mich nach Bennetts Verkündung noch aufs Essen konzentrieren konnte. Doch irgendwie hatte ich es geschafft, alles aufzuessen. Als unser Essen serviert und unser Kuss unterbrochen wurde, bevor ich hatte aufhören wollen, Bennett zu küssen – was wahrscheinlich nie passieren würde –, lenkte Bennett die Unterhaltung auf angenehme Themen, und zwar so übergangslos, dass ich erst gar nicht mitkam.

Dennoch geschah es leicht und locker, und wir redeten über einfache Dinge, Kindheitserinnerungen, Hobbys, alles, was man üblicherweise beim ersten Date erledigte, doch wir waren schon so weit darüber hinaus.

Es fiel uns leicht. Und allein das war schon faszinierend. Egal, ob wir über die Arbeit sprachen, unsere Familien oder unsere sexuellen Vorlieben, stets leitete Bennett das Gespräch so kraftvoll und selbstsicher, dass er damit alles kinderleicht machte.

Es war eine wunderbare Veränderung im Vergleich zur Vergangenheit, wo ich immer hatte kämpfen müssen. Dennoch war die Tatsache, dass er alles so einfach machte, fast beängstigender als damals, als ich in Mirandas Spielzimmer geraten war.

„Ein Hockeyspiel?", fragte ich und löffelte die köstliche Mousse au Chocolat in mich hinein, die Bennett bestellt hatte. „Da gehen wir morgen hin?"

„Wenn du mitkommen willst. Simon ist mein Freund und ich gehe zu so vielen seiner Spiele wie möglich. Ich habe ihm gesagt, dass wir kommen und danach mit ihm und Chloe essen gehen."

„Ich habe Miranda gesagt …"

„Ich weiß. Miranda hat uns für morgen bei sich eingeladen. Sie sagte etwas davon, dass Shawn dir ein Lammkotelett schuldet."

Meine Wangen wurden warm. „Das hatte er mir versprochen, wenn ich an Silvester mit ins *Luminous* komme."

„Dann würde ich sagen, dass ich Shawn auch etwas schulde." Er beugte sich vor und sprach leiser. „Wir machen, was dir am besten gefällt, aber Miranda hat gesagt, dass ich Simon und Chloe gern mitbringen kann."

„Sie kennen sich schon?" Bei Bennetts Ausdruck verstand ich. „Sie gehen auch ins *Luminous*."

„Es ist nur ein Abendessen mit Freunden, Rebecca. Wir werden keine Orgie veranstalten." Er nahm einen Löffel Mousse au Chocolat in den Mund. Heilige Scheiße, sah das sexy aus. Diese vollen Lippen und das Funkeln in den Augen, als er zwinkerte. „Es sei denn, du hättest gern eine."

Ich verschluckte mich an meinem Nachtisch und griff nach dem Wasser. „Sehr witzig."

„Das war kein Witz."

Mir lief das Blut aus dem Gesicht und ich fror plötzlich. „Wie bitte?"

„Im *Luminous* geht es nicht nur um Gerten, Kreuze und Bondage. Ich habe nicht gelogen, als ich sagte, dass ich lieber meinen Körper einsetze und keine Flogger und dass ich das harte Spiel der anderen nicht brauche, aber das heißt nicht, dass ich den Lebensstil nicht genieße, ihn gern erkunde und zusehe." Er machte eine Pause. „Oder mir zusehen lasse."

Heilige Scheiße.

„Ich bitte dich nur, es in Erwägung zu ziehen, wenn dir danach ist. Wenn du je die Dinge noch tiefer erforschen willst, brauchst du es nur zu sagen."

Ich starrte ihn an, unfähig, die volle Tragweite seiner Worte zu begreifen. Gleichzeitig spürte ich jedoch ein warmes Pulsieren zwischen den Schenkeln. Die Kälte, die ich eben noch gefühlt hatte, verwandelte sich in Hitze, die in einer langsamen Welle von meiner Pussy in meine Glieder strömte.

Wissend grinste er mich an. Er umfasste meine Wangen, streichelte mich mit dem Daumen und ich erschauerte.

„Es freut mich, zu sehen, dass es dazu vielleicht eines Tages kommen wird. Erst mal genießen wir heute Nacht. Iss deinen Nachtisch auf. Ich habe auf etwas anderes Appetit, und da du sicherlich nicht willst, dass der Kellner sieht, wie ich dich vernasche, sollten wir lieber bald gehen.“

„Himmel noch mal, Bennett.“

Er lachte leise, heiser, tief und brummig, und es klang wunderbar.

Wieder einmal machte er die Dinge so einfach.

Guter Gott.

Ich trank meinen Champagner aus und überlegte, was er wohl noch mit mir vorhatte. Und dachte daran, wie sehr ich das alles wollte, wenn auch eher ohne Zuschauer.

Und dann dachte ich an das, was er sonst noch alles erleben wollte. Er war bereit, zu warten, bis ich so weit war, doch als er mir in den Mantel half und mich zum Auto führte, konnte ich nicht aufhören, an die Möglichkeiten zu denken.

„Du siehst ganz erhitzt aus“, sagte Bennett. Eine Hand lag am Steuer und die andere auf meinem Schenkel. „Magst du mir verraten, woran du denkst?“

An alles. An alles von ihm. An mir, in mir, um mich, indem er tat, was immer er wollte …

Das konnte ich ihm schlecht sagen. Oder?

Aber ich vertraute ihm. Ich war ihm verfallen, höchstwahrscheinlich schon, bevor er mich überhaupt berührt hatte. Ich war vielleicht schon in den Mann verliebt gewesen, bevor ich ihn im *Luminous* traf. Es gab einen Grund dafür, dass er schon vorher Gefühle in mir erweckt hatte. Denn ich hatte mich schon in ihn verguckt, als ich ihn das erste Mal sah, vor Jahren, als er ins Büro gekommen war und ich nur eine niedere Praktikantin war, die die Abendschule besuchte und ohne Zweifel wusste, dass er sich niemals nach mir umdrehen würde. Nie wäre ich gut genug für so einen Mann. Wir lebten in verschiedenen Welten.

Dennoch hatte er mich sehr wohl gesehen.

Nicht nur das, ihm hatte auch gefallen, was er gesehen hatte.

„Ich habe dir noch nicht meine Antwort zu dem Stellenangebot gesagt."

Er sah mich kurz amüsiert an, drückte meinen Schenkel und sah dann wieder auf die Straße. „Stimmt."

Ich räusperte mich, legte meine Hand auf seine starke und muskulöse und schob sie hoch, unter mein Kleid, sodass seine Hand auf meiner nackten Haut lag. Als er meiner Mitte so nah war, legte ich die andere Hand auf seinen Schritt. Sein Schwanz war bereits hart und es zeichnete sich eine Wölbung unter seiner Hose ab.

„Verdammt, Rebecca." Er stöhnte, hob die Hüften meiner leichten Berührung entgegen. „Erlöse mich endlich."

Bevor meine Vernunft die überwältigenden Gefühle erdrücken konnte, schnallte ich mich ab, auch wenn wir uns in einem fahrenden Auto befanden. Ich griff nach seinem Gürtel.

„Was …?"

„Still, Sir", wisperte ich und küsste seinen Hals. „Ich will dich berühren. Mit dem Mund. Ich will dich überall, und ich will, dass du mit mir machst, was du willst und wann du willst."

„Das klingt nicht wirklich unterwürfig“, sagte er in neckendem Tonfall.

„Ist es auch nicht. Wenn wir bei dir sind, kannst du mich ja dafür bestrafen.“

„Fuck.“ Er lachte auf und schob seine Hand zwischen meinen Schenkeln höher. „Du bist durchnässt.“

„Immer.“ Ich leckte ihm über die kleine Kuhle am Hals und holte seinen Schwanz aus der Hose. „Bei dir bin ich immer nass. Und ja, ich nehme die Stelle an. Und die Vereinbarung … ich will alles von dir.“ Ich legte die Hand um seinen Schaft und drückte ihn. Er zuckte und wurde noch härter. Ich beugte mich vor, wobei er seine Hand zwischen meinen Beinen wegnehmen musste, und nahm ihn in den Mund. Er legte die Hand auf meinen Kopf und schob die Finger in meine Haare.

„Oh ja! Mach langsam, damit ich keinen Unfall baue.“

Es war mir fast egal. Als ich seinen Geschmack im Mund hatte, wollte ich nirgendwo anders sein, und sollten wir in Flammen aufgehen, wäre das ein Tod, wie ich ihn gewollt hätte. Mit der Zunge kreiste ich um seine Spitze, bevor ich ihn tiefer aufnahm, so gut es in dieser ungeschickten Stellung eben ging. Sein Stöhnen wurde lauter und übertönte die leise Rockmusik aus dem Radio.

„Himmel“, stöhnte er. Er zerrte so heftig an meinen Haaren, dass meine Kopfhaut kribbelte.

Der Wagen brach seitlich aus, und ich klammerte mich an das Leder des Sitzes, bis das Auto ruckartig stoppte.

„Verdammt, Rebecca.“ Er stöhnte, bäumte sich auf, stieß fester in meinen Mund und hielt mich fest, sodass ich mich nicht zurückziehen konnte. „Ich komme.“

Ich summte um ihn herum und schluckte, als er ganz hinten auf meine Kehle traf. Er legte eine Hand zwischen meine Schultern und mit der anderen hielt er meinen Kopf bewegungslos. Ich musste nicht würgen.

Er kam, spritzte in meinen Hals und hielt mich dabei
fest, so gut es in dieser Stellung ging. Ich nahm alles
von ihm, schluckte ihn und seine Essenz und hatte
mich noch nie im Leben beschützter und sicherer gefühlt.

Kapitel 27

Bennett

Heilige Scheiße.

Diese Frau hatte mir praktisch den Verstand durch den Schwanz herausgesaugt, zusammen mit meinem gesunden Urteilsvermögen. Während der Fahrt. Sie machte mich einfach wahnsinnig vor Verlangen.

Nach dieser Episode raste ich durch die Straßen von Grand Rapids nach Hause und parkte in meiner Tiefgarage.

Schnell schnappte ich mir Rebeccas Übernachtungstasche und eilte zum Aufzug, wo ich Rebecca gegen die Wand presste. Sollte jemand die Tür öffnen, würde er etwas zu sehen bekommen, denn ich konnte an nichts anderes mehr denken, als mich in Rebeccas nasser Hitze zu versenken.

„Du brauchst dich nicht so zu beeilen", sagte sie. „Wir haben die ganze Nacht vor uns."

„Ich weiß. Deshalb muss ich sofort anfangen. Es gibt so viel, was ich mit dir machen will."

Ich drückte meinen Mund auf ihren, und sämtliche Worte waren vergessen. Ich legte ihr angewinkeltes Bein über meine Hüfte und stieß gegen sie, zeigte ihr mein drängendes Verlangen, in ihr zu sein, während der Aufzug nach oben schoss. Mit den Händen umfasste ich ihr Gesicht, und meine Zunge spielte mit ihrer.

Ihr Wimmern, mein Stöhnen. Ich war verrückt nach ihr.

Ich nahm ihre Handgelenke in einer Hand zusammen, hielt ihr die Arme über den Kopf und mit der anderen Hand fuhr ich in ihr Höschen. Ohne sie vorzubereiten, schob ich zwei Finger in sie und rieb gegen ihre inneren

Wände. Ich schluckte ihre Schreie, presste sie hart an die Aufzugwand, und ihre Klit war bereits angeschwollen und ihr Schritt verdammt heiß an mir. Sie war mein flammendes Inferno, brannte, wann immer ich sie berührte. Nichts war erotischer, als dass diese Frau sich mir hingab, in allem.

Ich lehnte die Stirn an ihre Schulter, sodass ich hinsehen konnte. Schamlos rieb sie sich an meiner Hand. „Genau so", sagte ich und biss in ihren Hals. Ich wollte eine Markierung hinterlassen. „Komm für mich, Sub. Komm in meine Hand."

„Bennett."

„Ja, ich weiß." Ich sah ihr in die Augen, in der sich eine Lustwelle aufbaute. „Es ist zu intensiv. Mit dir ist es immer so verflucht heftig."

Ihre Lippen öffneten sich. Mit einem stummen Schrei explodierte sie an mir, kam so heftig, dass sie sich aufbäumte, ihre Hände sich befreien wollten. Ich packte sie fester, presste sie an meine Hüften und rieb ihre Klit. „Wunderschön", brummte ich und genoss, wie sie weiterhin kam. Es wollte gar nicht mehr aufhören, Tränen traten ihr in die Augen und liefen ihr über die Wangen.

Ich war ihr völlig verfallen.

Der Aufzug stoppte und das Signal ertönte. Ich nahm die Hände von ihr und küsste ihre Tränen fort, die vor Lust entstanden waren, vor unsagbarer Ekstase.

„Alles okay?"

Sie schüttelte den Kopf. „Nein. Ich glaube nicht, dass ich laufen kann."

Ich lachte leise und küsste sie. Die Tür des Aufzugs glitt auf. „Dann tue es nicht." Ich hielt ihre Tasche in einer Hand, bückte mich und legte mir Rebecca über die Schulter. Sie klammerte sich an meinen Hüften fest und schrie leise auf. Ich ging zu meinem Apartment, stellte ihre Tasche ab, um meine Schlüssel herauszunehmen, und gab Rebecca einen Klaps auf den Hintern. „Sei still, es sei denn, du willst, dass die Nachbarn deinen nackten Hintern sehen.“

„Der ist doch gar nicht nackt.“

Und ob er das war. Als ich sie hochgehoben hatte, war das Kleid nach oben gerutscht und ihr Hintern lag frei. Zum Beweis biss ich ihr in eine Backe.

„Aua!“

„Still!“ Ich öffnete die Tür, schob die Tasche in die Wohnung und schloss sie wieder.

„Du kannst mich jetzt runterlassen.“

„Könnte ich. Mache ich aber nicht. Ich will dich zu sehr.“

„Oh Gott“, wisperte sie. Sie hielt sich an meinem Hosenbund fest, während ich sie ins Schlafzimmer trug und aufs Bett warf. „Hey!“, rief sie und die Matratze federte unter ihr.

Ich kroch über sie, konnte einfach nicht warten.

Himmel, das war verrückt. Ich hoffte, mein Verlangen nach ihr würde nie nachlassen. Nicht, wenn es um den Sex ging.

Ich hielt ihre Hände über ihrem Kopf fest, ehe sie wusste, wie ihr geschah. Ihre Augen wirkten verschleiert. Mit den Knien schob ich ihre Beine auseinander. Wir waren noch voll bekleidet. Ich küsste ihr Dekolleté, ihre Brüste entlang des tiefen Ausschnitts.

„Wir müssen langsamer machen“, murmelte ich und leckte den Schweiß von ihrer Haut. „Ich habe so viel mit dir vor und keine Ahnung, wo ich anfangen soll.“

„Wir haben alle Zeit der Welt. Ich werde nicht weggehen.“

Sie streckte mir ihre Brüste wie als Angebot entgegen. Was ich nicht annahm. Es war genau so eine Absichtserklärung für unsere Zukunft wie meine zuvor. Ich suchte in ihren Augen nach Anzeichen von Hemmungen, Ängsten oder Sorge, dass sie dachte, zu viel gesagt zu haben. Doch ich sah nichts als Ehrlichkeit und Reinheit.

Irgendwie ironisch, da wir dabei waren, die unreinsten Dinge zu tun, die man nur tun konnte.

Sie leckte sich die Lippen. „Du hast gesagt, dass du machen würdest, was ich will.“

Verdammt, ja. „Was hättest du denn gern?“

Sie zog an meiner Hand, die ihre festhielt. „Bitte erlaube mir, dich anzufassen.“

Sofort ließ ich sie los, erstaunt von ihrem bedeutungsvollen Tonfall.

„Ich möchte, dass du alles mit mir machst, wovon du glaubst, dass ich es mag.“

Himmel noch mal. Diese Frau. „Dann würde ich dich gern weiter an deine Grenzen führen. Vertraust du mir?“

„Du kennst die Antwort, Bennett, Sir.“

Ihre Augenlider flatterten kurz und ihre Wangen erröteten bei dem Wort. Ich küsste ihre Beschämung fort, küsste sie so lange, bis sie dahinschmolz, ihre Beine um mich schlang, sich mir entgegenbäumte und sich an mir rieb.

Wenn ich nicht bald in sie durfte, würde ich kommen wie ein Teenager. Ich zog mich zurück und stieg aus dem Bett. „Du hast deine Safewords. Benutze sie wenn nötig, okay?“

„Ich werde sie nicht brauchen.“

Das stimmte. Ich würde es mit ihr nie zu weit treiben, und bei ihrer Vergangenheit war das Letzte, was ich wollte, ihr Angst zu machen. Doch das bedeutete nicht, ich hätte nicht darüber nachgedacht, wie es wäre, sie so zu fesseln, dass ich sie reizen und spanken konnte, sie überall berühren, ohne dass sie entkommen konnte.

So schnell ich konnte, zog ich mein Hemd aus und warf es auf den Boden, und dann den Rest meiner

Kleidung.

„Du kannst dich hinsetzen", sagte ich und ging zum Schrank. „Aber nicht aus dem Bett steigen."

Ich verschwand im begehbaren Kleiderschrank, wo ich ein paar Utensilien und Sexspielzeuge aufbewahrte. Mal sehen, wie mutig meine draufgängerische Frau wirklich war. Viel Zeug besaß ich nicht, hauptsächlich deswegen, weil ich es nicht brauchte. Aber ich hatte ein paar Sachen, wie Nippelklemmen, eine Spreizstange und einige Plugs, noch originalverpackt. Zum Anbinden oder Knebeln konnte ich alles Mögliche benutzen, und Paddel oder Flogger brauchte ich gar nicht. Wenn eine Sub das gewollt hatte, hatten wir es entweder im Club benutzt oder bei ihr zu Hause.

Ich warf ein paar Sachen aufs Bett, ohne auf etwas Bestimmtes Wert zu legen, sondern nur, um Rebecca meine Interessen zu zeigen.

„Was hättest du gern?", fragte ich. Vor Rebecca lagen Nippelklemmen, ein kleiner Plug, zwar größer als einer zum Üben, aber nicht angsteinflößend groß. Eine einstellbare Spreizstange mit schwarzen Lederschlaufen und ein Gleitmittel. „Gefesselt zu werden, ist kein Problem für dich, und wenn du die Augen nicht verbunden haben willst, machen wir das nicht. Die Klemmen sind für die Nippel. Sie werden dich wahnsinnig machen. Irgendwann möchte ich deinen Hintern nehmen. Wenn du mit einem Plug anfangen willst, können wir das machen."

Ich ratterte alle Erklärungen runter und Rebecca griff zittrig nach den Klemmen.

„Und die fühlen sich gut an?"

„Sie tun saumäßig weh." Sie sah mich ruckartig an. „Und ja, Frauen scheinen die Dinger zu lieben."

Ihre Wangen wurden rot und sie zog die Hand zurück. Ich rechnete fast damit, dass sie gar nichts davon mochte, aber dann sprach sie.

„Ich will alles davon. Ich vertraue dir vollkommen.“

Himmel. Ich wusste nicht, ob es an den Orgasmen lag oder dem Stellenangebot, aber was auch immer Rebecca dazu gebracht hatte, mir hundertprozentig zu vertrauen, ich war dafür dankbar. Immer, wenn ich sie vor eine Herausforderung stellte, nahm sie diese an. Das war vielleicht das Erotischste an ihr.

Sie blickte auf die Klemmen und grinste. Sie wollte sie. Verdammt, ja!

Ich suchte in der Schublade im Schrank nach leichteren Klemmen, die sich für den Anfang besser eigneten, und warf sie aufs Bett. Alles andere legte ich zurück in die Schachtel und stellte sie auf den Boden.

Sie runzelte die Stirn. „Äh …“

„Wenn du gefesselt bist, will ich dich halten. Wir arbeiten uns langsam an die Spreizstange heran. Wenn ich das erste Mal deinen Hintern nehme, möchte ich dich selbst dehnen, nicht mit einem Plug. Den benutzen wir später, wenn du an mich gewöhnt bist, damit ich dich überall gleichzeitig ausfüllen kann.“

„Oh Gott“, hauchte sie. „Immer wenn ich denke, dass ich dich kenne, erstaunst du mich noch mehr.“

„Ich weiß. Wie gesagt, ich mag deine Reaktion, wenn ich dich schockiere. Und das habe ich für eine ganz lange Zeit vor.“

Bevor sie widersprechen konnte, küsste ich sie. Dann schob ich sie auf dem Bett nach oben und stieg über sie.

Eine Stunde später keuchte sie immer noch. Grinsend wandte sie sich mir zu. Mit der Fingerspitze fuhr sie um einen ihrer Nippel. „Du hast recht gehabt. Es tut weh, fühlt sich aber auch verdammt gut an.“

Ich zog sie näher und küsste sie um den Verstand, ehe ich etwas Dummes und total Albernes sagen konnte.

Etwas, was sie garantiert in die Flucht schlagen würde. Etwas, was verflucht nach *Ich glaube, ich liebe dich* klingen würde.

***

„Los, Royals, los!"

Rebecca warf die Arme in die Luft, als das Torsignal im Stadion des River Hills Eishockeyteams erschallte. Grinsend sah sie mich an. Ihr strahlendes Lächeln erhellte die gesamte Umgebung.

Verdammt, sie war wunderbar.

„Siehst du dir oft Eishockey an?", fragte ich, als sie sich wieder auf ihren Platz setzte. Beim spontanen Aufspringen hätte sie mich fast mit dem Arm k. o. geschlagen. Seit Beginn des Spiels war sie total dabei, hatte kaum ihren heißen Kakao angerührt und lieber dem schlitternden Puck zugesehen. Wir waren jetzt halb durchs dritte Drittel, führten mit zwei Toren, und der Kakao zu Rebeccas Füßen war längst eiskalt geworden.

Ihr Grinsen wurde breiter. Ich legte die Hand in ihren Nacken und hielt sie still, musste mich beherrschen, ihr Lächeln nicht zu küssen, doch ich wollte, dass sie es behielt, weil es so schön war.

„Nein, ich habe keine Ahnung, was da vor sich geht", gab sie unumwunden zu.

Ich musste laut lachen, verlor die Beherrschung und drückte ihre Stirn an meine Brust. „Du gehst so ab, obwohl du das Spiel gar nicht verstehst?"

Sie nickte an mir. „Es macht trotzdem Spaß." Ich lachte immer noch, als sie sich zurückzog, mich anlächelte und mir damit die Brust versengte, als wären wir in der Sauna anstatt in einem eiskalten Stadion. „Ich liebe es, Sport anzusehen, auch wenn ich die Regeln nicht verstehe. Ich suche mir einfach ein Team aus und feuere es an."

„Das mache ich genauso“, sagte Chloe, die neben Rebecca saß.

Ich hatte gezögert, die beiden miteinander bekannt zu machen. Nach dem Spiel musste ich Rebecca unbedingt von meiner kaum existenten Vorgeschichte mit Chloe erzählen. Sollte sie herausfinden, dass mir Simon vor ein paar Monaten Chloe angeboten hatte, könnten die Dinge unangenehm werden. Bis jetzt verstanden sich die hübsche Blonde und Rebecca gut, und ich wollte, dass es so blieb.

Chloe sprach weiter und lächelte zu Simon hinüber, als ob sie sich daran erinnerte, was die beiden heute Morgen oder gestern Nacht getan hatten. „Ich muss sagen, der Coach ist der heißeste, den ich je gesehen habe. Er könnte jeden dazu bringen, den Sport zu lieben. Ich bin sicher, dass deswegen immer so viele Mütter bei den Spielen zuschauen.“

Es waren tatsächlich mehr Frauen unter den Zuschauern als Männer. Michigan war ein Hockey-Staat, sodass das generell nicht verwunderlich war. Ungewöhnlich war jedoch, dass so viele Frauen Simons Namen schrien anstatt die der Spieler, wenn das Team gut spielte. Simon stand in einen Anzug gekleidet an der Bank seines Teams.

„Ich glaube nicht, dass Simon viel mit meiner Faszination an dem Spiel zu tun hat“, scherzte ich.

Chloe verdrehte die Augen.

Rebecca kicherte und drückte mein Bein kurz über dem Knie. „Er ist wirklich attraktiv“, sagte sie. „Aber ich finde meinen Kerl besser.“ Sie wurde blass und sah mich ruckartig an. „Äh, ich meinte …“

„Nicht“, flüsterte ich. „Nimm das nicht zurück. Es ist die Wahrheit.“

„Okay.“ Sie leckte sich über die Lippen und wandte sich wieder dem Spiel zu.

Chloe sah zwischen uns beiden hin und her. Ich warf

ihr einen Blick zu, der besagte, sie solle sich um ihre eigenen Angelegenheiten kümmern, woraufhin sie mit den Schultern zuckte und sich ebenfalls wieder auf das Spiel konzentrierte.

Rebeccas Griff auf meinem Bein wurde lockerer, doch bevor sie die Hand wegziehen konnte, legte ich meine auf ihre. „Mir gefällt, wenn du mich als deinen Kerl bezeichnest. Denn das bin ich, auch über unseren Vertrag hinaus, genau wie du meine Frau bist."

Sie erzitterte, und zwar nicht wegen der Kälte. Sie nickte erneut und atmete tief aus. „Okay, Bennett."

„Wir reden später darüber." Ich ließ ihre Hand los und legte einen Arm um ihre Taille.

Ich musste sie nicht wärmen. Sie steckte in einem dicken Anorak, trug einen Schal und Handschuhe. Ich wollte ihr einfach immer nur sehr nah sein.

Wir sahen uns das Spiel zu Ende an, feierten den Sieg mit lauten Rufen, als sich das Team zuerst aufstellte und dem Tormann spielerisch auf den Helm schlug, weil er vom Gegner nur ein Tor reingelassen hatte.

Danach fuhren wir in meinem Wagen zu Shawn und Miranda zum Essen.

„Ich muss dir noch etwas über Chloe erzählen, weil ich vermeiden will, dass es für dich unangenehm werden könnte."

„Unangenehm?" Sie runzelte die Stirn. „Was ist los?"

„Vor ein paar Monaten, als sie gerade mit Simon am Zusammenkommen war, hat sie mich im *Luminous* bei einer Session gesehen."

Sie wurde bleich und öffnete die Lippen. „Okay. Und dann?"

Verdammt. Ich wollte ihr nicht erzählen, wobei Chloe mich gesehen hatte, besonders nicht, weil sie befreundet waren. Ich nahm ihre Hand und verschränkte ihre Finger mit meinen. Den Rest der Erklärung ratterte ich schnell herunter, wie wenn man ein Pflaster von einer Wunde reißt. Schnell und schmerzhaft, aber ruckzuck vorbei. „Sie mussten eine Entscheidung treffen. Am Ende ihrer Vereinbarung hätte er sie an einen anderen Dom übergeben sollen. Ich erkläre jetzt nicht sämtliche Details ihrer Beziehung, aber dafür gab es einen Grund."

„Und der Dom warst du."

Schmerz schwang in ihrer Stimme mit, und das traf mich direkt in die Eingeweide.

„Ja. Aber ich habe sie nicht angerührt. Das hätte ich auch nie getan. Dass Simon mich ins Spiel gebracht hat, war eine blöde Idee. Ich wollte nur, dass du es weißt, falls es irgendwann einmal erwähnt wird."

Sie sah aus dem Fenster und biss die Zähne zusammen, als ob sie Probleme hätte, diese Information zu verarbeiten. Das konnte man ihr nicht verübeln. Es war alles noch so neu für sie. Allein die Vorstellung, dass ein Dom seine Sub mit einem anderen teilte, musste ihre Angst, dass sie nichts weiter als Spielzeuge waren, noch verstärken.

Das Schweigen hing schwer in der Luft. Ich bog in Rebeccas Straße ein und fuhr rechts ran, bevor wir ihr Haus erreichten. „Was ist los? Ich kann dein Grübeln fast hören."

Sie versuchte, ihre Hand fortzuziehen, doch ich verstärkte meinen Griff. Für dieses Gespräch schien es irgendwie besser zu sein, wenn wir miteinander verbunden waren.

„Es geht mich ja nichts an", sagte sie heiser und praktisch flüsternd. „Da waren wir noch nicht zusammen, aber hast du das schon oft gemacht? Mit den Frauen anderer Männer gespielt?"

„Manchmal, aber nicht oft." Ich atmete tief aus, weil mir die Luft in den Lungen stecken blieb. „Aber ich teile mit niemandem, falls du das denkst. Ich ficke keine Subs oder Sklavinnen, die anderen gehören, meistens Mastern oder Doms, die das auch in der Regel gar nicht erlauben würden. Aber zusammen spielen oder sich berühren, das passiert schon mal."

Sie kaute an ihrer Unterlippe und sah mich an. „Wir haben nie über das *Luminous* gesprochen und was es dir bedeutet. Ich danke dir dafür, so ehrlich zu sein und mich vorzubereiten. Aber was ist mit dem *Luminous*?"

„Was soll damit sein?"

„Wie wichtig ist es dir? Hast du vor, dort wieder hinzugehen?"

Ihre nicht direkt gestellte Frage lautete, ob ich vorhatte, sie wieder dorthin mitzunehmen. Und die Antwort war ein eindeutiges Ja.

Sie hatte mir ein Minenfeld ausgelegt. Ein falscher Schritt, und sie würde aus dem Auto stürmen und sich in ihrem Haus verbarrikadieren. Ich hatte sie schon einmal wegen mangelnder Kommunikation verloren.

Vorsichtig tastete ich mich voran und sprach leiser. „Ich genieße das *Luminous*. Und das Spiel. Ich mag, dass ich dort bekomme, was ich suche, und die Frau auch. Und ja, ich würde gern wieder hingehen." Ich ließ das einsinken, doch bevor sie flüchten konnte, zog ich sie an mich und legte unsere Hände auf meinen Schoß. Mit der anderen Hand umfasste ich ihr Genick, hielt sie fest, sodass sie mir in die Augen sehen musste. „Aber nur, wenn du es willst. Ich brauche es nicht unbedingt. Ich *muss* nicht vor anderen Leuten kommen. Es ist ein Lebensstil, den ich schön finde und respektiere, aber keine Notwendigkeit."

Sie kaute wieder auf der Unterlippe und nickte dann. „Okay. Können wir jetzt was essen? Ich habe wirklich Hunger."

Prüfend betrachtete ich sie, auf der Suche nach irgendwas, aber sie ließ sich nichts anmerken. Kein Hinweis auf ihre Gedanken. Weder ob ich sie schockiert noch angetörnt hatte. Zum ersten Mal, seit ich sie kannte, war Rebeccas Ausdruck völlig neutral.

„Rebecca …"

„Es ist alles in Ordnung." Sie legte ihre Hand auf meine in ihrem Nacken. „Das ist viel Information auf einmal, und ich glaube, da habe ich eine Menge, worüber ich nachdenken muss. Aber ich vertraue dir und weiß, dass du nur ehrlich bist. Ich habe nur nicht … in Betracht gezogen, dort noch mal hinzugehen."

„Wie gesagt, ich brauche es nicht."

Aber ich würde es verdammt genießen, mit ihr am Arm hinzugehen. Sie neben mir knien zu lassen, während wir anderen Paaren zusahen. So bereitwillig, wie sie gegenüber den Nippelklemmen gewesen war, wollte ich, dass sie mehr zu sehen bekam.

„Okay", hauchte sie. Noch unsicher wurde ihr Blick jedoch weicher. „Ich brauche etwas Zeit, um darüber nachzudenken, aber ich laufe nicht davon, falls du das befürchtet hast. Ich möchte jetzt wirklich gern Shawns Lammkotelett essen." Sie grinste. Zittrig, zeigte ihre Unsicherheit.

Ich küsste sie kurz, streifte mit den Lippen ihre. „Gut. Versprich mir etwas."

„Alles."

„Stell mir deine Fragen, sobald du welche hast. Wenn du da nicht hinwillst, werden wir nicht gehen. Wenn du so etwas erleben willst, aber nicht im Club, kann ich etwas Privates für uns arrangieren. Alles, was du willst, Rebecca, ich werde dir alles geben, was in meiner Macht steht. Verstanden?"

Sie küsste mich so, als ob sie nach der Verbindung suchte, die nur ich ihr geben konnte, was ich auch tat. Wir machten in meinem Auto herum, küssten uns wild, bis die Scheiben anliefen, mein Schwanz hart war und sie stöhnte, als ob sie gleich kommen würde.

Ich unterbrach es, bevor ich es zu weit trieb. Rebeccas Augen waren noch leicht verschleiert, als ich bei Shawn vorfuhr.

Kapitel 28

Rebecca

Vom Regen in die Traufe.

An dieses Sprichwort musste ich denken, als wir zu Miranda gingen. Sie führte Bennett und mich hinein, drückte Bennett ein Bier in die Hand und mir ein Glas Wein. Die Männer verschwanden im Wohnzimmer und sahen sich das Spiel der Red Wings an, und Miranda und ich setzten uns in die Küche und plauderten.

Kurz danach erschienen Chloe und Simon. Sie wurden ebenfalls begrüßt und Simon ging zu den Männern ins Wohnzimmer.

Als wir über unsere Jobs und unser Leben sprachen, war ich schweigsamer als Miranda und Chloe. Es fanden die üblichen Gespräche zwischen Freunden mit dem Kichern der Frauen und den Ausrufen der Männer statt.

Und noch mehr Hockey. Ich blickte immer wieder zu dem Spiel hinüber. Die Männer hatten bereits ihre Wetten abgeschlossen, als die Red Wings gegen die Colorado Avalanche antraten. Ich war ehrlich zu Bennett gewesen. Die Hockey-Regeln verwirrten mich. Noch nie hatte ich verstanden, wann man kämpfen durfte und wann nicht. Doch ich hatte mich auch nie dafür interessiert, sie zu lernen. Die Spiele anzusehen, machte mir jedoch Spaß, und zwei Spiele an einem Tag, zusammen mit Wein und Freunden, war ein perfekter Sonntag.

Auch wenn ich dabei erfahren musste, dass die hübsche Blonde Bennett angeboten worden war. Zwar glaubte ich ihm, dass er sie nicht angefasst hatte, doch schockierte mich, dass er mit den Frauen anderer Männer herumgemacht hatte sowie das Gespräch über Wiederbesuche im *Luminous*.

Immer wenn ich glaubte, Land zu gewinnen und Sicherheit in dem zu finden, was Bennett mich lehrte, verlor ich wieder den Boden unter den Füßen.

Aber momentan befand ich mich unter Freunden, zumindest bei Miranda, und sie würde wie immer meine Fragen beantworten, doch heute ging es um ein Essen und gute Gesellschaft, und ich wollte den Abend nicht mit etwas zu Ernstem kaputtmachen.

Also nippte ich an meinem Wein, und später, als das Spiel vorbei war, bereitete Shawn das Essen zu. Zu sechst saßen wir am Esstisch und genossen ein köstliches Mahl, noch bessere Getränke und eine noch nettere Gesellschaft.

Ich war vollgestopft, leicht angeheitert und mir taten die Wangen und der Bauch vom vielen Lachen weh.

Doch ich konnte das Gespräch mit Bennett nicht vergessen, und manchmal fing ich seinen Blick auf, fragend und besorgt. Das überraschte mich nicht. Seit Silvester schien er stets zu wissen, womit ich innerlich beschäftigt war, manchmal sogar vor mir selbst. Dennoch hatte er immer abgewartet und mir seine unendliche Geduld bewiesen, genau wie Miranda.

„Wir sollten langsam gehen“, sagte Simon. „Morgen muss Chloe im Laden Inventur machen.“

Er saß neben ihr und legte einen Arm um ihre Schultern.

Sie lehnte ihren Kopf an seinen Arm. „Wir können ruhig noch ein bisschen bleiben.“

Er sah sie heiß an und grinste. „Vielleicht wollte ich nur höflich sein und kann es einfach nur nicht erwarten, nach Hause zu kommen und dich zu vernaschen.“

Sie blinzelte und wurde leicht rot. „Oh.“

Ihre Leidenschaft war bis zu mir auf die andere Seite des Tisches spürbar. Fast war es mir zu viel, Zeuge davon zu sein; als ob sie jetzt schon mit Worten statt Berührungen Liebe machten.

Ich schob meinen Stuhl zurück und die Beine kratzten über den Fliesenboden. „Entschuldigt mich. Ich gehe kurz ins Badezimmer.“

Ich eilte den Flur entlang. Im Bad stützte ich mich auf dem Waschbecken ab und senkte den Kopf. Guter Gott. Ich musste mich zusammenreißen. Ich hatte mich gerade völlig grundlos bescheuert benommen.

Konzentrieren. Entspannen. Atmen.

Ich holte so tief Luft, dass es bis in die Lungen brannte, richtete mich auf und fuhr mir mit der Hand durch die Haare.

Was war nur in mich gefahren? Ich wollte das nicht. Ich wollte anderen nicht beim Sex zusehen. Oder andere Frauen nackt sehen. Ich hatte all das nicht gewollt und auch nicht getan, auch wenn ich festgestellt hatte, dass es das Schönste war, was ich mir je hätte vorstellen können, mich Bennett zu unterwerfen. Es machte mich innerlich fertig, aber das konnte ich nicht leugnen.

Wenn ich Bennetts Befehle befolgte, war es nicht erniedrigend. Es gab mir ein Gefühl der Selbstsicherheit, umsorgt zu werden und geschätzt. Mich ihm im Bett zu unterwerfen, gab mir alles, wonach ich mich immer gesehnt hatte. Und wenn dem so war, war es möglich, dass ich sogar noch mehr bekommen könnte?

Ich schüttelte die Frage ab, benutzte die Toilette, wusch meine Hände, verließ das Bad und rammte gegen eine massive Wand aus Muskeln. Arme umschlangen mich und schoben mich in den Raum zurück.

„Was ist los?“, fragte Bennett und schloss die Tür.

Es war nur ein kleines Gästebad und mit einer schnellen Bewegung hatte er mich schon an die Wand gedrückt. Mein Herz pochte wegen seines plötzlichen Erscheinens und dem guten Geruch seines Herrenduftes. Guter Gott, in Bennetts Nähe zu sein, vernebelte mir jedes Mal die Sinne. Doch das hasste ich nicht mehr so sehr wie noch kürzlich. Ich lehnte die Stirn an seine Brust, sagte aber nichts.

„Ist es wegen unseres Gesprächs? Du warst den ganzen Abend ungewöhnlich still."

„Nein."

„Was ist es dann?" Er umfasste mein Kinn und hob meinen Kopf an. „Was hat dich so verstört?"

„Ich habe nachgedacht."

„Du hast zu viel gegrübelt und wirst nicht damit fertig. Verkrieche dich nicht in deinem Kopf, Süße. Rede mit mir."

Es kam aus mir heraus, bevor ich es aufhalten konnte. „Ich habe daran gedacht, was du im Auto gesagt hast. Ob ich etwas ausprobieren möchte, was du arrangieren kannst."

Sein Finger unter meinem Kinn zuckte. „Und?"

„Also …" Ich wappnete mich für seine Reaktion. Fast flüsternd sagte ich: „Miranda und Shawn haben oben ein Spielzimmer. Ich habe mich gefragt, ob …"

„Wem möchtest du zusehen? Ihnen oder Simon und Chloe?"

„Nicht Miranda. Ich kenne die beiden zu gut."

Hatte ich es wirklich ausgesprochen? Ihn tatsächlich darum gebeten? Alles geschah so schnell, und in meinem Verstand drehte sich alles. Bennett ließ mir keine Zeit, wahrscheinlich absichtlich.

„Wo ist das Spielzimmer?", wollte er wissen. Sein Blick war intensiv und seine Atmung angespannt.

„Oben", krächzte ich.

„Geh hin."

„Bennett." Ich legte eine Hand auf seine. „Ich weiß nicht …"

„Aber ich. Du willst es und versuchst gerade, es dir selbst auszureden. Vielleicht willst du es gar nicht, aber du bist neugierig. Also probieren wir es aus. Wenn du es nicht magst, hören wir auf und gehen nach Hause. Wir gehen zu mir oder zu dir und reden nie wieder darüber. Gib der Sache eine Chance, Rebecca. Du wirst es nicht wissen, bevor du es nicht ausprobiert hast."

„Ach, verdammt." Ich konnte den Blick nicht von ihm nehmen, sah in seine braunen Augen und das ernste Gesicht. Das würde er für mich tun. Er würde alles für mich tun. Er tat es nicht nur, weil er es wollte oder brauchte, sondern weil ich ihn darum bat.

Dafür liebte ich ihn.

Die Erkenntnis traf mich und ich trat zurück. Liebe? Das konnte nicht sein. War es nicht. Es war viel zu früh und viel zu verrückt, und heilige Scheiße, ich verlor den Verstand.

Bennetts Ausdruck wurde zu einem Lächeln, als ob er alles wüsste, was ich soeben begriffen hatte.

Natürlich wusste er es.

„Bennett …"

„Küss mich", flüsterte er. „Dann geh in Mirandas Zimmer. Ich schicke sie gleich zu dir rauf, nachdem ich mit den anderen gesprochen und alles geplant habe. Vertrau mir, Liebes."

„Okay." Kaum hatte ich das Wort ausgesprochen, da lagen seine Lippen auf meinen. Seine Zunge verlangte Einlass und drang ein. Seine Hand glitt von meinem Kinn an meinen Hinterkopf. Er küsste all meine Bedenken, Ängste und Befürchtungen fort. Erfüllte mich mit Zuversicht, mit Leidenschaft. Es hatte nichts mit Sex zu tun, sondern nur mit dem Mann, der er war.

Ich hielt mich an seinen muskulösen Armen fest, legte all meine Gefühle in den Kuss, bis ich atemlos war.

„Bennett …"

„Ich weiß", sagte er heiser und gefühlvoll. „Ich fühle es auch, ich schwöre es. Und jetzt gehorche mir. Ich werde gleich nachkommen."

„Okay."

„Das sagst du ziemlich oft."

„Bei dir vergesse ich meinen Wortschatz."

Er lachte tief und wunderschön, presste seinen Mund auf meinen und küsste mich, bis ich zu einer Pfütze dahinschmolz.

Er ließ mich los und ging aus dem Bad, ohne zurückzublicken und ohne Zweifel, dass er alles tun würde, was er soeben versprochen hatte.

***

Oh Gott, oh Gott, oh Gott!

„Miranda." Wir saßen auf ihrem Bett und ich drückte ihre Hand. „Ich weiß nicht, ob ich das kann."

„Klar doch", versicherte sie mir. „Du siehst doch nur zu."

Echt jetzt. Wieso brachte ich mich immer in solche Situationen?

Es klopfte an der Tür und auf Mirandas Ruf hin ging sie langsam auf. Ich erwartete Bennett, doch es war Chloe, deren Kopf durch den Spalt erschien.

„Kann ich hereinkommen?"

„Natürlich", sagte Miranda und winkte sie herein.

„Danke." Sie kam herein und schloss die Tür. Sie hatte ihre Jeans, die Schuhe und den hellblauen Pulli ausgezogen und trug jetzt einen dicken, schwarzen Bademantel. Barfuß kam sie auf uns zu. „Ich dachte, wir reden erst ein bisschen." Sie sah mich an. „Wir kennen uns zwar noch nicht sehr gut, aber Bennett hat mir ein paar Dinge erklärt."

Miranda stand auf und deutete auf ihren Platz auf dem Bett. „Bitte." Sie streichelte mir übers Haar und lächelte. „Bis gleich, im Spielzimmer. Du kannst Bennett vertrauen. Und uns."

Meine Kehle war zu trocken, um zu sprechen, also nickte ich. Als Miranda gegangen war, deutete Chloe auf Mirandas Platz neben mir.

„Darf ich?“

„Ja.“ Ich räusperte mich. „Bitte.“

Sie setzte sich neben mich und legte die Finger auf den Knoten des Bademantels vor ihrer Taille. „Bennett hat uns kurz die Hintergründe erklärt, und da wollte ich dir vorher etwas von mir erzählen.“

Das war süß von ihr. So hatte ich sie mir auch vorgestellt, aber ich wusste nicht, ob sie mir etwas Hilfreiches sagen könnte. Hier ging es um meine persönlichen Ängste und Bedenken. Doch ich machte eine Geste, dass sie fortfahren sollte. „Okay.“

„Simon und ich haben eine lange gemeinsame Vergangenheitsgeschichte, auf die ich jetzt nicht näher eingehe, aber kurz gesagt, er war einmal mit meiner Schwester zusammen. Letztes Jahr habe ich ihm sozusagen aufgelauert und ihn gebeten, mich zu trainieren.“

Mir traten die Augen aus dem Kopf. Heilige Scheiße!

Sie kicherte. „Ich weiß, wie das klingt, das erzähle ich dir später mal genauer, wenn wir mehr Zeit haben. Jedenfalls hat er mich trainiert, und als die vereinbarte Zeit vorbei war, sollte er mich einem anderen Dom übergeben.“

„Bennett.“

„Ja.“ Sie lächelte, doch ich konnte in ihren Augen kein Interesse an Bennett erkennen. „Ich war nie an deiner Stelle, diesen Lebensstil nicht verstanden zu haben, sondern ein Teil von mir wollte ihn schon immer. Aber ich kenne Leute, die ihre Probleme damit haben. Ich möchte sichergehen, dass du mit allem, was du heute hier sehen wirst, einverstanden bist. Simon und ich können es gemäßigt angehen lassen, wenn dir das lieber ist …“

„Nein.“ Oh Gott, was tat ich da nur? „Seid bitte ganz ihr selbst. Ich spüre, dass ich das tun muss. Für mich und für Bennett.“

Um wirklich all meine Blockaden loszulassen, musste

ich mir das ansehen, auch wenn ich es nicht wirklich nachvollziehen konnte. Ich wollte es mit Bennett erleben. Wollte wissen, was ihn im *Luminous* so anmachte, außer meinem Körper. Plötzlich wollte ich einfach alles über ihn wissen. Und dieser Lebensstil gehörte zu ihm, selbst wenn er behauptete, das nicht zu brauchen. Irgendetwas daran hatte ihn schließlich ins *Luminous* geführt. Und wegen irgendetwas hatte er den Wunsch, immer wieder hinzugehen.

„Okay, dann machen wir das. Aber mir wurde aufgetragen, dir zu sagen, wenn es dir zu heftig wird, sollst du einfach *Hockey* sagen, und wir hören sofort auf. Und falls du aus dem Zimmer gehen willst, werden wir nicht beleidigt sein."

„Hockey?"

Sie grinste und zuckte mit den Schultern. „Das war Simons Idee." Sie drückte meine Hände, die ich auf dem Schoß ineinander verknotet hatte. Die Berührung war kühl, aber beruhigend, das Gegenteil zu meinem Blut, das durch meine Adern jagte. „Brauchst du ein paar Minuten Zeit?"

„Ja. Schickst du bitte Bennett zu mir?"

Sie erhob sich vom Bett. „Er wartet schon vor der Tür."

„Vielen Dank, Chloe. Das ist wirklich lieb von euch."

Sie öffnete die Tür und hatte kaum den Weg frei gemacht, da kam Bennett schon herein und schloss die Tür.

„Alles okay?" Er setzte mich auf seinen Schoß. „Wir können jederzeit aufhören."

Ein Teil von mir wollte das. Doch ein anderer konnte nicht. Ich lehnte den Kopf an seine Schulter. „Es geht nur alles ein bisschen schnell."

„Wir schauen ja nur zu. Wenn es dir unangenehm wird, gehen wir. Das weißt du, ja? Dann gehen wir nach Hause und reden nie wieder darüber."

An seiner Stimme hörte ich, dass er es wirklich wollte. Nicht Simon und Chloe zusehen, sondern diesen Teil mit mir zu erleben. Und ich wollte die Frau sein, die ihm so viel gab wie er mir.

„Nein, ich will es wirklich. Ich habe mich immer gefragt, wie das ist, vielleicht schon bevor ich wusste, dass es mich interessiert."

Er stand auf und stellte mich ab. „Okay, dann los."

Mit seiner Hand an meinem Rücken führte er mich aus dem Schlafzimmer und durch den Flur zum Spielzimmer. Nachdem ich einmal hineingestolpert war, hatten sie diese Tür immer geschlossen gehalten, wenn ich zu Besuch war. Dafür war ich ihnen dankbar, doch heute trat ich über die Schwelle und nahm all meinen Mut zusammen, den ich finden konnte.

Doch das half auch nicht. Mit zitternden Knien betrat ich den Raum. Dort stand ein x-förmiger Gegenstand, der wie eine Massageliege wirkte. Utensilien wie Flogger und Gerten in verschiedenen Größen hingen an der Wand. In einer Kommode mit geöffneten Schubladen und obendrauf befanden sich Nippelklemmen und Plugs.

Mein Blick glitt darüber, und ich verdrängte die Erinnerung an gestern, als Bennett Klemmen an meine Nippel gesetzt hatte. Dennoch stellten sich meine Brustspitzen auf.

Mit den Klemmen und von ihm gefesselt, war ich wild geworden. Er hatte mich fast wahnsinnig gemacht und mir bewiesen, dass ein paar dieser Gegenstände absolut lustvoll sein konnten, auch mit dem Schmerz.

Shawn und Miranda saßen auf einer Couch. Sie mit einem Glas Wein und er mit einem Bier in der Hand. Er hatte einen Arm um sie gelegt, und es sah aus, als ob sie sich gleich eine Liebeskomödie ansehen wollten.

Ich hielt inne. Zwar würde ich das jetzt durchziehen, doch auf keinen Fall so entspannt wie die beiden.

„Alles in Ordnung?", fragte Bennett leise in mein Ohr. Er stand hinter mir, schlang die Arme um meinen Bauch und drückte mich an sich.

Ich nickte, unfähig, zu sprechen.

Simon und Chloe stellten sich mitten ins Zimmer. Er flüsterte ihr etwas ins Ohr. Da sie mit dem Rücken zu mir stand, konnte ich ihren Ausdruck nicht sehen, aber ihrer Körperhaltung nach zu urteilen, fühlte sie sich wohl. Simon hob den Blick, sah mich kurz an und dann Bennett.

Bennett schien ihm ein stummes Okay zu geben, denn Simon nickte.

„Manchmal spielen sie Sessions im *Luminous*", erklärte mir Bennett. „Sie sind daran gewöhnt. In ein paar Minuten wird sie total vergessen haben, dass wir da sind. Wenn du dir etwas Spezielles von ihnen wünschst, sag es einfach. Ich garantiere dir, dass du dir nichts wünschen könntest, was sie nicht schon mal gemacht haben. Okay?"

„Okay." Himmel noch mal, ich konnte kaum sprechen.

Und ich konnte den Blick nicht von den beiden nehmen. Meine Wangen brannten.

Simon griff nach Chloes Bademantel, öffnete ihn, zog ihn von ihren Schultern und ließ ihn auf den Boden fallen.

Bennett stand immer noch hinter mir, seine Hände ruhten an meinem Bauch, und er hielt mich still, wisperte mir Erklärungen zu allem, was wir sahen, ins Ohr. Ich beobachtete das Paar, ihre offensichtliche Leidenschaft und den Respekt, den Simon Chloe entgegenbrachte, und die nicht zu übersehende Verbindung der beiden zueinander. Chloe ging vor ihm auf die Knie. Splitternackt und ohne sich zu schämen, dass wir zusahen. Ihr Körper wirkte errötet, doch sie bewegte sich selbstsicher, während Simon um sie kreiste und ihr etwas zuflüsterte, was ich nicht hören konnte, worauf sie aber reagierte.

Langsam erhob sie sich und Simon führte sie zu einer Bank neben dem Kreuz. Ich spannte mich an, als sie sich hinkniete und sich darüberbeugte.

„Das ist eine Spankingbank. Jetzt wird er ihr die Handgelenke zusammenbinden", sagte Bennett leise. „Dann wird er mit dem Flogger an sie gehen. Chloe mag es hart, nur damit du Bescheid weißt, aber ich glaube, heute werden sie sich etwas zurückhalten. Stell es dir wie die Demonstration im *Luminous* vor."

„Aber es ist überhaupt nicht wie im *Luminous*", flüsterte ich. Denn das war es nicht. Nichts war ähnlich. In diesem Raum, groß genug, um all die Ausstattung zu beherbergen, war es heiß geworden. Meine Wangen waren gerötet und ich stand von Kopf bis Fuß in Flammen. Alles war viel intensiver als vor ein paar Wochen. Es war vollkommen anders, doch genau wie damals konnte ich einfach nicht wegsehen.

Sie bewegten sich anmutig, wie bei einem Tanz. Mehr erotisch als routiniert. Ich erkannte den Unterschied. Wir sprachen weiterhin flüsternd, wollten sie nicht stören, und ich wollte nichts verpassen. Mein Gott, es war ein wunderschöner Anblick.

„Was ist denn anders?", wollte Bennett wissen.

Er bewegte die Hände. Langsam strich er über meinen Bauch, die Seiten hoch und hinunter zu meinen Hüften. Seine Erektion drückte gegen meinen Hintern. Gott, es war himmlisch.

„Die Silvester-Show war dagegen kalt und klinisch. Du hast diese Frau respektvoll behandelt …"

„Kaila."

„Du hast Kaila respektiert. Aber Simon behandelt Chloe wie einen wertvollen Schatz."

„Ja."

Seine Stimme war rau geworden. Seine Fingerspitzen

pressten durch meinen Pullover und erhitzten meine
Mitte.

Simon hatte Chloes Handschellen an der Bank befes-
tigt und ging zur Wand. Er sah kein einziges Mal zu uns
herüber. Oder zu Miranda und Shawn. Er war total auf
Chloe konzentriert, als er etwas mit vielen langen Rie-
men von der Wand nahm. Einen Flogger. Das hatte mir
Miranda erklärt.

Und nun auch Bennett. „Ein Flogger mit dünnen Le-
derbändern. Der macht krasse Geräusche, die Haut
wird rot, platzt aber nicht auf. Simon ist sehr vorsichtig
mit ihr, das kann ich dir versprechen.“

Ich musste mich wohl angespannt haben, denn Bennetts Hände wurden sanfter, beruhigender.

Ich konnte nicht antworten, war zu sehr von Simon
fasziniert. Er war stark, doch anmutig. Gleich würde er
sie mit dem Ding schlagen, und ich würde zusehen.

Mein Höschen war nass und meine Nippel harte Per-
len, die sich gegen den BH drückten. Als sich Simon
hinter Chloe stellte, wappnete ich mich für den ersten
Schwung seines Arms.

Bennett zog mich enger an sich. „Ich kann dich riechen, Sub. Du bist schon scharf, dabei haben sie noch
gar nicht angefangen. Darf ich dich anfassen?“

Das durfte er nicht. Ich würde sofort kommen. Aber
Himmel noch mal, ich wollte es.

Ich erbebte und hielt den Blick auf Simons Arm gerichtet. Der Flogger erzeugte einen Zischlaut und landete mit einem Klatschen auf Chloes Hintern.

„Eins, Sir“, zählte sie. Oh Gott, ihre Wangen erröte-
ten. Sie war uns zugewandt, doch sie sah uns nicht.
Nichts als Verzückung war ihrem Gesicht abzulesen.
„Danke, Sir.“

„Bennett“, wimmerte ich. Ich drückte mich an ihn,
meinen Hintern an seine Hüften. „Ich kann nicht ...“

„Sollen sie aufhören?“

„Nein. Mir sollte das nicht gefallen. Warum gefällt mir das so?“

„Weil sie sich lieben und einander auf einer Ebene vertrauen, die kaum jemand versteht.“

Bei zwei weiteren schnellen Zischlauten des Floggers zuckte ich zusammen, doch ich sah kaum, was vor sich ging. Meine Sicht verschwamm vor Lust, und jedes Wort von Bennett fachte mein Verlangen nach ihm noch mehr an.

„Weil es schön ist“, sprach er weiter. „Es geht um Vertrauen und Verehrung auf die grundlegendste Art.“

„Oh Gott“, stöhnte ich.

Er griff nach meiner Jeans und öffnete den Knopf. „Lass mich dich anfassen. Niemand wird es merken oder sich etwas dabei denken.“

Ich konnte mich nicht einmal dazu bewegen, zu Miranda und Shawn zu schauen, konnte den Blick nicht von Simon nehmen. Er hatte seine Brille irgendwann abgelegt und das hellbraune Haar fiel ihm in die Stirn, doch nichts konnte mich von dem Flogger in seiner Hand ablenken, den roten Striemen auf Chloes Hintern, wie sie sich jedem Schlag entgegenbäumte und von ihrem verzückten Gesicht.

Mich durchlief ein Schauer und ich stöhnte. „Bitte, Bennett, ja, Sir, fass mich an.“

Er bewegte sich schnell, doch leise, trat zurück, bis er an der Wand lehnte, und steckte eine Hand in meine Hose.

Oh Gott, ich würde gleich kommen, während ich zusah, wie eine Frau verhauen wurde, und war nicht im Geringsten angewidert.

Ich beobachtete weiter Simon, der sich neben Chloe kniete und ihr das Haar hinter die Ohren schob. Leise sprach er mit ihr und ihr Ausdruck war der von absoluter Glückseligkeit. Sie zerrte an ihren Fesseln und Simon bewegte sich wieder.

Bennetts Hand lag auf meiner Mitte. „Du bist total nass“, stöhnte er.

„Bitte“, jammerte ich und kam seinen Fingern auf meiner Klit entgegen. „Fass mich an.“

„Dir gefällt das unglaublich.“

„Das sollte es aber nicht.“

„Du darfst genießen, was du willst, solange es einvernehmlich geschieht.“

Verflucht. Bei ihm klang das immer so einfach.

Simon und Chloe spielten weiter. Bei dem Klirren der Handschellen, dem Zischen des Floggers zusammen mit Bennetts Fingern an meiner Klit verlor ich jegliche Hemmungen.

Ich hatte mich von jemandem, der das für Missbrauch gehalten hatte, in jemanden verwandelt, der es nicht nur genoss, sondern sich ein Leben ohne gar nicht mehr vorstellen konnte.

Bennett hatte mir beigebracht, meine Vorurteile fallen zu lassen, zu forschen und meine eigenen Schlüsse zu ziehen.

Und als ich kam, still meine Nägel in Bennetts Arme krallte und wild an ihm zuckte, vergaß ich jeden im Raum außer den Mann hinter mir.

Er wollte mich an seiner Seite und zu seinen Füßen. Und ich wollte ihn, für so lange, wie ich ihn auch nur haben konnte.

„Wunderbar“, wisperte er. „Du bist so wunderschön. Ich werde nie genug von dir kriegen. Aber ich will dich auch für mich allein.“

„Bitte“, flüsterte ich. „Bring mich hier raus.“

Er lachte heiser und leise. Rückwärts bewegten wir uns zur Tür, die er öffnete und hinter uns wieder schloss.

„Werden sie …“, begann ich, doch Bennett ging die Treppe hinunter und zog mich mit. Unten lagen unsere Mäntel und Schuhe schon bereit.

„Es wird ihnen gar nicht auffallen, ehe sie fertig sind,

das garantiere ich dir.“

„Aber …“

Er brachte mich mit einem Kuss zum Schweigen. „Ich hatte ihnen schon vorher gesagt, dass ich irgendwann einfach mit dir gehen werde. Ich wollte nur, dass du zusiehst, nicht unbedingt bis zum Schluss. Die vier werden noch Stunden miteinander spielen. Ich will dich aber jetzt für mich allein.“ Er umfasste meine Wangen. „Ich will dich für mich selbst für eine sehr lange Zeit, Rebecca.“

Oh Gott. Ich sah ihm prüfend in die Augen und sah dort alles. Die Gefühle, die er vorhin in meinem Gesicht gesehen hatte, sah ich jetzt in seinem.

Und da wusste ich es.

Ich verliebte mich nicht in ihn, sondern liebte ihn bereits.

„Okay, Bennett“, sagte ich und ließ mir von ihm in den Mantel helfen. „Dann bring mich nach Hause.“

Kapitel 29

Rebecca

Zwei Monate später

Ich erwachte, als sich eine Welle der Hitze über mich legte. Der Kokon von Bennetts Bettdecke umschmiegte mich eng und sein Duft schwebte um mich, doch noch bevor ich die Augen öffnete, wusste ich, dass er nicht neben mir lag.

Hauptsächlich, weil mich, wenn er neben mir lag, nicht die Bettdecke umschmiegte, sondern seine starken Arme; seine Finger lagen auf meinem Bauch und ich lag dicht an seiner Brust.

Seit drei Monaten schliefen Bennett und ich im selben Bett. Meistens landeten wir in seinem. Seit über einer Woche war ich nicht mehr zu Hause gewesen, nur kurz, um frische Kleidung zu holen oder ein Buch. Langsam, aber sicher wanderten meine Sachen in seine Wohnung, was ihn nicht zu stören schien.

Ich hasste es, ohne ihn zu sein, besonders nachts. Er hatte recht gehabt vor ein paar Monaten. Noch nie hatte ich jemanden gehabt, der sich um mich kümmerte und der mich beschützte. Mir war nicht einmal bewusst gewesen, wie sehr ich es hasste, in einem leeren Haus schlafen zu gehen, alle Türen und Fenster zu überprüfen, bis ich jemanden hatte, der all das für mich tat. Und noch dazu war es viel schöner, wenn Bennett neben mir schlief, anstatt allein zu sein.

Nach dem Sex legte sich stets einer von uns auf den Rücken, meistens er, ich kuschelte mich an seine Seite und wir machten das Licht aus.

Bennett war auf viele Arten anders, was mich nicht wundern sollte, und ich hoffte, dass er mich ein Leben lang immer wieder überraschte.

In Gedanken bei ihm schlug ich die weiche Bettdecke zurück und stand auf. Ich zog das Hemd an, das er gestern getragen hatte, knöpfte es zwischen den Brüsten zu und ging ins Bad. Nach der Morgentoilette band ich das Haar zum Pferdeschwanz und machte mich auf die Suche nach Bennett.

Es war still in der Wohnung, als ich durch das Wohnzimmer in die Küche ging, wo mich der Duft nach einem Karamell-Himmel empfing. Ich goss den Kaffee in die Tasse, die Bennett mir anscheinend auf den Tresen gestellt hatte, und stellte die Milch, die er draußen gelassen hatte, wieder in den Kühlschrank.

Ein metallisches Geräusch erklang. Es kam aus dem Fitnessraum. Bennett trainierte mindestens fünfmal die Woche.

Das Geräusch erklang erneut. Ich ging zum Fitnessraum, öffnete die Tür und hielt inne.

Bennett lag in all seiner ganzen Pracht auf dem Rücken, trug nur schwarze Boxershorts, hatte die Füße fest auf dem Boden und stöhnte, während er eine Stange mit Gewichten in die Höhe stemmte. Es befanden sich mehr Gewichte an der Stange, als ich je einen Mann hatte heben sehen.

Das erklärte seine starken Muskeln. Natürlich wusste ich das, doch ich war noch nie früh genug wach gewesen, um es zu beobachten. Das würde ich von jetzt an öfter tun. Es gab keinen schöneren Anblick als Bennett auf dem Rücken und Gewichte hebend, während ich gemütlich meinen Kaffee genoss.

Ich lehnte mich an den Türrahmen und blieb, wo ich war. Eine bessere Aussicht als ein Meerblick. Atemberaubender als der Grand Canyon. So gut sah er aus. Dunkles Haar verschwand in seinen Shorts und … oh Gott. Ich wollte ihn ablecken. Überall. Die Wellen seines Bauchs, die starken Arme. Wollte ihm die Hose ausziehen und zum Frühstück seinen dicken, schweren Schwanz tief in den Mund nehmen. Ich trat ins Zimmer, trank den Kaffee aus und zuckte zusammen, als er die Gewichte in die Metallhalterung fallen ließ.

Er nahm die Kopfhörer aus den Ohren. „Ich wusste, dass du da bist. Hast du versucht, mich hart zu machen, während ich mich auf das Training konzentriere?“

Ich grinste und trat näher. „Ehrlich gesagt macht es mir einfach Spaß, dich hart zu machen.“

Er lachte, setzte sich auf, ließ die Schultern sinken und atmete schwer. Ein Rinnsal Schweiß rann ihm über den Bauch. Er griff nach einer Wasserflasche neben ihm. Seine verengten Augen blickten mich die ganze Zeit an. Seine Wangen waren erhitzt, und ich hielt seinen Blick, wurde selbst immer kurzatmiger, während er trank.

Als die Flasche leer war, zerdrückte er sie in der Hand, schraubte den Verschluss zu und warf sie zur Seite.

„Schwing deinen süßen kleinen Arsch her und zieh das Hemd aus. Ich habe plötzlich Hunger.“

Mich erfasste ein erdbebenähnliches Zittern und ich öffnete den Mund. „Sir …“

„Du lernst schnell.“

Ich stellte die Tasse auf den Tisch neben der Tür und ging auf ihn zu, während ich nach den Hemdknöpfen griff. „Ich hatte einen guten Lehrer.“

Er tippte auf die Bank, auf der er saß. „Den einzigen, den du je haben wirst.“

Ich errötete bei seinem Lob und dem Versprechen und warf sein Hemd und meine Bedenken auf den Boden. Setzte mich breitbeinig auf seinen Schoß. Er umfasste meine Hüften. Ich sah mich im Zimmer um. Ein Laufband und ein Rudergerät standen zum Fenster ausgerichtet, damit er beim Trainieren auf den Fluss schauen konnte. Vier weitere Geräte mit Gewichten füllten den Raum, und daneben waren Gewichte auf dem Boden gestapelt. „Du trainierst ganz schön heftig.“

„Stimmt."

„Musst du eine Menge Aggressionen loswerden?"

Ich alberte nur herum, doch er grinste nicht. Er umfasste mein Gesicht und presste seine Lippen auf meine, schnell und fordernd.

„Nein. Aber jede Menge sexuellen Frust, als ich dich im Büro täglich da sitzen und deine sexy wackelnden Hüften sah, bevor ich dich haben durfte. Und jetzt versuche ich einfach nur, in Form zu bleiben, damit ich mit dir mithalten kann."

„Ja, ich bin eine Sex-Teufelin."

„Meine Sex-Teufelin", knurrte er und küsste mich erneut.

Hitze explodierte in mir, sobald sich unsere Zungen berührten. Ich rieb meine Hüften an seinen und meine Klit an seiner Erektion.

„Steh auf", befahl er.

„Was?" Ich war erregt und atemlos. Und er wollte aufhören?

Welchen Blick auch immer ich gezeigt haben musste, er lachte und küsste mich kurz. „Mach schon." Er tippte meine Hüften an.

Ich stand auf und dachte, er würde dasselbe tun. Doch er legte sich auf die Bank zurück, bis sein Mund fast an meiner Pussy war. Ich weitete die Augen.

„Halte dich an der Stange fest und setz dich über mein Gesicht, Rebecca. Aber vorsichtig, wenn du die Stange zu sehr rüttelst, krachen hundertzehn Kilo auf uns runter."

Oh Mann, kein Wunder, dass er so muskulös war. Guter Gott, ich hatte ein Verhältnis mit dem Hulk.

„Rebecca. Deine Hände."

Der Befehl raste direkt zwischen meine Beine, und meine Pussy zuckte. „Ja, Sir." Ich räusperte mich und sah zu, wie seine Hände meine Hüften packten. Er zog mich auf sich, meine Füße standen flach auf dem Boden, und als er begann, mich zu verschlingen, breitete sich die Lust bis in meine Schenkel aus. Es war schwer, mich aufrecht zu halten. Ich legte den Kopf in den Nacken und stöhnte, rieb meine Pussy an ihm, genoss das Gefühl von ihm und seiner Zunge.

Großer Gott, diese Zunge. Heiß aß er mich auf, als könnte er nicht genug bekommen. Vergessen war, dass wir es erst vor ein paar Stunden in der Nacht getan hatten. Ich legte die Finger um die Stange mit den Gewichten. Bei den Vibrationen klapperten die Gewichte aneinander. Eine köstliche Musik, gemischt mit meinem Wimmern und seinem Stöhnen.

„Bennett …“

Er klatschte mir auf den Hintern. Ich zuckte hoch, doch er zog mich sofort wieder auf seinen Mund.

„Sir!“, rief ich. Ich sah zu ihm hinab. Lust stand in seinem Blick.

Dieser Blick gab mir den Rest.

Ich kam. Die Arme brannten vom Festhalten, die Beine von der anstrengenden Haltung, und als es vorüber war, sackte ich auf ihm zusammen. Er leckte mich sanft ab, verursachte mir köstliche Nachbeben, und dann zog er mich auf seine Brust. Ich sah ihn an. Dieses Grinsen. Diese Augen. Und meine Nässe auf seinen Lippen.

„Hi“, sagte ich leicht verlegen. Ich war entblößt, ihm so nah und so verletzlich. Keine Lage, die ich genoss. „Guten Morgen.“

Er schob mich auf seinen Schoß, setzte sich auf und seine Erektion drückte mir in den Hintern. „Ich bin dran. Geh auf die Knie.“

Himmel. Erhitzt und schon wieder verrückt nach ihm, wollte ich nichts anderes. Ich ging auf die Knie, schob seine Beine breiter und grinste ihn an. „Ja, Sir. Alles, was Sie befehlen, Mr. Ashby.“

Er legte eine Hand auf meine Wange und grinste. „Freche Sub. An die Arbeit.“

Ich gehorchte sofort, nahm ihn in den Mund, saugte ihn tief ein, so wie er es mochte. Und als er in meine Kehle kam, nahm ich alles auf und dachte dabei nur an ein Wort.

Mein.

***

Bennett lehnte sich mit der Hüfte neben dem Waschbecken an und trank einen Schluck Kaffee. Nach dem Work-out hatten wir schnell geduscht und uns für die Arbeit angezogen. Auf meinen Wunsch hin fuhren wir nicht oft zusammen ins Büro, was er mir überraschenderweise gewährte. Ich wollte immer noch so tun, als ob im Büro niemand wüsste, dass wir zusammen waren, obwohl ich stark vermutete, dass es alle wussten.

Das war mir eigentlich egal. Ich mochte einfach Anstand und Schicklichkeit.

Ich goss Kaffee in einen Thermobecher und drehte den Deckel zu. „Steven und ich treffen uns mit Jakobs, um die neuesten Pläne für das Altenwohnheim zu besprechen."

Als ich die neue Stelle bei Bennett angetreten hatte, war meine erste Aufgabe gewesen, einen neuen Assistenten für ihn einzustellen. Nun war Steven der Assistent für uns beide und einfach unbezahlbar. Er war nur ein paar Jahre jünger als ich, mit einer kleinen Rothaarigen verheiratet, die im achten Monat mit ihrem zweiten Kind schwanger war. Mir gefiel, wie sehr er seine Frau liebte.

Bennett hasste ihn dafür, wie er auf meinen Hintern starrte.

Ich liebte Bennetts paranoide Eifersucht.

Dennoch mochte er Stevens Effizienz. Wahrscheinlich war er effizienter als ich, was ich Bennett gegenüber jedoch nie zugegeben hätte. Denn dann würde er mich dafür übers Knie legen, dass ich nicht erkannte, wie unbezahlbar ich für ihn war.

So gesehen allerdings … ich setzte das auf meine mentale Liste mit all den Dingen, für die er mich im Büro übers Knie legen könnte, und grinste.

„Heute Abend Essen mit Simon und Chloe?“ Er sah auf sein Handy und tippte mit dem Daumen auf dem Display. „Er will sich von dem Championship-Spiel nächste Woche ablenken.“

„Na klar.“ Mir kam eine Idee. Sie spukte mir schon seit Wochen im Kopf herum. Ich wusste, dass Bennett nicht unbedingt wieder ins *Luminous* gehen musste, aber nach mehr als zwei Monaten mit ihm war ich nun neugierig. Wir spielten regelmäßig. Woche für Woche wurden unsere Liebesspiele unglaublicher. Ich hatte ihm alles erlaubt. Die Spreizstange, Plugs, Nippelklemmen, Augenbinden, Fesselspiele. Egal, was er mit mir machte, ich liebte jeden Moment mit ihm. Jetzt wurde es Zeit, ihm etwas zu geben, was er wollte. Ich nippte an meinem Kaffee und wünschte, er wäre mit Mut versetzt. „Vielleicht können wir nach dem Essen ins *Luminous* gehen?“

Er hielt inne und sah mich an. „Wie bitte?“

Ich versuchte, gleichgültig zu wirken, versagte jedoch kläglich. Meine Nerven waren zu angespannt. „Ich glaube, du hast mich verstanden.“

„Willst du das wirklich?“ Er trat näher. „Bist du sicher?“

Ich stellte den Kaffee ab und legte die Hände an seine Hüften. Auf Zehenspitzen küsste ich seinen Hals. „Du weißt doch, dass ich alles für dich tun würde. Ich liebe dich.“

Sein warmer Atem streifte meine Wange, bevor er mich küsste. „Sag das noch mal“, knurrte er mit den Lippen an meinen.

„Ich liebe dich.“

Er trat zurück und zeigte mit dem Finger auf mich. „Rühr dich nicht vom Fleck.“

Er stürmte in sein Büro, und ich sah ihm nach, bis er zurückkam. Das war nicht gerade die Reaktion, mit der ich gerechnet hatte, aber ich hatte gelernt, ihm zu vertrauen. Er tat nichts ohne Grund.

„Morgen werden wir uns mit einem Makler treffen, unsere Immobilien verkaufen und uns ein Haus kaufen.“

„Was?“ Ich legte eine Hand auf mein Herz, um das Klopfen zu verringern, das er ausgelöst hatte. „Bennett … ich verstehe nicht …“

Er ging vor mir auf ein Knie und reichte mir in der ausgestreckten Hand eine kleine schwarze Samtschachtel. „Wir werden nicht mehr warten, und für die Gründung einer Familie mit Kindern brauchen wir viel Platz. Ich will sie nicht mitten in der Stadt großziehen, und dein Haus ist zu klein.“

„Ist das …“ Ich blickte zwischen der Schachtel und Bennett hin und her. „Ist das ein Heiratsantrag?“ Ich lachte nervös.

„Liebst du mich?“, fragte er und verzog ungeduldig den Mund.

„Natürlich. Und du?“ Ich runzelte die Stirn. Er hatte es nie gesagt. „Liebst du mich?“

„Ich wäre nicht auf Knien und würde dich fragen, wenn es nicht so wäre.“

„Das geht sehr schnell.“

„Sag Ja.“

Himmel, dieser Mann! Ich lachte erneut, diesmal weniger nervös und mehr amüsiert. Das war so typisch für ihn. Aber ich hatte auch zu spielen gelernt. „Sag mir erst, dass du mich liebst, Bennett.“

Er verdrehte die Augen, grinste, stand auf und nahm

meine Hände. Überraschenderweise zitterte ich nicht. War nicht unruhig. Hatte keine Angst und wollte nicht davonlaufen. Er hatte all die widerlichen Ängste in mir genommen, mich mit seiner Zuversicht und Stärke erfüllt, oder mir vielleicht auch nur klargemacht, dass ich das alles sowieso in mir hatte.

Trotzdem traten mir Tränen in die Augen, als er den Ring aus der Schachtel nahm und diese auf den Boden fallen ließ. „Ich liebe dich, Rebecca. Schon von dem Moment an, als du die Vereinbarung unterschrieben hast. Da wusste ich schon, dass es keine andere Frau für mich geben kann. Fang ein neues Leben mit mir an. Gründe eine Familie mit mir. Bleib für immer bei mir."

„Wow", hauchte ich. Hitze versengte mir von innen die Brust. Mir ging das Herz auf und Tränen liefen über meine Wangen. „Das nenne ich mal einen Heiratsantrag."

Er schob den Ring auf meinen Finger, doch ich sah nicht einmal hin. Sicherlich war er groß und funkelte und war das Beste, was man mit Geld kaufen konnte. Allein das Gewicht sagte mir alles, was ich wissen musste. Ich konnte den Blick nicht von Bennett nehmen. Seine Liebe für mich strahlte in seinen Augen, heller als es jeder Diamant je könnte.

„Bennett." Ich seufzte und legte eine Hand an seine Wange. „Ich liebe dich."

„Und ich liebe dich für den Rest meiner Tage. Und wenn wir heute Abend ins *Luminous* gehen, will ich, dass alle sehen, dass du mir gehörst. Ich will dich an ein Bett fesseln und du wirst so laut schreien, dass die Fenster vibrieren, dich jeder haben will, und alle Männer verzweifelt sein werden, wenn sie erkennen, dass sie dich nicht haben können."

Er küsste mich wild, hob mich hoch und setzte mich auf den Tresen. Dann lehnte er mich zurück und bewies mir, dass alles, was er mir für den Club versprochen hatte, auch wirklich passieren würde.

Und später, als wir im *Luminous* waren, bewies er es mir erneut, nur diesmal vor einer großen Zuschauermenge.

Und ich bemerkte nicht einen davon.

Danksagungen

Vielen Dank dem Harlequin Team, dass sie dieses Projekt angenommen haben. Angefangen beim Lektorat übers Korrekturlesen bis zum Marketing, ist es eine Freude, mit diesem Team zusammenzuarbeiten.

Ohne eine Handvoll bestimmter Autorinnen könnte ich nicht leben. Den Ladys von FTN. Vielen lieben Dank, dass ihr immer da seid. Ich liebe die Freundschaft, die über die Jahre entstanden ist.

Danke an meine Familie für ihre ständige und endlose Unterstützung. Ihr seid die größte Liebe meines Lebens. Und meine Lieblinge.

Vielen Dank an alle Leser*innen, von denen ich viele in den letzten Jahren treffen durfte, für eure Begeisterung über jede Vorschau und Leseprobe! Ich freue mich, so viele treue Leser*innen auf meiner Seite zu haben, die mich immerzu anspornen und um das nächste Buch bitten.

Danke an Hilary und Shannon und das unglaubliche Social Butterly PR Team. Ihr Ladys seid mein Fels in der Brandung! Vielen lieben Dank für all eure harte Arbeit!

An alle Blogger*innen, die mir bei der Werbung helfen und Rezensionen veröffentlichen: ein herzliches Dankeschön!

Autorin

Stacey Lynn verbrachte den größten Teil ihres Lebens im mittleren Westen der USA, bevor es sie kürzlich an die Ostküste verschlug. Vielleicht lag es an den langen und kalten Wintern, dass sie aus lauter Langeweile jedes Buch verschlang, das sie zwischen die Finger bekommen konnte. Als eifrige Leserin begann sie, selbst Gedichte und Kurzgeschichten zu schreiben.

Als Gegengewicht zu ihrem verrückten Alltag erschafft die vierfache Mutter heiße Liebesromane. Und so wurde aus ihrem einstigen Hobby, dem Schreiben, rasch eine unstillbare Leidenschaft.

www.staceylynnbooks.com